Zu diesem Buch

Albert Camus wurde am 7. November 1913 in Mondovi/Nordafrika in kärglichen Verhältnissen geboren. Als Werkstudent besuchte er die Universität Algier und schloß seine Studien mit einer Arbeit über Plotin und Augustinus ab. Im Krieg schrieb er in der illegalen Widerstandspresse. 1942 erschien die Erzählung «Der Fremde» (rororo Nr. 432), die bereits Camus' geniale Gabe zeigt, das Einzelschicksal ins Symbolische zu überhöhen, sowie «Der Mythos von Sisyphos» (rororo Nr. 12375), in dem er seiner Vorstellung vom «Menschen, der, in einer absurden Welt auf sich selbst zurückgeworfen, dennoch durchhalten müsse», philosophischen Ausdruck gab. Sein berühmter Roman «Die Pest» (1947; rororo Nr. 15) zeigt einen deutlich konstruktiven Pessimismus, dem es um ethische Maßstäbe geht. 1957 erhielt Camus den Literatur-Nobelpreis. Am 4. Januar 1960 kam Albert Camus bei einem Autounfall ums Leben.

Von Albert Camus erschienen außerdem: «Kleine Prosa» (rororo Nr. 441), «Der Fall» (rororo Nr. 1044), «Verteidigung der Freiheit» (rororo Nr. 1096), «Der Mensch in der Revolte» (rororo Nr. 1216), «Tagebücher 1935–1951» (rororo Nr. 1474), «Fragen der Zeit» (rororo Nr. 4111), «Reisetagebücher» (rororo Nr. 5842), «Dramen» (Rowohlt 1962), «Jonas oder Der Künstler bei der Arbeit» (Rowohlt 1983) und «Unter dem Zeichen der Freiheit. Camus-Lesebuch» (Rowohlt 1985).

In der Reihe «rowohlts monographien» erschien als Band 50 eine Darstellung Albert Camus' mit Selbstzeugnissen und Bilddokumenten von Morvan Lebesque, die eine ausführliche Bibliographie enthält.

Albert Camus
Der glückliche Tod

Roman

Cahiers Albert Camus 1

Deutsch von
Eva Rechel-Mertens
Nachwort und Anmerkungen
von Jean Sarocchi

Rowohlt

Die Originalausgabe erschien 1971 unter dem Titel
«La Mort heureuse» / Cahiers Albert Camus 1
im Verlag Gallimard, Paris
Nachwort und Anmerkungen
wurden von Gertrude Harlass übersetzt
Umschlagentwurf Werner Rebhuhn

66. – 71. Tausend April 1991

Veröffentlicht im Rowohlt Taschenbuch Verlag GmbH,
Reinbek bei Hamburg, Juni 1983
Copyright © 1972 by Rowohlt Verlag GmbH,
Reinbek bei Hamburg
«La Mort heureuse»
Copyright © Éditions Gallimard, Paris, 1971
Gesamtherstellung Clausen & Bosse, Leck
Printed in Germany
680-ISBN 3 499 15152 9

Albert Camus
Der glückliche Tod

Erster Teil
Der natürliche Tod

I

Es war zehn Uhr morgens, und Patrice Mersault ging mit gleichmäßigen Schritten auf Zagreus' Villa zu. Um diese Zeit war die Wärterin auf dem Markt und niemand im Hause. Es war April, ein schöner funkelnder kalter Frühlingsmorgen mit einem reinen eisigen Himmel, in dem eine große Sonne stand, strahlend, aber ohne Wärme. Zwischen den Pinien an den Hängen in der Nähe der Villa rann ein reines Licht an den Stämmen entlang. Die Straße lag verlassen da. Sie stieg ein wenig an. Mersault trug einen Koffer, und in der Glorie dieser Erdenfrühe ging er dahin, begleitet von dem harten Geräusch seiner Schritte auf der kalten Straße und dem taktmäßig wiederkehrenden Knarren des Koffergriffs.

Kurz vor der Villa mündete die Straße in einen kleinen Platz mit Bänken und Grünanlagen. Frühe rote Geranien zwischen grauer Aloe, das Blau des Himmels, das Weiß der Umfassungsmauern — das alles wirkte so frisch und so jung, daß Mersault einen Moment den Schritt verhielt, bevor er den Weg einschlug, der von dem Platz zu Zagreus' Villa hinunterführte. Vor der Schwelle des Hauses blieb er stehen und zog seine Handschuhe an. Er öffnete die Tür, die der Krüppel stets unverschlossen hielt, und machte sie ganz natürlich hinter sich wieder zu. Er ging durch den Flur bis zur dritten Tür links, klopfte an und trat ein. Zagreus war selbstverständlich da, er saß, mit einem Plaid über dem Stümpfen seiner Beine, in einem Sessel dicht am Kamin, genau an dem Platz, den Mersault zwei Tage zuvor eingenommen hatte. Er las, und das Buch lag auf seiner Decke, während er Mersault, der neben der wieder geschlossenen Tür stehengeblieben war, aus seinen runden Augen ansah, in denen keinerlei Verwunderung lag. Die Fenstervorhänge waren zugezogen, und auf dem Boden, auf den Möbeln und an den Kanten der

9

Gegenstände spielten Sonnenflecke. Hinter den Fensterscheiben strahlte der Morgen auf die vergoldete, kalte Erde herab. Freude, eine große eisige Heiterkeit, schrille, heisere Vogelschreie, die Flut von unbarmherzigem Licht verliehen der Vormittagsstunde einen Anschein von Unschuld und Wahrheit. Mersault war stehengeblieben, an der Kehle und an den Ohren von der erstickenden Hitze in dem Zimmer gepackt. Trotz der veränderten Witterung hatte Zagreus ein mächtiges Feuer entfacht. Und Mersault spürte, wie ihm das Blut in die Schläfen stieg und in den Rändern seiner Ohren pochte. Immer noch schweigend folgte der andere ihm mit dem Blick. Patrice ging zu der Truhe auf der anderen Seite des Kamins und stellte seinen Koffer auf den Tisch. Dort angekommen, verspürte er eine kaum merkliche Schwäche in den Fußgelenken. Er hielt inne und steckte sich eine Zigarette in den Mund, die er wegen seiner behandschuhten Hände ungeschickt anzündete. Hinter ihm ließ sich ein schwaches Geräusch vernehmen. Mit der Zigarette im Mund drehte er sich um. Zagreus schaute ihn noch immer an, hatte jedoch sein Buch zugeklappt. Während Mersault die Hitze fast schmerzhaft an seine Knie dringen fühlte, las er verkehrt herum den Titel: ‹Kunst der Weltklugheit› von Baltasar Gracián. Ohne zu zögern, beugte er sich zu der Truhe hinunter und hob den Deckel hoch. Schwarz auf weiß glänzte dort der Revolver an allen seinen Rundungen wie eine gepflegte Katze. Er lag noch immer auf Zagreus' Brief. Mersault nahm diesen in die linke Hand und den Revolver in die rechte. Nach kurzem Zaudern schob er die Waffe unter seinen linken Arm und öffnete das Kuvert. Es enthielt ein einziges großformatiges Blatt Papier, das mit einigen wenigen Zeilen in Zagreus' großer, eckiger Schrift bedeckt war:

«Ich lösche nur einen halben Menschen aus. Man halte mir das zugute. In meiner kleinen Truhe wird man weit mehr finden, als nötig ist, um diejenigen schadlos zu halten, die mir bislang gedient haben. Was das übrige betrifft, so habe ich den Wunsch, daß es für die Verbesserung des Loses der zum Tode Verurteilten verwendet wird. Doch bin ich mir bewußt, daß das viel verlangt ist.»

10

Mit unbewegtem Gesicht faltete Mersault den Brief wieder zusammen, und in diesem Augenblick reizte der Rauch seiner Zigarette seine Augen, während etwas Asche auf den Umschlag fiel. Er schüttelte das Papier, legte es deutlich sichtbar auf den Tisch und wendete sich Zagreus zu. Dieser schaute jetzt auf den Briefumschlag, und seine kurzen kräftigen Hände hielten weiter das Buch umschlossen. Mersault bückte sich, drehte den Schlüssel der Kassette, entnahm ihr die Bündel, von denen man durch die Umhüllung aus Zeitungspapier nur den Schnitt erkennen konnte. Seine Waffe unter dem Arm, füllte er mit der einen Hand in aller Ruhe seinen Koffer. Es waren weniger als zwanzig Bündel zu hundert Scheinen vorhanden, und Mersault stellte fest, daß er einen zu großen Koffer mitgenommen hatte. Ein Bündel von hundert Scheinen ließ er in der Kassette. Nachdem er den Koffer geschlossen hatte, warf er seine halb aufgerauchte Zigarette ins Kaminfeuer, nahm den Revolver in die rechte Hand und näherte sich dem Krüppel.

Zagreus sah jetzt zum Fenster hinaus. Man hörte ein Auto mit einem mahlenden Geräusch langsam an der Haustür vorüberfahren. Regungslos schien Zagreus die ganze unmenschliche Schönheit dieses Aprilmorgens in sich aufzunehmen. Als er den Revolverlauf an seiner rechten Schläfe fühlte, wendete er nicht einmal den Blick. Doch Patrice, der ihn anschaute, sah, daß seine Augen sich mit Tränen füllten. Er selbst schloß darauf die seinen. Er trat einen Schritt zurück und schoß. Einen Moment lang lehnte er sich mit immer noch geschlossenen Lidern an die Wand, er fühlte wieder das Blut in seinen Ohren rauschen. Dann schaute er hin. Der Kopf war auf die rechte Schulter gesunken, der Körper hatte kaum seine Stellung verändert, so daß man nicht mehr Zagreus sah, sondern nur eine riesige Wunde in einem Gewirr von Hirn, Knochen und Blut. Mersault begann zu zittern. Er ging auf die andere Seite des Sessels, tastete nach Zagreus' rechter Hand, schloß sie fest um den Revolver, hob sie bis zur Höhe der Schläfe und ließ sie wieder sinken. Der Revolver fiel auf die Lehne des Sessels und von da auf Zagreus' Knie. Bei dieser Bewegung sah Mersault Mund

und Kinn des Krüppels. Er zeigte noch den gleichen ernsten, traurigen Ausdruck wie zuvor, als er aus dem Fenster geblickt hatte. In diesem Moment ertönte ein schriller Trompetenstoß vor der Tür. Ein zweites Mal erklang das unwirkliche Signal. Mersault stand noch immer über den Sessel gebeugt, ohne sich zu rühren. Wagenrollen kündete die Weiterfahrt des Metzgers an. Mersault ergriff seinen Koffer, öffnete die Tür, deren Klinke unter einem Sonnenstrahl blitzte, und verließ mit einem Pochen in den Schläfen und trockener Zunge den Raum. Er schritt durch die Haustür und enteilte mit großen Schritten. Niemand war zu sehen außer einer Gruppe von Kindern am anderen Ende des kleinen Platzes. Er entfernte sich. Auf dem Platz angekommen, wurde er sich plötzlich der Kälte bewußt und fröstelte unter seinem leichten Rock. Zweimal mußte er niesen, und das Tal warf ein helles, höhnisches Echo zurück, das die kristallklare Luft höher und höher trug. Wiewohl etwas schwankend, blieb er stehen und atmete kräftig durch. Von dem blauen Himmel senkten sich Millionen kleiner lächelnder Lichter herab. Sie spielten auf den noch regennassen Blättern, auf dem feuchten Tuff der Alleen, flatterten zu den Häusern mit den Dachziegeln von der Farbe frisch vergossenen Blutes hinüber und schwangen sich wieder zu den Reservoirs von Luft und Sonne empor, aus denen sie kurz zuvor sich ergossen hatten. Ein sanftes Surren kam von einem winzigen Flugzeug, das dort oben schwebte. Bei diesem Überschwang der Luft und dieser Fülle des Himmels schien den Menschen einzig die Aufgabe zugedacht, zu leben und glücklich zu sein. In Mersault wurde alles still. Ein drittes Niesen schüttelte ihn, und er verspürte etwas wie einen Fieberschauer. Er eilte davon, ohne um sich zu blicken, begleitet nur von dem Knarren des Koffergriffs und dem Geräusch seiner Schritte. Zu Hause angekommen, legte er sich hin und schlief bis tief in den Nachmittag hinein.

II

Der Sommer füllte den Hafen mit Stimmenlärm und Sonne. Es war halb zwölf Uhr vormittags. Der Tag strömte sein Innerstes aus, um die Quais mit dem ganzen Gewicht seiner Hitze zu erdrücken. Vor den Lagerschuppen der Handelskammer von Algier nahmen ‹Schiaffinos› mit schwarzem Rumpf und rotem Schornstein Kornsäcke an Bord. Ihr feiner Staubduft vermischte sich mit den kompakten Teergerüchen, die eine heiße Sonne zur Entfaltung brachte. Vor einer kleinen Baracke, wo es nach Firnis und Anisette roch, saßen Männer und tranken, während arabische Akrobaten in roten Trikots vor dem sonnenblitzenden Meer auf den glühendheißen Steinplatten ihre Körper verrenkten. Ohne sie zu beachten, betraten die säckeschleppenden Hafenarbeiter die beiden schwingenden Planken, die vom Quai auf das Deck der Frachtdampfer führten. Oben angekommen, hoben sie sich plötzlich vor dem Himmel über der Bucht, zwischen Winden und Masten, silhouettenhaft ab. Mit nach oben gewendetem Blick blieben sie eine Sekunde lang geblendet stehen, wobei ihre Augen in den mit einer weißlichen Schicht aus Schweiß und Staub überzogenen Gesichtern funkelten, bevor sie sich blindlings in den Laderaum stürzten, aus dem ein Geruch wie von warmem Blut aufstieg. In der glühenden Luft heulte beständig eine Sirene.

Auf der Planke machten die Männer plötzlich entgegen der Ordnung halt. Einer von ihnen war zwischen die Bohlen gefallen, die nahe genug beieinander lagen, um ihn festzuhalten. Doch sein Arm war hinter ihm eingeklemmt, zerquetscht durch das ungeheure Gewicht des Sackes, und er schrie vor Schmerz. In diesem Augenblick trat Patrice Mersault aus seinem Büro. Schon auf der Schwelle verschlug ihm die Sommerhitze den Atem. Er sog mit weit offenem Mund den Teergeruch ein, der ihn in der Kehle kratzte, und blieb bei den Hafenarbeitern stehen. Sie hatten den Verletzten befreit. Auf den Planken mitten im Staub hingestreckt, die Lippen bleich vor Schmerz, ließ er seinen gebrochenen Arm vom Ellbogen ab herunterhängen. Ein Knochensplitter war durch das Fleisch gedrungen, so daß eine häßliche Wunde entstand, aus der das Blut sickerte. Die Tropfen liefen am Arm entlang und fielen dann, einer nach dem andern, mit einem leichten Zischen auf die glühenden Steine, wo sie verdampften. Mersault starrte regungslos auf dieses Blut, als jemand seinen Arm ergriff. Es war Emmanuel, der ‹Kleine für die Botengänge›. Er wies auf einen Lastwagen, der mit lautem Kettengerassel und Geknatter auf sie zukam. «Wollen wir?» Patrice begann zu laufen. Der Lastwagen fuhr an ihnen vorbei. Und sogleich rannten sie ihm nach, verschlungen von Lärm und Staub, keuchend und blind, gerade noch klar genug, um zu fühlen, wie sie durch diese wilde Lauferei hineingerissen wurden in einen betäubenden Rhythmus von Trossen und Maschinen, begleitet vom Tanz der Masten am Horizont und dem Schlingern der leprösen Schiffsrümpfe, an denen sie vorüberjagten. Auf seine Kraft und Gelenkigkeit vertrauend, packte Mersault als erster zu und schwang sich hinauf. Er half Emmanuel, bis auch er mit herunterhängenden Beinen auf dem Wagen saß, und in dem weißen, kreidigen Staub, dem gleißenden Dunst, der sich vom Himmel herabsenkte, der Sonne, der ungeheuren, phantastischen Dekoration des von Masten und schwarzen Kränen überquellenden Hafens brauste der Wagen im vollem Tempo dahin, über das holperige Pflaster des Quais, so daß Emmanuel und Mersault hin und her geschleudert wurden und in einem Taumel der Erregung lachten, bis ihnen die Luft ausging.

In Belcourt angekommen, sprang Mersault zusammen mit dem singenden Emmanuel ab. Er sang laut und falsch. «Du mußt verstehen», sagte er immer zu Mersault, «es drängt einfach aus der Brust herauf. Wenn ich vergnügt bin. Wenn ich bade.» Das stimmte. Emmanuel sang, wenn er schwamm, und seine durch den Druck von außen her rauh gewordene und auf dem Meer kaum hörbare Stimme bestimmte dann den Takt der Bewegungen seiner kurzen muskulösen Arme. Sie bogen in die Rue de Lyon ein. Mersault schritt kräftig aus, er war sehr groß und wiegte seine breiten sehnigen Schultern. An der Art, wie er den Fuß auf den Gehsteig setzte, den er entlangzuschreiten gedachte, wie er mit einer gleitenden Hüftbewegung der Menge auswich, die ihn zuweilen umgab, spürte man, daß sein Körper überraschend jung und kraftvoll und durchaus imstande war, seinen Besitzer bis an die äußersten Grenzen physischer Lust zu tragen. Wenn er sich nicht bewegte, ließ er ihn auf der einen Hüfte ruhen, mit einer leicht affektierten Geschmeidigkeit wie jemand, der durch Sport den richtigen Stil gelernt hat. Seine Augen blitzten unter den Bögen der etwas starken Brauen, und während er mit Emmanuel sprach, zog er unter einer zuckenden Bewegung seiner geschwungenen lebhaften Lippen an seinem Kragen, um seinen Hals freizumachen. Sie traten in ihr Restaurant. Sie setzten sich und nahmen schweigend ihre Mahlzeit ein. Im Schatten war es kühl. Man hörte Fliegen summen, Teller klirren und Gespräche. Der Wirt, Céleste, kam auf sie zu. Groß und mit einem Schnurrbart geschmückt, kratzte er sich den Bauch unter seiner Schürze, die er dann wieder fallen ließ. «Es geht», sagte Emmanuel. «Wie es alten Leuten so geht.» Sie redeten. Céleste und Emmanuel tauschten Anreden wie «Na, Kamerad!» und Schulterklopfen aus. «Die Alten, weißt du», meinte Céleste, «sind ja blöd im Kopf. Sie sagen, ein richtiger Mann ist einer von fünfzig Jahren. Das sagen sie aber nur, weil sie selber in den Fünfzigern sind. Ich habe da einen Kumpel gehabt, der nur mit seinem Sohn glücklich war. Sie gingen zusammen aus. Sie trieben es ziemlich bunt. Sie gingen ins Casino, und mein Kumpel sagte: ‹Warum soll ich mich mit all den Alten abgeben? Sie erzählen mir täglich, daß sie Abführmittel genommen haben, daß sie ihre Leber spüren. Da ist es besser, ich gehe mit meinem Jungen aus. Manchmal schnappt er sich eine kleine Hure, ich tue dann, als sehe ich nichts, und steige in die Tram. Auf Wiedersehen und Danke. Ich bin sehr zufrieden.›» Emmanuel lachte. «Natürlich», erklärte Céleste, «wußte der

15

auch nicht alles besser, aber ich mochte ihn gern.» Zu Mersault gewendet fuhr er fort: «Und außerdem ist mir so einer lieber als ein anderer Kumpel, den ich hatte. Als der es zu was gebracht hatte, winkte er mich nur noch mit dem Kopf heran oder gab mir kleine Zeichen. Inzwischen ist er nicht mehr so stolz, er hat alles verloren.»

«Geschieht ihm recht», meinte Mersault.

«Oh, man soll sich nicht kleinkriegen lassen im Leben. Er hat sich eine gute Zeit gemacht, und warum auch nicht. Neunhunderttausend Francs hat er gehabt... Ah, wenn ich das gewesen wäre!»

«Was würdest du tun?» fragte Emmanuel.

«Ich würde mir eine kleine Hütte kaufen, mir ein bißchen Vogelleim auf den Nabel schmieren und eine Fahne draufsetzen. Und dann würde ich warten und sehen, von welcher Seite der Wind kommt.»

Mersault verzehrte in Ruhe sein Mahl, bis Emmanuel auf den Gedanken kam, dem Wirt seine berühmte Geschichte von der Marneschlacht vorzusetzen.

«Uns, die Zuaven, haben sie als Tirailleurs eingesetzt...»

«Du ödest uns an», erklärte Mersault ruhig.

«Der Kommandeur befahl: ‹Angriff!› Und wir alle hinunter, es war da so eine mit Bäumen bestandene Schlucht. Er hatte uns gesagt, wir sollten angreifen, aber vor uns war kein Mensch. Wir sind also marschiert und immer weiter vorgegangen. Dann aber gab es auf einmal Maschinengewehrfeuer. Sie schossen mitten in uns hinein. Alles purzelte nur so übereinander. Es gab so viele Verwundete und Tote, und auf dem Grund der Schlucht war soviel Blut, daß man in einem Kanu hätte hinüberfahren können. Da waren welche, die schrien: ‹Mama!› Es war fürchterlich.»

Mersault stand auf und knüllte seine Serviette zusammen. Der Wirt ging und notierte sein Mittagessen mit Kreide hinten auf der Küchentür. Das war sein Rechnungsbuch. Wenn einer protestierte, hob er die Tür aus den Angeln und schleppte die Rechnung auf seinem Rücken herbei. In einer Ecke saß René, der Sohn des Wirtes, und aß ein weiches Ei. «Der Arme», sagte

16

Emmanuel, «er geht an der Schwindsucht zugrunde.» Das stimmte. René war gewöhnlich still und ernst. Er war nicht allzusehr abgemagert, doch seine Augen glänzten. Gerade war ein Gast dabei, ihm zu erklären, Tuberkulose sei heilbar, «wenn man abwartet und vorsichtig lebt». Er nickte und antwortete ernst zwischen zwei Bissen. Mersault stützte sich neben ihm mit den Ellbogen auf den Schanktisch, um noch einen Kaffee zu trinken. Der andere redete weiter: «Du hast wohl nicht Jean Pérez gekannt? Den von der Gasanstalt? Der ist gestorben. Er hatte eine kranke Lunge. Aber er wollte fort aus dem Spital und wieder nach Hause. Und da war seine Frau. Und seine Frau ist ein Pferd. Seine Krankheit hatte ihn so gemacht. Du verstehst schon, ständig war er auf seiner Frau. Sie wollte gar nicht. Er aber trieb es ganz schrecklich damit. Na ja, und zwei-, dreimal täglich, das bringt einen kranken Mann ja schließlich um.» René hatte zu essen aufgehört und starrte, noch ein Stück Brot zwischen den Zähnen, den anderen an. «Ja», meinte er schließlich, «die Krankheit kommt schnell, doch mit dem Gehen nimmt sie sich Zeit.» Mersault malte mit dem Finger seinen Namen auf die beschlagene Kaffeemaschine. Er blinzelte mit den Augen. Zwischen diesem friedlichen Lungenkranken und dem von Liedern überquellenden Emmanuel pendelte sein Dasein Tag für Tag im Geruch von Kaffee und von Teer hin und her, von ihm selbst und allem, was für ihn sinnvoll war, losgelöst, seinem Herzen und seiner Wahrheit entfremdet. Die gleichen Dinge, die ihn unter anderen Umständen leidenschaftlich bewegt haben würden, erzeugten bei ihm jetzt, da er sie selber erlebte, nur Schweigen, bis zu dem Augenblick, da er wieder in seinem Zimmer angelangt war und alle Kraft und Vorsicht darauf verwendete, die in ihm brennende Flamme des Lebens zum Verlöschen zu bringen.

«Sag mal, Mersault, du bist doch ein gebildeter Mann», sagte der Wirt.

«Ja, schon gut», sagte Patrice. «Ein andermal.»

«Du hast aber eine Saulaune, heute morgen.»

Mersault lächelte. Er verließ das Restaurant, überquerte die

Straße und stieg die Treppe zu seinem Zimmer hinauf. Es lag über einer Roßschlächterei. Wenn er sich über das Balkongitter beugte, verspürte er den Geruch von Blut und konnte das Ladenschild lesen: ‹Zur edelsten Eroberung des Menschen›. Er legte sich auf sein Bett, rauchte noch eine Zigarette und schlief ein.

Er bewohnte das Zimmer, in dem seine Mutter gelebt hatte. Sie hatten lange in dieser kleinen Drei-Zimmer-Wohnung gehaust. Als er allein war, hatte Mersault zwei Zimmer an einen befreundeten Faßbinder vermietet, der mit seiner Schwester zusammen lebte, und das beste für sich selbst behalten. Seine Mutter war mit 56 Jahren gestorben. Da sie schön war, hatte sie gemeint, kokett auftreten, gut leben und brillieren zu können. Gegen die Vierzig bekam sie eine furchtbare Krankheit. Sie mußte auf Kleider und Schminke verzichten, Spitalkittel tragen, hatte ein durch grauenhafte Beulen verunstaltetes Gesicht und war wegen ihrer geschwollenen kraftlosen Beine fast zur Unbeweglichkeit verdammt. Schließlich wurde sie auch noch halb blind und tastete verzweifelt in einem farblosen Raum umher, den sie völlig verkommen ließ. Der Schlag war kurz und heftig. Es war eine nicht beachtete Zuckerkrankheit, die sie durch ihre unbedachte Lebensweise gefördert und verschlimmert hatte. Er hatte seine Studien aufgeben und Arbeit suchen müssen. Bis zum Tod seiner Mutter hatte er immer noch gelesen und nachgedacht. Und zehn Jahre lang ertrug die Kranke dieses Leben. Das Martyrium hatte so lange gedauert, daß man sich in ihrer Umgebung an ihre Krankheit gewöhnt hatte und vergaß, daß sie bei einer ernstlichen Verschlimmerung ihr erliegen könnte. Eines Tages starb sie. In der Nachbarschaft bemitleidete man Mersault. Man versprach sich viel von der Beerdigung im Gedanken an das tiefe Gefühl das Sohnes für seine Mutter. Man beschwor die entfernten Verwandten, nicht zu weinen, damit Patrice seinen Schmerz nicht noch stärker empfand. Man bat sie inständig, sich seiner anzunehmen und sich ihm zu widmen. Er indessen kleidete sich, so gut er nur irgend konnte, und schaute mit dem Hut in der Hand den Vorbereitungen zu. Er folgte dem

Sarg, nahm an der kirchlichen Handlung teil, warf seine Handvoll Erde in das Grab und drückte alle Hände. Nur einmal äußerte er seine Verwunderung und Unzufriedenheit darüber, daß es so wenig Wagen für die Geladenen gab. Das war alles. Am nächsten Tage konnte man an einem der Fenster der Wohnung ein Schild sehen: ‹Zu vermieten›. Jetzt bewohnte er das Zimmer seiner Mutter. Früher hatte das ärmliche Leben zusammen mit seiner Mutter etwas Tröstliches gehabt. Wenn sie sich am Abend zusammenfanden und beim Licht der Petroleumlampe schweigend aßen, wohnte dieser Einfachheit und Zurückgezogenheit etwas inne, das wie ein heimliches Glück war. In ihrem Viertel ging es ruhig zu. Mersault betrachtete den schlaffen Mund seiner Mutter und lächelte. Sie lächelte ebenfalls. Er fing wieder zu essen an. Die Lampe blakte ein wenig. Mit der immer gleichen Bewegung schraubte seine Mutter den Docht herunter, sie streckte nur den rechten Arm aus und blieb zurückgelehnt sitzen. «Du hast offenbar keinen Hunger mehr», meinte sie etwas später. «Nein.» Er rauchte oder las. Im ersteren Fall pflegte seine Mutter zu sagen: «Schon wieder!» Im zweiten: «Rück doch näher an die Lampe heran, du verdirbst dir noch die Augen.» Jetzt dagegen empfand er das ärmliche Leben in der Einsamkeit als ein schreckliches Elend. Und wenn Mersault voll Trauer an die Entschwundene dachte, wendete er sein Mitleid in Wirklichkeit an sich selbst. Er hätte behaglicher wohnen können, aber er hing an dieser Behausung und ihrem Armeleutegeruch. Hier wenigstens spürte er noch einen Zusammenhang mit dem, was er gewesen war, und in einem Leben, dem er gern zu entrinnen suchte, erlaubte ihm diese trübselige, geduldig geübte Gegenüberstellung, sich in den Stunden der Traurigkeit und der Wehmut wieder auf sich selbst zu besinnen. Er hatte an der Tür ein am Rande zerschlissenes Stückchen graue Pappe hängen lassen, auf das seine Mutter mit Blaustift ihren Namen geschrieben hatte. Er hatte auch das alte Messingbett mit der Decke aus Baumwollsatin und das Porträt seines Großvaters mit seinem kleinen Bärtchen und seinen unbeweglichen hellen Augen behalten. Auf dem Kamin umgaben Schäfer und

Schäferinnen eine alte Stutzuhr, die nicht mehr ging, und eine Petroleumlampe, die er fast nie anzündete. Die schäbige Einrichtung, die etwas eingesessenen Rohrstühle, der Schrank mit der gelb gewordenen Spiegeltür und der Waschtisch, an dem die eine Ecke fehlte, existierte für ihn nicht, denn die Gewohnheit hatte alles nivelliert. Er bewegte sich in einer schattenhaften Umgebung, die nicht die geringste Bemühung von ihm verlangte. In einem anderen Zimmer hätte er sich an Neues gewöhnen und damit erst wieder kämpfen müssen. Er hatte das Bedürfnis, die Angriffsfläche, die er der Umwelt bot, möglichst klein zu halten und zu schlafen, bis alles vollendet sein würde. Bei dieser Absicht war das Zimmer eine Hilfe für ihn. Es ging einerseits auf die Straße, andererseits auf eine Terrasse, auf der immer Wäsche hing. Und hinter der Terrasse sah man kleine, von hohen Mauern umschlossene Gärten mit Orangenbäumen. Zuweilen, in Sommernächten, machte er im Zimmer kein Licht und öffnete das Fenster, das auf die Terrasse und die dunklen Gärten ging. Von dem einen Dunkel zum andern stieg der sehr starke Orangenduft auf und umhüllte ihn mit seinem leichten Gewoge. Die ganze Sommernacht hindurch waren dann sein Zimmer und er selbst von diesem zugleich durchdringenden und schweren Duft erfüllt, und es war ihm, als öffne er nach langen Tagen des Gestorbenseins zum ersten Mal sein Fenster auf das Leben.

Er erwachte mit einem Mund, der noch von Schlaf erfüllt war, und schweißbedeckt. Es war sehr spät. Er kämmte sich, lief eilig hinunter und sprang in eine Tram. Um zwei Uhr fünf war er in seinem Büro. Er arbeitete in einem großen Raum, dessen vier Wände mit 414 Fächern bedeckt waren, in denen sich Akten häuften. Das Zimmer war weder schmutzig noch schäbig, machte aber zu jeder Tagesstunde den Eindruck einer Urnenhalle, in der die toten Stunden verwesten. Mersault überprüfte Seefrachtbriefe, übersetzte die Proviantlisten englischer Schiffe und empfing von drei bis vier Uhr Kunden, die Stückgut versenden wollten. Er hatte sich um diese Arbeit bemüht, obwohl sie eigentlich nicht zu ihm paßte. Doch anfangs hatte er darin etwas wie einen Zugang zum Leben gesehen. Hier gab es lebendige Gesichter, Kunden, Abwechslung und einen frischen Luftzug, in dem er endlich sein Herz schlagen fühlte. Auf diese Weise entrann er den Gesichtern der drei Stenotypistinnen und dem Bürochef, Monsieur Langlois. Die eine der Stenotypistinnen war ganz hübsch und seit kurzem verheiratet. Die andere lebte bei ihrer Mutter, und die dritte war eine energische, würdevolle alte Dame, deren blumenreiche Sprache und deren Zurückhaltung in bezug auf «ihre Schicksalsschläge», wie Langlois es nannte, Mersault schätzte. Langlois hatte zuweilen mit ihr scharfe Auseinandersetzungen, bei denen jedoch stets die alte Madame Herbillon die Oberhand behielt. Sie verachtete Langlois, weil seine verschwitzte Hose ihm am Hinterteil klebte und wegen der Panik, die ihn in Gegenwart des Direktors und manchmal auch am Telefon befiel, wenn er den Namen eines Advokaten oder eines großen Tiers mit Adelsprädikat hörte. Der Unglückliche bemühte sich vergebens, die alte Dame milder zu stimmen oder sogar für sich einzunehmen. An diesem Abend tänzelte er im Büro umher. «Nicht wahr, Madame Herbillon, Sie finden mich doch sympathisch?» Mersault übersetzte gerade *vegetables, vegetables*, und hob den Blick zu der Glühbirne empor, die mit ihrem Schirm aus gefalteter grüner Pappe über seinem Kopf hing. Vor sich hatte er einen grellfarbigen Kalender, auf dem die Dankprozession der Neufundlandfahrer abgebildet war. Schwämmchen, Schreibunterlage, Tintenfaß und Lineal befanden sich wohlausgerichtet auf seinem Tisch. Seine Fenster gingen auf riesige Holzstapel, die auf gelb-weißen Frachtdampfern aus Norwegen hergeschafft worden waren. Er horchte. Hinter der Mauer atmete das Leben auf dem Meer und im Hafen in kräftigen dumpfen und tiefen Zügen. So nahe und doch für ihn so fern. . . Das Sechs-Uhr-Schlagen befreite ihn. Es war ein Samstag.

Zu Hause angekommen, legte er sich hin und schlief bis zum Abendessen. Er briet sich Eier, die er gleich aus der Pfanne aß (ohne Brot, da er vergessen hatte, welches zu kaufen), dann legte er sich hin und schlief bis zum nächsten Vormittag. Er wachte erst kurz vor Mittag auf, machte seine Morgentoilette und ging hinunter zum Essen. Wieder zurückgekehrt, löste er zwei Kreuzworträtsel, schnitt sorgfältig eine Reklame für Kruschensalz aus und klebte sie in ein Heft, das schon mit vielen munteren Opas angefüllt war, die Treppengeländer hinunterrutschten. Darauf wusch er sich die Hände und trat auf den Balkon. Es war ein schöner Nachmittag. Das Pflaster glänzte, wenige und noch eilige Leute waren unterwegs. Er folgte jedem einzelnen aufmerksam mit dem Blick und ließ erst von ihm ab, wenn er außer Sehweite war. Dann nahm er einen neuen Passanten aufs Korn. Zuerst kamen Familien, die einen Spaziergang machten, zwei kleine Jungen in Matrosenanzügen mit knielangen Hosen, eingezwängt in ihre steifen Kleidungsstücke, und ein kleines Mädchen mit einer großen rosa Schleife und schwarzen Lackschuhen. Hinter ihnen eine Mutter in braunem Seidenkleid, gleich einem von einer Boa umringelten unförmigen Tier, und ein sehr viel besser aussehender Vater mit einem Spazierstock in der Hand. Etwas später kamen die jungen Leute aus dem Viertel vorbei, mit pomadisiertem Haar und roter Krawatte, stark taillierter Jacke mit einem gestickten Ziertaschentuch und vorn breiten Schuhen. Sie strebten zu den Kinos im Zentrum und beeilten sich laut lachend, um noch die Trambahn zu erwischen. Hinter ihnen leerte sich die Straße allmählich. Die Vorstellungen hatten angefangen. Jetzt gehörte das Viertel den kleinen Ladenbesitzern und den Katzen. Wiewohl noch immer rein, lag der Himmel doch glanzlos über den Feigenbäumen, die die Straße säumten. Gegenüber von Mersaults Fenster stellte der Tabakhändler einen Stuhl vor seine Tür und setzte sich rittlings darauf, beide Arme auf die Lehne stützend. Die Straßenbahnen, eben noch überfüllt, waren jetzt fast leer. In dem kleinen Café *Chez Pierrot* kehrte der Kellner in dem verödeten Gastraum das Sägemehl zusammen. Mersault drehte ebenfalls seinen Stuhl, stellte ihn so hin wie der Tabakhändler und rauchte hintereinander zwei Zigaretten. Er kehrte in sein Zimmer zurück, brach ein Stück Schokolade ab und nahm kauend wieder seinen Platz am Fenster ein. Kurz darauf verdunkelte sich der Himmel, wurde aber gleich wieder klar. Dennoch hatten die vorüberziehenden Wolken auf der Straße etwas wie eine Verheißung von Regen zurückgelassen, so daß sie noch dunkler wirkte. Um fünf Uhr kamen Trambahnen angerattert, die von den Fußballstadien am Stadtrand Trauben von Zuschauern zurückbrachten, die auf den Trittbrettern und an den Handgriffen hingen. Die nächsten Wagen brachten die Spieler zurück, die an ihren kleinen Reisetaschen zu erkennen waren. Sie brüllten und verkündeten, aus vollem Halse grölend, daß ihr Club nie untergehen werde. Mehrere machten Mersault ein Zeichen. Einer rief: «Die haben wir drangekriegt!» - «Ja», sagte Mersault nur und nickte mit dem Kopf. Allmählich tauchten mehr Autos auf. Bei manchen waren die Kotflügel und die Stoßstangen mit Blumen geschmückt. Dann änderte sich abermals das Tageslicht. Über den Dächern bekam der Himmel einen rötlichen Schein. Mit Beginn des Abends belebten die Straßen sich wieder. Die Spaziergänger kehrten zurück. Die Kinder waren müde, weinten oder ließen sich ziehen. In diesem Augenblick ergoß sich aus den Kinos des Viertels ein Strom von Zuschauern auf die Straße. Mersault las aus den entschiedenen und wichtigtuerischen Gesten der jungen Leute, die herauskamen, den unbewußten Kommentar zu dem Abenteuerfilm, den sie gesehen hatten. Die Besucher der Stadtkinos kehrten etwas später zurück. Sie wirkten gesetzter. Zwischen Gelächter und derben Späßen trat in ihrem Gesichtsausdruck und in ihrer Haltung etwas von der Sehnsucht nach einem Leben in dem glanzvollen Stil zutage, das der Film ihnen vor Augen geführt hatte. Auf und ab gehend bevölkerten sie auch weiterhin die Straße. Auf dem Bürgersteig gegenüber von Mersaults Fenster bildeten sich schließlich zwei Ströme. Die jungen Mädchen des Viertels, ohne Hut, kamen Arm in Arm einher und bildeten den einen. Die jungen Burschen, aus denen der andere bestand, riefen ihnen scherzhafte Bemerkungen zu, über die sie lachten, während sie gleichzeitig die Köpfe abwendeten. Die gesetzteren Leute gingen in die Cafés oder bildeten auf dem Bürgersteig Gruppen, die wie Inseln von der wogenden Flut der Passanten umbrandet wurden. Die Straße war jetzt beleuchtet, und die elektrischen Lampen ließen die ersten Sterne verblassen, die sich am nächtlichen Himmel zeigten. Unterhalb von Mersault breiteten sich die Gehwege mit ihrer Ladung von Menschen und Lichtern aus. Die Lampen spiegelten sich in dem blanken Pflaster, und die in regelmäßigem Abstand vorüberfahrenden Trambahnwagen setzten hier und da Glanzlichter auf einen schimmernden Haarschopf, eine feuchte Lippe, ein Lächeln oder ein silbernes Armband. Kurz darauf, als die Trambahnen seltener fuhren und die Nacht schon schwarz über Bäumen und Lampen stand, leerte das Viertel sich unmerklich, und die erste Katze überquerte langsam die verödete Straße. Mersault dachte ans Abendessen. Der Hals tat ihm etwas weh, weil er sich zu lange auf die Lehne seines Stuhls aufgestützt hatte. Er ging hinunter, kaufte Brot und Teigwaren, bereitete sich seine Mahlzeit und aß. Dann ging er wieder ans Fenster. Leute kamen aus den Häusern, die Luft hatte sich abgekühlt. Er fröstelte, schloß die Fensterflügel und trat vor den Spiegel über dem Kamin. Abgesehen von bestimmten Abenden, an denen Marthe ihn besuchte oder er mit ihr ausging, und seiner Korrespondenz mit seinen Freundinnen in Tunis entsprach sein Dasein ganz der gelblichen Perspektive, die der Spiegel ihm in einem Zimmer bot, in dem der verschmutzte Spirituskocher neben Brotresten stand.

«Wieder ein Sonntag herum», sagte sich Mersault.

III

Wenn Mersault abends auf den Straßen promenierte und stolz war, auf Marthes Gesicht Licht und Schatten in gleicher Weise spielen zu sehen, schien ihm alles wunderbar leicht, auch seine Kraft und sein Mut. Er war dankbar dafür, daß sie diese Schönheit, die sie täglich über ihn ausgoß wie einen besonders erlesenen Rausch, an seiner Seite aller Welt offen zeigte.

Wäre Marthe unscheinbar gewesen, hätte es ihn ebenso unglücklich gemacht wie etwa, sie glücklich zu sehen durch das Verlangen der Männer. Er war froh, daß er an jenem Abend das Kino mit ihr betrat, kurz bevor die Vorstellung begann, als der Saal schon fast voll war. Sie ging vor ihm her, von bewundernden Blicken begleitet, mit ihrem Gesicht, das ganz aus Blumen und Lächeln bestand, mit ihrer erregenden Schönheit. Er selbst, mit seinem Filzhut in der Hand, fühlte in sich ein übermenschliches Behagen, gleichsam ein tiefes Bewußtsein seiner eigenen Eleganz. Er setzte eine ernsthafte, distanzierte Miene auf, gab sich übertrieben höflich, trat zur Seite, um die Platzanweiserin vorbeizulassen, klappte den Sitz herunter, bevor Marthe sich niederließ – und das alles weniger, um angenehm aufzufallen, als wegen jener Dankbarkeit, von der sein Herz erfüllt war und die es mit Liebe für alles Lebendige durchdrang. Wenn er der Platzanweiserin ein übertrieben hohes Trinkgeld gab, so ebenfalls deshalb, weil er nicht wußte, wie er seiner Freude Ausdruck geben sollte und weil er durch diese alltägliche Geste einer Gottheit huldigte, deren strahlendes Lächeln wie ein Öl war, das den Glanz seines Blickes speiste. Als er während der Pause in dem Foyer mit den Spiegelwänden umherging, schickten ihm die Wände das Abbild seines Glückes zurück und bevölkerten den Raum mit eleganten, flackernden Bildern, mit seiner großen dunklen Silhouette und dem Lächeln Marthes in ihrem hellfarbigen Kleid. Gewiß, er liebte sein Gesicht, wenn er sich so sah, den zuckend bewegten Mund um die Zigarette herum und das spürbare Fiebern seiner etwas tiefliegenden Augen. Aber wenn schon! Die Schönheit eines Mannes macht in der Praxis bestätigte Wahrheiten sichtbar, die ihm innewohnen. Man liest auf seinem Gesicht, was er zu tun imstande ist. Was aber ist das im Vergleich zu der großartigen Zwecklosigkeit eines Frauengesichts? Mersault wußte recht gut, daß es seine Eitelkeit erfreute und seinen geheimen Dämonen lächelte.

Als er wieder den Zuschauerraum betrat, dachte er daran, daß er allein nie während der Pause hinausging, sondern lieber rauchte und sich die leichte Schallplattenmusik anhörte, die man dann dem Publikum bot. Heute abend aber ging das Spiel für ihn weiter. Alle Gelegenheiten, es zu verlängern und zu erneuern, waren ihm recht. In dem Augenblick jedoch, als sie zu ihren Plätzen zurückkehrten, erwiderte Marthe den Gruß eines Mannes, der ein paar Reihen hinter ihnen saß. Und Mersault, der auch seinerseits grüßte, glaubte bei ihm ein Lächeln zu bemerken, das um seine Mundwinkel spielte. Er setzte sich, ohne auf Marthes Hand zu achten, die sie ihm auf die Schulter legte, um mit ihm zu sprechen, und die er noch eine Minute zuvor mit Freuden wahrgenommen hätte als einen neuen Beweis der Macht, die sie ihm zuerkannte.

«Wer ist das?» fragte er und wartete schon auf das völlig natürlich klingende «Wer?», das auch tatsächlich kam.

«Du weißt genau. Dieser Mann . . .»

«Ach so», sagte Marthe . . . und schwieg.

«Nun?»

«Du willst es unbedingt wissen?»

«Nein», sagte Mersault.

Er wendete sich leicht um. Der Mann betrachtete Marthes Nacken, ohne daß sich in seinem Gesicht irgend etwas regte. Er sah recht gut aus mit seinen schönen, sehr roten Lippen, seine etwas vorstehenden Augen aber blickten ausdruckslos. Mersault spürte, wie ihm das Blut in die Schläfen stieg. Vor seinem verdunkelten Blick hatten sich die strahlenden Farben dieser idealen Umgebung, in der er sich seit ein paar Stunden befand, plötzlich mit schmutzigem Ruß bedeckt. Niemand brauchte es ihm erst zu sagen. Er war sicher, daß dieser Mann mit Marthe geschlafen hatte, und was panikartig in Mersaults Innerem anschwoll, war der Gedanke an das, was dieser gleiche Mann sich möglicherweise sagte. Er wußte es recht gut, er, der auch seinerseits gedacht hatte: ‹Bilde dir nur nichts ein . . .› Bei der Vorstellung, daß dieser Mann in dieser Minute ganz bestimmte Bewegungen Marthes und ihre Art, im Augenblick der Lust den Arm über die Augen zu legen, vor sich sah, daß sicher auch er versucht hatte, den Arm wegzuziehen, um in den Augen der Frau den stürmischen Aufruhr der dunklen Gottheiten zu erkennen, fühlte Mersault, wie alles in ihm zusammenbrach, und während das Klingelzeichen im Zuschauerraum den Fortgang der Vorstellung ankündigte, quollen unter seinen geschlossenen Lidern Tränen der Wut hervor. Er vergaß Marthe, die nur der Vorwand für seine Freude gewesen und nun das lebendige Gefäß seines Zornes geworden war. Lange hielt Mersault die Augen geschlossen, bis er wieder auf die Leinwand schaute. Ein Wagen überschlug sich, und während das Orchester abrupt verstummte, drehte sich eines der Räder allein noch langsam weiter und zerrte in sein beharrliches Kreisen die ganze Schmach und Demütigung mit hinein, die in Mersaults von schwarzen Gedanken erfülltem Herzen aufgestiegen waren. Doch ein Verlangen nach Gewißheit ließ ihn seine Würde vergessen:

«Marthe, ist er dein Liebhaber gewesen?»

«Ja», sagte sie. «Aber jetzt interessiert mich der Film.»

An diesem Tag fing Mersault an, für Marthe etwas zu empfinden. Er hatte sie vor ein paar Monaten kennengelernt. Ihre Schönheit und Eleganz hatten Eindruck auf ihn gemacht. In ihrem etwas breiten, aber ebenmäßigen Gesicht schimmerten goldfarbige Augen und Lippen, die so vollkommen nachgezogen waren, daß sie einer Göttin mit gemaltem Antlitz glich. Eine natürliche Einfalt, die aus ihren Augen sprach, verstärkte noch ihre abwesende, teilnahmlose Miene. Bislang hatte Mersault jedesmal, wenn er mit einer Frau zu den ersten, eine Beziehung einleitenden Gesten übergegangen war, im vollen Bewußtsein dessen, daß unglücklicherweise Liebe und Verlangen sich in gleicher Form ausdrücken, schon an den Bruch gedacht, bevor er sie noch in den Arm genommen hatte. Marthe aber war zu einem Zeitpunkt aufgetaucht, zu dem sich Mersault gerade von allem und von sich selbst befreite. Das Bedürfnis nach Freiheit und Unabhängigkeit ist nur bei einem Menschen denkbar, der noch von Hoffnung lebt. Für Mersault zählte damals nichts, und das erste Mal, als Marthe in seinen Armen schwach wurde und er sah, wie sich in ihrem durch die Nähe weich wirkenden Gesicht die Lippen, bis dahin unbeweglich und gemalten Blumen gleich, belebten und ihm entgegendrängten, hatte er nicht über diese Frau hinweg schon in die Zukunft geblickt, sondern die ganze Macht seines Verlangens heftete sich an sie und sog sich mit ihrer Erscheinung voll. Die Lippen, die sie ihm darbot, schienen ihm eine Botschaft aus einer Welt, die ohne Leidenschaft und von Verlangen geschwellt war und in der sein Herz Genüge gefunden hätte. Das aber kam ihm wie ein Wunder vor. Sein Herz pochte in einer Erregung, die er fast für Liebe gehalten hätte. Und als er das volle, feste Fleisch unter seinen Zähnen fühlte, biß er sich wütend in einer Art wilder Freiheit darin fest, nachdem er sie lange mit seinen eigenen Lippen liebkost hatte. Am gleichen Tage war sie seine Geliebte geworden. Nach einiger Zeit hatten sie in ihrem Umgang eine vollkommene Harmonie erreicht. Doch als er sie besser kannte, hatte er allmählich das spontane Gefühl jener Fremdheit verloren, die er in ihren Augen gelesen hatte und die er, über ihren Mund geneigt, noch manchmal neu erstehen zu lassen versuchte. Und so hatte Marthe, an Mersaults Zurückhaltung und Kälte gewöhnt, niemals begriffen, weshalb er in einer vollbesetzten Trambahn eines Tages verlangt hatte, daß sie ihm ihre Lippen bot. Verwirrt hatte sie sie ihm zugewandt. Und er hatte sie auf die Weise geküßt, wie er es gern tat, nämlich indem er ihre Lippen erst nur zärtlich berührte und dann langsam in sie hineinbiß. «Was fällt dir ein?» hatte sie gesagt. Er hatte gelächelt, wie sie es gern an ihm mochte, mit jenem kurzen Lächeln, das eine Antwort war, und gesagt: «Ich habe Lust gehabt, mich schlecht zu benehmen» – um dann wieder in Schweigen zu verfallen. Sie verstand auch Patrices Wortschatz nicht. Nach dem Liebesakt, in jenem Augenblick, da in dem befreiten und entspannten Körper das Herz in eine Art Schlummer verfällt, erfüllt nur von der zärtlichen Zuneigung noch, die man einem niedlichen Hund entgegenbringt, sagte Mersault lächelnd zu ihr: «Guten Tag, Traumbild.»

Marthe war Stenotypistin. Sie liebte Mersault nicht, war ihm aber in dem Maße zugetan, wie er ihr Rätsel aufgab und ihr schmeichelte. Seit dem Tage, an dem Emmanuel, den Mersault ihr vorgestellt hatte, von ihm sagte: «Sie müssen wissen, Mersault ist ein feiner Kerl. Es steckt etwas in ihm, aber er läßt es nicht heraus. Deshalb täuscht man sich», betrachtete sie ihn voll Neugier. Und da er sie in der Liebe glücklich machte, verlangte sie nichts weiter, sondern paßte sich, so gut es ging, diesem schweigsamen, sich wenig bemerkbar machenden Liebhaber an, der niemals etwas von ihr verlangte, aber sie nahm, wenn sie gern zu ihm wollte. Sie war lediglich etwas befangen diesem Menschen gegenüber, dessen innere Zerrissenheit ihr verborgen blieb.

An jenem Abend jedoch spürte sie beim Verlassen des Kinos, daß Mersault eine empfindliche Stelle hatte. Sie schwieg den ganzen Abend über und schlief bei ihm. Er rührte sie die ganze Nacht nicht an. Doch von da an nahm sie ihren Vorteil wahr. Sie hatte ihm schon gesagt, sie habe Liebhaber gehabt. Sie wußte auch die nötigen Beweise zu finden.

Am folgenden Tag kam sie gegen ihre Gewohnheit nach der Arbeit zu ihm. Sie traf ihn schlafend an und setzte sich an das Fußende seines Messingbettes, ohne ihn zu wecken. Er hatte die Jacke ausgezogen, und seine aufgestreiften Ärmel gaben die weiße Unterseite seines muskulösen braungebrannten Unterarms frei. Er atmete regelmäßig, mit Brust und Bauch zugleich. Zwei Falten zwischen seinen Brauen verliehen ihm einen Ausdruck von Kraft und Starrsinn, den sie gut an ihm kannte. Sein

Haar fiel ihm in Locken in die stark gebräunte Stirn, auf der eine Ader hervortrat. Und wie er da erschlafft auf seinen breiten Schultern lag, die Arme am Körper ausgestreckt und das eine Bein halb angewinkelt, wirkte er wie ein einsamer, eigenwilliger Gott, der im Schlaf in eine fremde Welt geraten war. Beim Anblick seiner vollen, im Schlaf geschwellten Lippen verspürte sie Verlangen nach ihm. In diesem Augenblick schlug er die Augen auf, schloß sie erneut und sagte ohne Zorn in der Stimme:

«Ich mag nicht, wenn man mich im Schlaf beobachtet.»

Sie fiel ihm um den Hals und küßte ihn. Er lag weiter unbeweglich da.

«Ach, Liebling, das ist wieder eine von deinen Marotten.»

«Nenne mich nicht Liebling, hörst du? Ich habe es dir schon einmal gesagt.»

Sie schmiegte sich an ihn und betrachtete ihn von der Seite.

«Ich frage mich, wem du jetzt ähnlich siehst.»

Er zog seine Hose weiter herauf und drehte ihr den Rücken zu. Oft erkannte Marthe im Kino, bei fremden Menschen, oder im Theater Gesten und Eigenheiten wieder, die Mersault an sich hatte. Daraus ersah er im übrigen, welchen Einfluß er auf sie hatte, aber heute reizte ihn diese Gewohnheit, die ihm sonst schmeichelte. Sie preßte sich an seinen Rücken und verspürte so an Leib und Brüsten die Wärme seines Schlafs. Draußen wurde es sehr schnell dunkel, und das Zimmer versank in Finsternis. Aus dem Innern des Hauses drang Geheul von Kindern, die geschlagen wurden, das Miauen einer Katze, das Klappen einer Tür zu ihnen herauf. Die Straßenlampen erhellten den Balkon. Vereinzelt fuhren Trambahnen vorbei. Und danach stieg der dem Viertel eigene Geruch nach Anisette und gegrilltem Fleisch in schweren Wolken zu dem Zimmer empor.

Marthe merkte, daß sie schläfrig wurde.

«Du siehst aus, als ob du ärgerlich wärst», sagte sie. «Gestern schon ... deshalb bin ich gekommen. Hast du mir nichts zu sagen?» Sie schüttelte ihn. Mersault blieb unbeweglich liegen, er fixierte in dem nun schon dichten Dunkel die glänzende Spitze eines Schuhs unter dem Waschtisch.

«Weißt du», sagte Marthe, «dieser Mensch da gestern abend . . . Also, ich habe übertrieben. Er ist nicht mein Liebhaber gewesen.»

«Nein?» fragte Mersault.

«Jedenfalls nicht ganz.»

Mersault sagte nichts. Er sah ganz genau die Gesten vor sich, das Lächeln . . . Er biß die Zähne zusammen. Dann stand er auf, öffnete das Fenster und setzte sich wieder auf das Bett. Sie schmiegte sich an ihn, schob die Hand zwischen zwei Knöpfe seines Hemdes und streichelte seine Brust.

«Wieviel Liebhaber hast du gehabt?» fragte er schließlich.

«Ach, du bist langweilig.»

Mersault schwieg.

«Zehn etwa», sagte sie.

Aus Müdigkeit hatte Mersault Lust nach einer Zigarette.

«Kenne ich sie?» fragte er und zog die Packung heraus.

Er sah nur etwas Weißes an Stelle von Marthes Gesicht. ‹Wie bei der Liebe›, dachte er.

«Ein paar davon, ja. Hier aus dem Viertel.»

Sie rieb ihren Kopf an seiner Schulter und sprach mit jener Kleinmädchenstimme, die Mersault immer rührte.

«Hör zu, Kleines», sagte er . . . (Er zündete seine Zigarette an.) «Du mußt mich recht verstehen. Du versprichst mir, daß du mir ihre Namen nennst. Und die anderen, die, die ich nicht kenne, versprich mir, daß du sie mir zeigst, wenn wir ihnen begegnen.»

Marthe warf sich zurück: «O nein!»

Ein Auto hupte rücksichtslos unter den Fenstern des Zimmers, noch einmal und dann zweimal, ganz lange. Das Klingeln der Trambahn tönte im tiefen Dunkel. Auf der Marmorplatte des Waschtischs tickte hart der Wecker. Mühsam brachte Mersault noch hervor:

«Ich verlange das von dir, weil ich mich kenne. Wenn ich nicht Bescheid weiß, wird es bei jedem Kerl, den ich irgendwo treffe, dasselbe sein. Ich werde mich fragen, ich werde mir Dinge vorstellen, deshalb. Ich werde mir zuviel einbilden. Ich weiß nicht, ob du das verstehst.»

Sie verstand es nur zu gut. Sie sagte ihm die Namen. Einen einzigen kannte Mersault nicht. Der letzte war ein junger Mann, den er kannte. An den nun mußte er denken, denn er wußte, daß er sehr hübsch war und von den Frauen vergöttert wurde. Was ihn an der Liebe wunderte, war – beim ersten Mal wenigstens – die schreckliche Intimität, mit der die Frau sich abfand, die Bereitschaft, den Leib eines Unbekannten in ihren Leib aufzunehmen. In diesem Geschehenlassen, dieser Hingabe und diesem Rausch offenbarte sich ihm die überwältigende und erniedrigende Macht der Liebe. Und diese Intimität stellte er sich als erstes zwischen Marthe und ihrem Liebhaber vor. In diesem Augenblick setzte sie sich auf den Bettrand und zog, den linken Fuß auf den rechten Schenkel gestützt, erst den einen Schuh aus, dann den anderen und ließ sie fallen, so daß der eine auf der Seite lag, der andere auf seinem hohen Absatz stand. Mersault merkte, wie sich ihm die Kehle zuschnürte. Im Magen verspürte er ein bohrendes Gefühl.

«Das also hast du mit René gemacht?» fragte er lächelnd.

Marthe hob den Blick.

«Was du dir da in den Kopf setzt», sagte sie. «Er hat mich nur einmal gehabt.»

«Aha!» sagte Mersault.

«Und außerdem habe ich nicht einmal die Schuhe ausgezogen.»

Mersault stand auf. Er sah sie, in ihren Kleidern, auf einem ebensolchen Bett wie diesem hier auf dem Rücken liegen, ganz und gar hingegeben. Er schrie: «Halt den Mund!» und ging auf das Fenster zu.

«Oh, Liebling!» sagte Marthe, die auf dem Bett saß, die nur noch mit Strümpfen bekleideten Füße auf dem Boden.

Mersault beruhigte sich beim Anblick des Lichterspiels der Lampen auf den Schienen. Niemals hatte er sich Marthe so nahe gefühlt. Und da er zugleich begriff, daß er sich ihr ein wenig mehr öffnete, flammte der Stolz in seinen Augen auf. Er ging wieder zu ihr und faßte mit dem gekrümmten Zeigefinger und dem Daumen die warme Haut ihres Halses unter dem Ohr. Er lächelte.

«Und dieser Zagreus, wer ist das? Er ist der einzige, den ich nicht kenne.»

«Der», sagte Marthe lachend, «den sehe ich noch manchmal.»

Mersault preßte mit den Fingern die Haut zusammen.

«Das war mein erster, weißt du. Da war ich noch ganz jung. Er war etwas älter. Jetzt sind ihm beide Beine amputiert. Er lebt ganz allein. Da gehe ich manchmal zu ihm. Er ist sehr anständig und gebildet. Er tut nichts als lesen. Damals war er Student. Er ist sehr lustig. Ein komischer Kerl. Übrigens drückt er sich aus wie du. Auch er sagt zu mir: ‹Traumbild, komm her zu mir.›»

Mersault überlegte. Er ließ Marthe los, die sich rückwärts auf das Bett warf und die Augen schloß. Gleich darauf setzte er sich neben sie und suchte, über ihre halbgeöffneten Lippen gebeugt, die Zeichen ihrer animalischen Göttlichkeit und zugleich das Vergessen für einen Schmerz, den er als unwürdig empfand. Aber dann löste er sich von ihrem Mund, ohne auf weiterem zu bestehen.

Als er Marthe zurückbegleitete, sprach sie zu ihm von Zagreus. «Ich habe ihm von dir erzählt», sagte sie. «Ich habe ihm gesagt, mein Freund sei sehr schön und sehr stark. Darauf hat er gesagt, er würde dich gern kennenlernen. Weil, sagte er, es mir atmen hilft, wenn ich einen schönen Körper sehe.»

«Auch wieder so ein komplizierter Kerl», sagte Mersault.

Marthe wollte ihm Vergnügen bereiten und hielt den Augenblick für gekommen, ihm die kleine Eifersuchtsszene vorzuspielen, die sie plante und ihm gewissermaßen schuldig zu sein glaubte.

«Weniger als die, mit denen du befreundet bist.»

«Wen meinst du damit?» fragte Mersault ehrlich erstaunt.

«Die Schäfchen, du weißt doch?»

Die Schäfchen, das waren Rose und Claire, Studentinnen aus Tunis, die Mersault gekannt hatte und mit denen er den einzigen Briefwechsel seines Lebens führte. Er lächelte und packte Marthe am Nacken. So gingen sie eine ganze Weile dahin. Marthe wohnte nahe beim Exerzierplatz. Die Straße war lang, und Licht strahlte aus allen Fenstern im oberen Teil der Häuser, während die untere Partie, lauter geschlossene Läden, schwarz und finster war.

«Sag, Liebling, du liebst sie doch nicht etwa, diese Schäfchen, oder doch?»

«Aber nein», antwortete Mersault.

Sie schritten aus, während Mersault seine Hand auf Marthes Nacken hielt, über den sich warm ihre Haare breiteten.

«Du liebst mich», sagte Marthe ohne Übergang.

Mersault wurde plötzlich munter und lachte sehr laut.

«Das ist eine sehr ernste Frage.»

«Antworte.»

«In unserem Alter liebt man doch nicht, wie du weißt. Man gefällt einander, aber das ist auch alles. Später erst, wenn man alt und impotent ist, kann man einander lieben. In unserem Alter glaubt man nur, man liebt. Das ist alles, sonst gibt es da nichts.»

Sie schien ein wenig traurig, aber er küßte sie. «Auf Wiedersehen, Liebling», sagte sie. Mersault kehrte durch die dunklen Straßen zurück. Er ging schnell und war sich des Spiels seiner Muskeln unter dem glatten Stoff der Hose bewußt, und er dachte an Zagreus und daran, daß man ihm die Beine abgenommen hatte. Er verspürte den Wunsch, ihn kennenzulernen, und beschloß Marthe zu bitten, ihn ihm vorzustellen.

Das erste Mal, als er Zagreus sah, war er innerlich sehr erregt. Gleichwohl hatte Zagreus sich Mühe gegeben, die Peinlichkeit zu mildern, die sich für die Phantasie bei der Begegnung zweier Liebhaber ein und derselben Frau in deren Gegenwart einstellt. Zu diesem Zweck hatte er versucht, Mersault zum Komplicen zu machen, indem er Marthe ein ‹braves Mädchen› nannte und kräftig dabei lachte. Mersault hatte sich daran gestoßen. Er sprach es Marthe gegenüber, sobald sie wieder allein waren, unumwunden aus.

«Ich mag diese halben Portionen nicht. Es ist mir unangenehm. Es hindert mich am Denken. Und besonders mag ich keine halben Portionen, die auch noch angeben wollen.»

«Ach du», antwortete Marthe, die nicht begriffen hatte. «Wenn man dich so hört...»

In der Folgezeit aber fesselte jenes jungenhafte Lachen, das ihn zunächst aufgebracht hatte, seine Aufmerksamkeit und sein Interesse. Auch die schlecht verhohlene Eifersucht, die Mersault in seinem Urteil anfangs beeinflußt hatte, war verschwunden, als er Zagreus sah. Marthe, die in aller Unschuld auf die Zeit zurückkam, in der sie mit Zagreus befreundet gewesen war, erteilte er den Rat:

«Verliere nicht deine Zeit. Ich kann auf einen Kerl, der keine Beine mehr hat, nicht eifersüchtig sein. Wenn ich überhaupt an euch beide denke, sehe ich ihn auf dir kriechen wie einen dicken Wurm. Du verstehst, daß mir das einfach widerwärtig ist. Gib dir also keine Mühe, mein Engel.»

Und in der nächsten Zeit besuchte er Zagreus allein. Zagreus sprach schnell und viel, er lachte, wurde aber dann wieder still. Mersault fühlte sich wohl in dem großen Zimmer, in dem Zagreus sich aufhielt – zwischen seinen Büchern und seinen marokkanischen Kupfergeräten, dem Kaminfeuer und den Lichtreflexen auf dem verschlossenen Antlitz des Khmer-Buddha auf dem Arbeitstisch. Was ihn bei dem Krüppel überraschte, war, daß er nachdachte, ehe er sprach. Im übrigen genügten die verhaltene Leidenschaft, das glühende Leben, das diesen lächerlichen Rumpf durchflutete, um Mersault zu fesseln und in ihm etwas entstehen zu lassen, das er bei ein wenig mehr Geneigtheit für Freundschaft hätte halten können.

IV

An diesem Sonntagnachmittag war Roland Zagreus, nachdem
er viel geredet und allerlei Spaß gemacht hatte, am Kaminfeuer
in seinem großen Rollstuhl, wo er aus seiner weißen Decke her-
ausragte, in Schweigen verfallen. An das Bücherregal gelehnt,
betrachtete Mersault den Himmel und die Landschaft hinter
den weißseidenen Fenstervorhängen. Er war bei einem leichten
feinen Regen hergekommen und aus Furcht, zu früh daran zu
sein, eine Stunde lang in der Gegend umhergeirrt. Das Wetter
war unfreundlich, und ohne den Wind zu hören, sah Mersault
doch, wie die Bäume und das Laub in dem kleinen Tal sich laut-
los hin und her wendeten. Von der Straße her hörte man einen
Milchwagen mit viel Geklapper von Holz und Blech vorüberfahren. Fast gleich darauf wurde der Regen heftiger und klatsch-
te gegen die Fenster. Bei diesem Regen, der wie dickflüssiges Öl
an den Scheiben entlangrann, dem hohlen fernen Geräusch der
Pferdehufe, das man jetzt deutlicher hörte als das Wagenge-
rumpel, nahm alles, das dumpfe, beharrliche Regenrauschen,
dieser Mann, der wie ein großer Krug neben dem Feuer hockte,
und die Stille im Zimmer, die Züge von etwas Vergangenem an,
das Mersaults Herz mit dumpfer Schwermut durchdrang wie
kurz zuvor das Wasser seine feuchten Schuhe und die Kälte
seine durch den dünnen Stoff zu wenig geschützten Knie. Ein
paar Augenblicke zuvor hatte die verdunstende Feuchtigkeit,
die von oben herabsank und weder Nebel noch Regen war, sein
Gesicht genetzt wie eine leicht darübergleitende Hand und seine
tief verschatteten Augen freigespült. Jetzt starrte er in den Himmel, aus dessen Tiefen unaufhörlich schwarze Wolken quollen,
die sich gleich wieder auflösten und anderen, neuen wichen. Die
Falte seiner Hose war verschwunden und mit ihr die Wärme und
das Selbstvertrauen, die ein normaler Mensch in einer Welt, die

für ihn gemacht ist, mit sich herumzutragen pflegt. Deshalb trat er ans Feuer und näherte sich Zagreus und setzte sich ihm gegenüber, ein wenig im Schatten des hohen Kamins und noch immer den Himmel vor sich. Zagreus sah ihn an, wandte dann die Augen ab und warf ein Papierknäuel, das er in der linken Hand hielt, ins Feuer. Bei dieser an sich lächerlichen Bewegung empfand Mersault das Unbehagen, das ihn stets beim Anblick dieses nur noch halb lebendigen Körpers befiel. Zagreus lächelte, sagte aber nichts. Und plötzlich beugte er sein Gesicht zu ihm vor. Die Flammen warfen ihren Schein nur auf seine linke Wange, aber etwas in seiner Stimme und in seinem Blick erwärmte sich.

«Sie sehen müde aus», sagte er.

Aus einer gewissen Schamhaftigkeit heraus antwortete Mersault nur: «Ja, ich langweile mich», erhob sich nach einiger Zeit, ging auf das Fenster zu und setzte, während er hinaussah, hinzu: «Ich habe Lust zu heiraten, mir das Leben zu nehmen oder ‹L'Illustration› zu abonnieren. Irgendeine verzweifelte Geste, was weiß ich!»

Der andere lächelte: «Sie sind arm, Mersault. Das erklärt Ihre Unlust schon halb. Die andere Hälfte verdanken Sie Ihrem törichten Akzeptieren der Armut.»

Mersault kehrte ihm noch immer den Rücken zu und betrachtete die windbewegten Bäume. Zagreus glättete mit der Hand die Decke, die auf seinen Beinstümpfen lag.

«Sie wissen ja. Ein Mann schätzt sich selbst immer nach dem Gleichgewicht ein, das er zwischen seinen körperlichen Bedürfnissen und den Anforderungen seines Geistes herzustellen weiß. Sie selber sind gerade dabei, sich einzuschätzen, und zwar mit miserablem Ergebnis, Mersault. Sie leben verkehrt. Sie leben wie ein Barbar.» Er wendete Patrice das Gesicht zu: «Sie fahren gern selber ein Auto, nicht wahr?»

«Ja.»

«Sie lieben die Frauen?»

«Wenn sie schön sind.»

«Das meinte ich natürlich.» Zagreus blickte wieder ins Feuer.

«Alles das ...» setzte er gleich darauf noch einmal an.

Mersault wendete sich um und wartete, an die Fensterscheiben gelehnt, die in seinem Rücken ein wenig nachgaben, auf das Ende des Satzes. Zagreus aber blieb stumm. Eine verfrühte Fliege summte an der Scheibe. Mersault drehte sich wieder um, bedeckte sie mit seiner Hand und ließ sie wieder frei. Zagreus sah ihm zu und fuhr dann zögernd fort:

«Ich rede nicht gern ernsthaft. Weil es dann überhaupt nur eine Sache gibt, von der man reden könnte: die Rechtfertigung, die man für sein Leben anzuführen hat. Ich selber wüßte nicht, wie ich in meinen Augen meine verstümmelten Beine noch rechtfertigen könnte.»

«Ich auch nicht», sagte Mersault, ohne sich umzudrehen.

Zagreus ließ plötzlich ein munteres Lachen hören. «Danke. Sie lassen mir keine Illusion.» Dann schlug er einen anderen Ton an: «Aber Sie sind mit Recht so hart. Dennoch ist da etwas, was ich Ihnen sagen wollte.» Mit ernster Miene schwieg er. Mersault kam und nahm ihm gegenüber Platz.

«Hören Sie zu», begann Zagreus aufs neue, «und sehen Sie mich an. Man hilft mir bei der Verrichtung meiner Bedürfnisse. Und danach wäscht man mich und trocknet mich ab. Schlimmer noch, ich bezahle jemanden dafür. Und doch, ich werde nie etwas tun, um ein Leben abzukürzen, an das ich so sehr glaube. Ich würde noch Schlimmeres auf mich nehmen, blind zu sein, stumm, alles, was Sie wollen, wofern ich nur in meinem Leib diese düstere glühende Flamme fühle, die mein Ich ist, mein lebendiges Ich. Ich würde einzig daran denken, dem Leben dafür zu danken, daß es mir erlaubt hat, noch weiter in dieser Weise zu brennen.» Etwas außer Atem lehnte Zagreus sich jäh zurück. Man sah jetzt weniger von ihm, nur den bleichen Widerschein seiner Decken auf seinem Kinn. Dann sagte er: «Sie aber, Mersault, mit Ihrem Körper – Sie haben einzig die Pflicht, zu leben und glücklich zu sein.»

«Daß ich nicht lache», sagte Mersault. «Bei acht Stunden täglich im Büro. Ja! Wäre ich frei!»

Er hatte sich beim Sprechen belebt, und wie schon öfter fühlte er sich, heute sogar stärker als sonst, von Hoffnung erfüllt, er meinte, Hilfe zu verspüren. Das Vertrauen durchdrang ihn, endlich einmal Vertrauen schenken zu können. Er beruhigte sich etwas, zerdrückte langsam eine Zigarette und fuhr gelassener fort: «Vor ein paar Jahren noch hatte ich alles vor mir, man sprach von meinem Leben, meiner Zukunft zu mir. Ich sagte ja. Ich tat sogar, was dafür getan werden mußte. Doch schon damals war das alles mir fremd. Das Unpersönliche zu suchen – das beschäftigte mich. Nicht ‹gegen die Umstände› glücklich zu sein. Ich drücke mich schlecht aus, Zagreus, aber Sie verstehen schon.»

«Ja», sagte der andere.

«Noch jetzt, wenn ich Zeit dazu hätte . . . Ich brauchte mich nur treiben zu lassen. Alles, was mir darüber hinaus widerführe, nun, es wäre wie Regen auf einen Kieselstein. Der kühlt ihn ab, und das ist schon sehr schön. Ein andermal durchglüht ihn die Sonne. Es ist mir immer so vorgekommen, als sei das gerade das Glück.»

Zagreus hatte die Hände übereinandergelegt. Während des nun folgenden Schweigens schien der Regen doppelt so heftig zu prasseln, und die Wolken ballten sich zu einem einzigen dichten Nebel. Das Zimmer verdunkelte sich etwas mehr, als ob der Himmel seine ganze Ladung an Finsternis und Schweigen in den Raum ergösse. Mit steigendem Interesse sagte der Krüppel:

«Ein Körper hat immer das Ideal vor sich, das er verdient. Um dieses Kieselsteinideal aufrechtzuerhalten, muß man, wenn ich so sagen darf, über den Leib eines Halbgotts verfügen.»

«Das stimmt», antwortete Mersault etwas überrascht. «Aber wir wollen doch nicht übertreiben. Ich habe viel Sport getrieben, das ist alles. Und ich bin imstande, im Genuß ziemlich weit zu gelangen.»

Zagreus dachte nach.

«Ja», sagte er. «Um so besser für Sie. Die Grenzen seines Körpers zu kennen, ist die wahre Psychologie. Im übrigen hat das weiter keine Bedeutung. Wir haben keine Zeit, wir selber zu sein. Wir haben einzig Zeit, glücklich zu sein. Aber würde es Ihnen etwas ausmachen, mir Ihre Idee vom Unpersönlichen zu erklären?»

«Nein», sagte Mersault, schwieg aber weiterhin.

Zagreus trank einen Schluck von seinem Tee und stellte die volle Tasse wieder zurück. Er trank sehr wenig, um nur einmal am Tag Wasser lassen zu müssen. Durch Willenskraft gelang es ihm fast immer, das Maß an Demütigungen, das jeder Tag ihm brachte, möglichst niedrig zu halten. «Es gibt keine kleinen Ersparnisse. Dies ist ein Rekord wie jeder andere», hatte er einmal zu Mersault gesagt. Ein paar Wassertropfen fielen jetzt zum ersten Mal in den Kamin. Das Feuer knisterte. Der Regen schlug mit verstärkter Kraft an die Fensterscheiben. Irgendwo klappte eine Tür. Gegenüber auf der Straße huschten Autos vorbei wie glatte, glänzende Ratten. Eines von ihnen hupte lange, und der hohle, klagend das Tal durchhallende Ton erweiterte noch die feuchten Räume der Welt, bis selbst die Erinnerung daran für Mersault zu einer Komponente des Schweigens und der Trostlosigkeit dieses Himmels wurde.

«Ich bitte Sie um Entschuldigung, Zagreus, aber ich habe von gewissen Dingen lange nicht mehr gesprochen. Und dann weiß ich nicht mehr, oder doch nicht so recht. Wenn ich mein Leben und seine geheime Farbe betrachte, verspüre ich in mir etwas wie ein Aufquellen von Tränen. Wie der Himmel dort draußen. Er ist zugleich Regen und Sonnenschein, Mittag und Mitternacht. Ach, Zagreus! Ich denke an die Lippen, die ich geküßt habe, an das arme Kind, das ich gewesen bin, an den Wahn von Leben und Ehrgeiz, der mich in manchen Augenblicken mitreißt. Ich bin das alles zugleich. Ich bin sicher, daß es Momente gibt, in denen Sie mich nicht wiedererkennen würden. Extrem im Unglück, maßlos im Glück, ich weiß nicht, wie ich es ausdrücken soll.»

«Sie treten zugleich in verschiedenen Rollen auf?»

«Ja, aber nicht als Amateur», wandte Mersault lebhaft ein. «Jedesmal, wenn ich an diesen Ablauf von Schmerz und Freude in mir denke, weiß ich recht gut und mit aller Leidenschaft, daß die Rolle, die ich gerade spiele, die ernsteste, die aufregendste von allen ist.»

Zagreus lächelte.

«Sie haben also etwas zu tun?»

Heftig stieß Mersault hervor: «Ich muß mir mein Leben verdienen. Meine Arbeit, diese acht Stunden, die andere ertragen, hindern mich daran.»

Er schwieg und zündete die Zigarette an, die er so lange schon in der Hand gehalten hatte.

«Und dennoch», fuhr er fort, bevor er sein Streichholz löschte, «wenn ich genügend Kraft und Geduld hätte . . .» Er blies das Streichholz aus und zerdrückte das verkohlte Ende auf dem Rücken seiner linken Hand. «. . . Ich weiß, welchen Grad von Leben ich erreichen würde. Ich würde kein Experiment aus meinem Dasein machen. Ich selber würde das Experiment meines Lebens sein . . . Ja, ich weiß, welche Leidenschaft mich mit all ihrer Kraft erfüllen würde. Vorher war ich zu jung. Ich stellte mich selbst in den Mittelpunkt. Heute», sagte er, «habe ich begriffen, daß Handeln und Lieben und Leiden tatsächlich Leben ist, aber Leben nur, soweit man sein Schicksal in sich einläßt und es hinnimmt als den einzigen Widerschein eines Regenbogens aus Freuden und Leidenschaften, der für alle der gleiche ist.»

«Ja», sagte Zagreus, «aber wenn Sie arbeiten, können Sie so nicht leben . . .»

«Nein, weil ich mich in einem Zustand der Revolte befinde, und das ist schlecht.»

Zagreus schwieg. Der Regen hatte aufgehört, aber am Himmel war Nacht an die Stelle der Wolken getreten und hatte das Zimmer fast völlig in Dunkel gehüllt. Allein das Kaminfeuer erhellte die schimmernden Gesichter des Krüppels und Mersaults. Zagreus, der lange geschwiegen hatte, sah Patrice an und sagte nur: «Viele Schmerzen warten auf die, die Sie lieben . . .» und hielt verwundert inne, als Mersault jäh aufsprang, wobei sein Kopf ins Dunkel geriet, und heftig hervorstieß: «Die Liebe, die man an mich wendet, verpflichtet mich zu nichts.»

«Das stimmt», sagte Zagreus. «Ich stellte nur etwas fest. Eines Tages sind Sie plötzlich allein, darauf kommt alles heraus. Aber setzen Sie sich und hören Sie mir zu. Was Sie mir gesagt haben, hat mich sehr angerührt. Eine Sache besonders, weil sie alles bestätigt, was mich mein Leben als Mann gelehrt hat. Ich mag Sie sehr gern, Mersault. Wegen Ihres Körpers übrigens. Durch ihn haben Sie das alles gelernt. Heute, scheint mir, kann ich ganz offen zu Ihnen sprechen.»

Mersault setzte sich langsam wieder hin, und sein Gesicht wurde erneut von dem sich immer mehr rötenden Lichtschein des niederbrennenden Feuers erfaßt. Mit einemmal hatte man das Gefühl, daß in dem Fensterviereck hinter den Seidenvorhängen die Nacht sich öffnete. Irgend etwas entspannte sich hinter den Scheiben. Ein milchiger Schimmer drang in den Raum, und Mersault erkannte auf den ironischen stummen Lippen des Bodhisattwa und auf den ziselierten Kupfergefäßen das vertraute flüchtige Antlitz der Sternen- und Mondnächte, die er so sehr liebte. Es war, als habe die Nacht die Wolken, die auf ihr lagerten, abgestreift und strahle jetzt in ihrem ruhigen Glanz. Die Autos auf der Straße glitten weniger schnell vorbei. Unten im Tal machten nach einem kurzen Aufschwirren die Vögel sich bereit für den Schlaf. Man hörte Schritte vor dem Haus, und in der Dunkelheit, die wie Milch über die Welt hinflutete, klangen alle Geräusche weiter und heller. Aus dem sich rötenden Feuer, dem zuckenden Erwachen des Raumes und dem geheimen Leben der vertrauten Gegenstände, die ihn umgaben, spann sich eine leichte Poesie, die in Mersault die Bereitschaft schuf, anderen Sinnes, mit Vertrauen und Liebe aufzunehmen, was Zagreus ihm sagen würde. Er lehnte sich etwas auf seinem Sessel zurück, und mit dem Blick auf den Himmel hörte er Zagreus' sonderbare Geschichte an.

«Ich bin sicher», begann dieser, «daß man ohne Geld nicht glücklich sein kann. Damit ist alles gesagt. Ich kann es weder leiden, daß man die Dinge leicht, noch daß man sie romantisch nimmt. Ich will Klarheit haben. Nun, ich habe festgestellt, daß gewisse Ausnahmewesen eine Art von geistigem Snobismus

42

pflegen und sich einbilden, Geld sei nicht unerläßlich notwendig, um glücklich zu sein. Das ist dumm, das ist falsch und in gewissem Maß sogar feige. Sehen Sie, Mersault, für einen Menschen von guter Herkunft ist Glücklichsein niemals kompliziert. Es genügt, wenn er das Schicksal aller übrigen auf sich nimmt, nicht mit dem Willen zum Verzicht, wie so viele falsche große Männer, sondern mit dem Willen zum Glück. Nur braucht es, um glücklich zu sein, Zeit. Sehr viel Zeit. Auch Glücklichsein erfordert viel Geduld. Und in fast allen Fällen bringen wir unser Leben damit hin, Geld zu verdienen, während man Geld haben müßte, um Zeit für sich zu gewinnen. Das ist das einzige Problem, das mich je interessiert hat. Es ist eindeutig. Es ist klar.»

Zagreus hielt inne und schloß die Augen. Mersault betrachtete beharrlich den Himmel. Einen Augenblick lang traten die Geräusche von der Straße und den Feldern draußen deutlich hervor. Dann fuhr Zagreus ohne Eile fort:

«Oh! Ich weiß natürlich, daß die meisten Reichen keinen Sinn haben für das Glück. Doch darum geht es nicht. Geld haben bedeutet über Zeit verfügen. Ich gehe aber nicht davon aus. Man kann sich die Zeit kaufen. Man kann alles kaufen. Reich sein oder werden, bedeutet Zeit haben, um glücklich zu sein, wenn man würdig ist, es zu sein.»

Er sah Patrice an:

«Mit fünfundzwanzig Jahren, Mersault, hatte ich schon begriffen, daß jede Kreatur, die Sinn für das Glück, den Willen zum Glück und das Verlangen danach hat, auch das Recht besitzt, reich zu sein. Das Verlangen nach Glück kam mir wie das Edelste im menschlichen Herzen vor. In meinen Augen rechtfertigte es alles. Ein reines Herz genügte dafür.»

Zagreus, der Mersault immer noch ansah, sprach auf einmal sehr langsam, mit einer kalten, harten Stimme, als wolle er Mersault aus seinem scheinbaren Zustand der Geistesabwesenheit reißen. «Mit fünfundzwanzig Jahren habe ich angefangen, mir mein Vermögen zu schaffen. Ich bin nicht vor Betrug zurückgeschreckt. Ich wäre vor nichts zurückgeschreckt. Innerhalb von ein paar Jahren hatte ich meine gesamte flüssige Habe beisammen. Stellen Sie sich vor, Mersault, beinahe zwei Millionen. Die Welt tat sich mir auf. Und mit der Welt das Leben, von dem ich in der Einsamkeit und in glühenden Phantasien träumte . . .» Nach einer Pause fuhr Zagreus mit gedämpfterer Stimme fort: «Das Leben, das ich gehabt hätte, Mersault, wenn mir nicht fast gleich darauf der Unfall meine Beine genommen hätte. Ich habe nicht Schluß zu machen gewußt . . . Und da bin ich nun. Sie verstehen gut, nicht wahr, daß ich ein derart eingeschränktes Leben nicht habe fortführen wollen. Seit zwanzig Jahren habe ich mein Geld hier bei mir. Ich habe bescheiden gelebt. Ich habe die Summe kaum angegriffen.» Er strich sich mit seinen harten Händen über die Lider und fuhr mit leiserer Stimme fort: «Man darf das Leben nie mit den Küssen eines Krüppels beschmutzen.»

Im gleichen Augenblick hatte Zagreus die kleine Truhe geöffnet, die dicht neben dem Kamin stand, und auf eine schwere Kassette aus dunklem Stahl gedeutet, in der der Schlüssel steckte. Auf der Kassette lag ein weißer Briefumschlag und darauf ein großer schwarzer Revolver. Auf Mersaults unwillkürlich neugierigen Blick antwortete Zagreus nur mit einem Lächeln. Die Sache war sehr einfach. An Tagen, an denen er allzu stark die Tragödie empfand, durch die ihm sein Leben geraubt worden war, legte er diesen Brief, den er nicht datiert hatte und der einen Teil seines Verlangens zu sterben darstellte, unmittelbar vor sich hin. Dann legte er die Waffe auf den Tisch, schob sie dichter heran und preßte seine Stirn dagegen, bewegte seine Schläfen daran und kühlte an dem kalten Eisen das Fieber seiner Wangen. Lange verharrte er so, ließ die Finger über den Abzug gleiten, betastete den Verschluß, bis alles um ihn her in Ruhe versank und er sich, schon schläfrig geworden, mit seinem ganzen Sein an das Gefühl des kalten, salzig schmeckenden Eisens verlor, aus dem jederzeit der Tod hervorgehen konnte. Wenn er in dieser Weise spürte, daß es genügen würde, den Brief zu datieren und zu schießen, und sich der absurden Leichtigkeit des Selbstmordes bewußt wurde, war seine Phantasie genügend

«In fast allen Fällen bringen wir unser Leben damit hin, Geld zu verdienen ...

... während man Geld haben müßte, um Zeit für sich zu gewinnen. Das ist das einzige Problem, das mich je interessiert hat», sagt Zagreus.

Zum Geldverdienen muß man Zeit aufwenden, aber die Zeit hilft auch beim Geldverdienen, wenn man es nämlich gewinnbringend anlegt. Und von dem Ertrag kann man sich dann von Zeit zu Zeit eine gute Zeit machen.

angeregt, um ihm das ganze Grauen vor Augen zu stellen, das die Negation des Lebens für ihn bedeutete, so daß er all sein Verlangen, noch weiter in Würde und Schweigen die Lebensflamme zu bewahren, in seinen Halbschlaf mit hinübernahm. Wenn er dann mit einem von schon bitterem Speichel angefüllten Mund erwachte, leckte er an dem Lauf der Waffe, führte seine Zunge in die Mündung ein und stöhnte schließlich in einem unmöglichen Glücksgefühl.

«Gewiß, ich habe mein Leben verfehlt. Aber damals hatte ich recht: Alles für das Glück, alles gegen die Welt, die uns mit ihrer Dummheit und ihrer Gewalttätigkeit umgibt. Sehen Sie, Mersault», setzte Zagreus schließlich lachend hinzu, «die ganze Jämmerlichkeit und Grausamkeit unserer Zivilisation drückt sich in der blödsinnigen Behauptung aus, glückliche Völker hätten keine Geschichte.»

Es war inzwischen sehr spät geworden. Mersault hatte dafür kein klares Gefühl mehr. Ihm schwirrte der Kopf von fiebriger Erregung. In seinem Mund spürte er die Hitze und Schärfe der Zigaretten, die er geraucht hatte. Das Licht um ihn her wirkte mit dabei. Zum ersten Mal seit Beginn der Erzählung blickte er jetzt zu Zagreus hinüber. «Ich glaube, ich verstehe», sagte er.

Ermüdet von der langen Anstrengung atmete der Krüppel jetzt schwer. Nach einer Pause brachte er indessen noch mit Mühe hervor:

«Ich würde meiner Sache gern sicher sein. Lassen Sie mich nicht sagen, Geld bedeute Glück. Ich meine nur, daß für eine gewisse Klasse von Menschen das Glück möglich ist (wofern sie über Zeit verfügen) und daß man dadurch, daß man Geld hat, sich vom Geld befreit.»

Er war auf seinem Stuhl und unter seinen Decken zusammengesunken. Das Dunkel hatte sich wieder verdichtet, und Mersault sah jetzt von Roland fast nichts mehr. Ein langes Schweigen folgte, und Patrice, der den Kontakt wieder aufnehmen, sich in der Dunkelheit der Gegenwart des anderen versichern wollte, sagte im Aufstehen gleichsam tastend:

«Ein schönes Wagnis auf alle Fälle.»

«Ja», sagte der andere mit dumpfer Stimme. «Und es ist besser, auf dieses Leben zu setzen als auf das andere. Für mich sieht das freilich anders aus.»

‹Ein Haufen Elend›, dachte Mersault. ‹Eine Null in der Welt.›

«Seit zwanzig Jahren habe ich ein gewisses Glück nicht mehr erleben können. Dieses Leben, das mich verzehrt, habe ich niemals vollkommen kennengelernt, und was mich am Tode erschreckt, ist die Gewißheit, die er mir geben wird, daß mein Leben ohne mich abgelaufen ist. Am Rande, verstehen Sie?»

Ohne Übergang klang ein sehr junges Lachen aus dem Dunkel hervor:

«Das bedeutet, Mersault, daß ich im Grunde bei meinem Zustand immer noch Hoffnung habe.»

Mersault trat ein paar Schritte näher an den Tisch.

«Denken Sie an alles das», sagte Zagreus. «Denken Sie daran.»

Mersault fragte nur: «Kann ich Licht machen?»

«Wenn Sie wollen.»

Rolands Nasenflügel und seine runden Augen zeichneten sich in der strahlenden Helligkeit nur noch fahler ab. Er atmete mit Mühe. Als Mersault ihm die Hand hinhielt, beantwortete er diese Geste mit Kopfschütteln und einem zu lauten Lachen. «Nehmen Sie mich nicht zu ernst. Mich reizt es immer, müssen Sie wissen, wenn die Leute angesichts meiner amputierten Beine eine tragische Miene aufsetzen.»

‹Er macht sich über mich lustig›, dachte der andere.

«Nehmen Sie nichts tragisch außer dem Glück. Denken Sie gut darüber nach, Mersault, Sie haben ein reines Herz. Denken Sie daran.» Dann sah er ihm in die Augen und setzte nach kurzer Zeit hinzu: «Und Sie haben auch zwei Beine, was nichts schaden kann.»

Darauf lächelte er und setzte eine Schelle in Bewegung.

«Verschwinden Sie, mein Junge, ich muß jetzt Pipi machen.»

Als er, mit allen Gedanken noch bei Zagreus, an jenem Sonntagabend wieder nach Hause kam, hörte Mersault, bevor er sein Zimmer betrat, stöhnende Laute, die aus der Wohnung Cardonas, des Faßbinders, kamen. Er klopfte. Niemand antwortete ihm. Die Klagelaute hielten an. Ohne zu zögern trat er ein. Der Faßbinder lag zusammengekrümmt auf seinem Bett und schluchzte hemmungslos wie ein Kind. Zu seinen Füßen lag die Fotografie einer alten Frau. «Sie ist tot», stieß er, zu Mersault gewendet, mit großer Anstrengung hervor. Das stimmte, aber es war schon lange her.

Er war taub, fast stumm, bösartig und brutal. Bis jetzt hatte er mit seiner Schwester gelebt. Aber seiner Bosheit und seines Despotismus überdrüssig hatte sie sich zu ihren Kindern geflüchtet. Und er war allein geblieben, so hilflos, wie nur ein Mann es sein kann, der zum ersten Mal seinen Haushalt und seine Küche allein besorgen muß. Seine Schwester hatte Mersault von ihren Streitereien erzählt, als sie ihn eines Tages auf der Straße traf. Er war dreißig Jahre alt, klein von Gestalt und eher schön zu nennen. Seit seiner Kindheit hatte er bei seiner Mutter gelebt. Sie war das einzige Wesen, das ihm – eine mehr abergläubische als begründete – Furcht eingeflößt hatte. Er hatte sie mit seiner dürftigen Seele geliebt, das heißt auf eine zugleich rauhe und heftige Art, und der beste Beweis für seine Anhänglichkeit war dabei, wie er die alte Frau ärgerte, indem er mit großem Aufwand die schlimmsten Grobheiten über die Pfarrer und die Kirche losließ. Wenn er so lange bei seiner Mutter geblieben war, so auch deshalb, weil er niemals einer Frau das Gefühl ernsthafter Zuneigung eingeflößt hatte. Gelegentliche Abenteuer oder der Besuch eines Bordells gaben ihm aber immerhin das Recht, sich als Mann zu fühlen.

Die Mutter starb. Von da an lebte er mit seiner Schwester zusammen. Mersault hatte ihnen das Zimmer vermietet, in dem sie wohnten. Beide nunmehr allein, quälten sie sich mühsam durch ein langes schmutziges, düsteres Dasein. Nur mit Schwierigkeit konnten sie miteinander sprechen. So verbrachten sie ganze Tage, ohne auch nur ein Wort zu wechseln. Nun aber war sie fortgegangen. Er war zu stolz, um sich zu beklagen und sie zu bitten, sie solle doch wiederkommen: er lebte allein. Mittags aß er im Restaurant, abends lebte er zu Hause von kaltem Aufschnitt. Er wusch seine Wäsche und seine blauen Arbeitsanzüge selbst. Sein Zimmer aber ließ er in furchtbarem Schmutz verkommen. Anfangs hatte er manchmal am Sonntag zu einem Lappen gegriffen und in der Wohnung etwas Ordnung zu machen versucht. Aber Anzeichen männlicher Naivität, ein Kochtopf auf dem einst mit Blumen und anderen Dingen geschmückten Kamin, offenbarten die Vernachlässigung, die allem zuteil wurde. Was er Ordnung machen nannte, bestand darin, die Unordnung zu vertuschen, alles was herumlag, hinter Kissen zu verstecken oder die verschiedensten Dinge bunt durcheinander auf dem Buffet aufzustellen. Im übrigen war ihm auch das allmählich zuviel geworden, er machte nicht einmal mehr sein Bett, sondern schlief mit dem Hund auf den schmutzigen, übelriechenden Decken. Seine Schwester hatte zu Mersault gesagt: «In den Cafés spielt er sich auf. Aber der Inhaber hat mir gesagt, er habe ihn beim Wäschewaschen Tränen vergießen sehen.» Und tatsächlich erfaßte diesen Mann, so verstockt er war, zu gewissen Stunden eine Art von Entsetzen, das ihn die Tiefe seiner Verlassenheit ermessen ließ. Gewiß, aus Mitleid habe sie mit ihm gelebt, sagte sie zu Mersault. Aber er hinderte sie daran, sich mit dem Mann zu treffen, den sie liebte. In ihrem Alter allerdings hatte das nicht mehr soviel Bedeutung. Es war ein verheirateter Mann. Er brachte seiner Freundin Blumen, die er an den Hecken am Stadtrand gepflückt hatte, oder Orangen und Liköre, die er auf dem Jahrmarkt gewann. Freilich, schön war er nicht. Aber ‹mit Schönheit kann man sich keinen Salat anmachen›, sagte sie, und er war ein braver Mensch. Sie hing an ihm und er an ihr. Ist das etwas anderes als Liebe? Sie wusch ihm seine Wäsche und gab sich Mühe, ihn sauber zu halten. Er hatte die Gewohnheit, dreieckig gefaltete Taschentücher um den Hals zu tragen: sie sorgte dafür, daß sie sehr weiß waren, und das war eine seiner Freuden.

Der andere, ihr Bruder, wollte nicht, daß sie ihren Freund bei sich sah. Sie mußten sich heimlich treffen. Einmal hatte sie ihn im Hause gehabt. Als der Bruder sie mit ihm erwischte, hatte es furchtbaren Streit gegeben. Das zum Dreieck gefaltete Taschentuch war nach ihrem Aufbruch in einer schmutzigen Ecke liegengeblieben, und sie hatte sich zu ihrem Sohn geflüchtet. Mersault dachte an dieses Taschentuch angesichts des verkommenen Zimmers, das er vor sich sah.

Seinerzeit hatte man dennoch den Faßbinder wegen seines Alleinseins bedauert. Er hatte zu Mersault etwas von einer eventuellen Heirat gesagt. Es handelte sich um eine ältere Frau. Und zweifellos hatte sie sich durch die Hoffnung auf junge, kraftvolle Liebesbezeigungen verlockt gefühlt... Sie hatte sie vor der Heirat auch erhalten. Aber nach einiger Zeit gab ihr Liebhaber den Plan auf mit dem Bemerken, er finde sie zu alt. Und so war er denn in diesem kleinen Haus im Viertel wieder allein. Allmählich griff der Schmutz bei ihm um sich, belagerte ihn, brandete an sein Bett und überflutete es schließlich auf eine Art, daß ihm nicht mehr beizukommen war. Das Haus war zu häßlich. Für einen armen Mann jedoch, dem es daheim nicht gefällt, gibt es ein ansprechenderes, reicheres, strahlender beleuchtetes und immer gastliches Haus: das Café. In den Cafés hier im Viertel ging es besonders lebhaft zu. Es herrschte dort jene Herdenwärme, die die letzte Zuflucht vor den Schrecken der Einsamkeit und für die unbestimmten Bedürfnisse ist, die daraus erwachsen. Der Stumme erwählte sie als ständiges Domizil. Mersault erblickte ihn dort allabendlich. Mit ihrer Hilfe zog er den Augenblick der Heimkehr so lange wie möglich hinaus. In ihnen fand er seinen Platz unter den Menschen. An diesem Abend hatten offenbar die Cafés nicht genügt. Als er nach Hause kam, mußte er wohl die Fotografie hervorgeholt und mit ihr das Echo der toten Vergangenheit noch einmal heraufbeschworen haben. Er fand die wieder, die er geliebt und geärgert hatte. In dem scheußlichen Zimmer, allein mit seinem unnützen Leben, hatte er seine letzte Kraft zusammengenommen und sich die Vergangenheit, die sein Glück gewesen war, noch einmal bewußt gemacht. Man mußte es wenigstens glauben, und bei dem Zusammenprall dieser Vergangenheit und seiner elenden Gegenwart war ein Funken des Göttlichen aufgesprüht, denn er hatte ja zu weinen angefangen.

Wie jedesmal, wenn er sich einer brutalen Bekundung des Lebens gegenüber fand, fühlte Mersault sich machtlos angesichts dieses kreatürlichen Leidens, das er gleichwohl respektierte. Es setzte sich auf die schmutzigen, zerknautschten Decken und legte Cardona die Hand auf die Schulter. Vor ihm, auf dem Wachstuch, mit dem der Tisch bedeckt war, befanden sich in wirrem Durcheinander ein Spirituskocher, eine Flasche Wein, Brotkrumen, ein Stück Käse und ein Werkzeugkasten. Von der Decke hingen Spinnweben herab. Mersault, der seit dem Tod seiner Mutter nie wieder in dieses Zimmer gekommen war, ermaß an dem Schmutz und der schmierigen Armut, die hier herrschten, welchen Weg dieser Mann durchlaufen hatte. Das Fenster, das auf den Hof ging, war geschlossen, das andere kaum halboffen. Die Hängelampe, an deren Schirm ein Kartenspiel in Miniaturformat hing, warf ihren ruhigen runden Lichtkreis auf den Tisch, auf Mersaults und Cardonas Füße und einen Stuhl, der, etwas von der Wand abgerückt, ihnen gegenüber stand. Cardona hatte indessen die Fotografie in die Hände genommen, schaute sie an, küßte sie noch einmal und sagte mit seiner brüchigen Stimme: «Arme Mama.» Aber im Grunde bemitleidete er damit sich selbst. Sie war auf dem häßlichen Friedhof begraben, den Mersault gut kannte, am anderen Ende der Stadt.

Er wollte gehen. Jede Silbe betonend, um sich verständlich zu machen, sagte er:

«So dür-fen Sie nicht blei-ben.»

«Ich habe keine Arbeit mehr», brachte der andere mühsam

hervor und setzte noch, während er ihm die Fotografie hinhielt, mit stockender Stimme hinzu: «Ich habe sie geliebt.» Mersault übersetzte für sich: ‹Sie liebte mich›, ‹Sie ist tot›, und er verstand richtig: ‹Ich bin allein.› – «Zu ihrem Geburtstag hatte ich ihr dieses Fäßchen gemacht.» Auf dem Kamin stand ein mit Messingbändern und einem blinkenden Hahn versehenes Fäßchen aus Holz. Mersault ließ die Schulter Cardonas los, der auf seine schmutzigen Kissen zurücksank. Unter dem Bett drang ein tiefer Seufzer hervor und ein Geruch, der einem den Atem verschlug. Der Hund kam langsam, mit durchgedrücktem Kreuz, hervorgekrochen. Er legte seinen Kopf mit den langen Ohren und den goldschimmernden Augen auf Mersaults Knie. Mersault betrachtete das Fäßchen. In dem verschmutzten Zimmer, in dem dieser Mann mit Mühe atmete, und mit der Wärme des Hundes unter seinen Fingern, schloß er die Augen über der Verzweiflung, die zum ersten Mal seit langem in ihm aufbrandete wie ein Meer. Angesichts von soviel Elend und Einsamkeit sagte er sich heute: ‹Nein.› Und in dem tiefen Jammer, der ihn erfüllte, spürte Mersault deutlich, daß sein Aufbegehren das einzig Wahre in ihm und der Rest nur Unvermögen und schwächliches Nachgeben war. Die Straße, die gestern unter seinen Fenstern lebte, quoll abermals über von Lärm. Aus den Gärten unterhalb der Terrasse stieg Grasgeruch auf. Mersault bot Cardona eine Zigarette an, und beide rauchten wortlos. Die letzten Trambahnen kamen vorbei und mit ihnen die noch lebendige Erinnerung an die Menschen und an die Lichter. Cardona schlief ein und schnarchte bald mit seiner noch von Tränen gefüllten Nase. Der Hund, der zusammengerollt zu Mersaults Füßen lag, rührte sich manchmal und seufzte im Traum. Bei jeder Bewegung stieg sein Geruch zu Mersault auf. Er selber lehnte mit dem Rücken an der Wand und versuchte, in seinem Herzen die Revolte gegen das Leben zu unterdrücken. Die Lampe qualmte, blakte und erlosch schließlich mit schauderhaftem Petroleumgestank. Mersault döste vor sich hin und kam wieder zu sich, den Blick starr auf die Weinflasche gerichtet. Mit großer Anstrengung erhob er sich, ging an das rückwärtige Fenster und blieb dort regungslos stehen. Aus dem Herzen der Nacht stiegen Rufe und Schweigen zu ihm empor. An den Grenzen der Welt, die hier im Schlummer lag, rief ein Schiff mit langgezogenem Ton die Menschen zu Aufbruch und Neubeginn.

Am nächsten Tage tötete Mersault Zagreus, kehrte nach Hause zurück und schlief den ganzen Nachmittag. Er erwachte mit Fieber. Und am Abend, immer noch im Bett liegend, ließ er den Arzt des Viertels kommen, der eine Grippe diagnostizierte. Ein Angestellter von seinem Büro, der sich nach ihm erkundigen sollte, nahm sein Gesuch um Urlaub mit. Ein paar Tage darauf war alles in Ordnung: ein Zeitungsartikel, eine Untersuchung. Alles rechtfertigte Zagreus' Tat. Marthe besuchte Mersault und sagte seufzend: «An manchen Tagen möchte man an seiner Stelle sein. Aber manchmal braucht man mehr Mut, um zu leben, als um sich umzubringen.» Eine Woche darauf schiffte sich Mersault nach Marseille ein. Alle waren der Meinung, er habe vor, sich in Frankreich zu erholen. Aus Lyon erhielt Marthe einen Brief, in dem Mersault in aller Form mit ihr brach und der sie nur in ihrer Eigenliebe traf. Zugleich teilte er ihr mit, daß ihm in Mitteleuropa eine ungewöhnlich günstige Position angeboten worden sei. Marthe schilderte ihm postlagernd ihren Schmerz. Dieser Brief erreichte Mersault nie, da dieser am Tage nach seiner Ankunft in Lyon einen heftigen Fieberanfall bekam und eiligst einen Zug nach Prag bestieg. Dabei hatte Marthe ihm mitgeteilt, daß Zagreus, nach ein paar Tagen im Leichenschauhaus, begraben worden sei und daß man viele Kissen habe verwenden müssen, um dem Stumpf seines Körpers im Sarg genügend Halt zu geben.

Zweiter Teil
Der bewußte Tod

I

«Ich möchte ein Zimmer», sagte der Mann auf deutsch.

Der Portier, vor seinem Schlüsselbrett, war durch einen breiten Tisch von der Halle getrennt. Er sah den Fremden, der, einen grauen Regenmantel über die Schultern gehängt, soeben eingetreten war und mit abgewandtem Kopf zu ihm sprach, prüfend an.

«Gewiß, mein Herr. Für eine Nacht?»

«Nein. Ich weiß noch nicht.»

«Wir haben Zimmer zu achtzehn, zu fünfundzwanzig und zu dreißig Kronen.»

Mersault blickte auf das Prager Gäßchen, das man vor der Glastür des Hotels liegen sah. Er hatte die Hände in den Taschen, sein Kopf mit dem wirren Haar war unbedeckt. In einer Entfernung von wenigen Schritten hörte er die Trambahnen quietschen, die den Wenzelsplatz hinunterfuhren.

«Welche Art von Zimmer wünschen Sie, mein Herr?»

«Ist mir egal», antwortete Mersault, der immer noch auf die Glastür starrte. Der Portier nahm einen Schlüssel vom Brett und reichte ihn Mersault.

«Zimmer Nummer zwölf», sagte er.

Mersault schien aufzuwachen.

«Wieviel kostet das Zimmer?»

«Dreißig Kronen.»

«Das ist zu teuer. Ich möchte ein Zimmer zu achtzehn Kronen.»

Wortlos griff der Mann nach einem anderen Schlüssel und zeigte Mersault den daranhängenden Messingstern: «Zimmer vierunddreißig», sagte er.

Als Mersault in seinem Zimmer saß, zog er den Rock aus, lockerte seine Krawatte, ohne sie ganz zu lösen, und streifte mechanisch die Ärmel seines Hemdes hoch. Er trat vor den Spiegel über dem Waschbecken und begegnete dort einem übermüdeten Gesicht, das an den Stellen, die nicht ein mehrere Tage alter Bart bedeckte, leicht gebräunt war. Sein während der Eisenbahnfahrt durcheinandergeratenes Haar fiel ihm unordentlich über die Stirn bis zu den zwei tiefen Falten zwischen den Augenbrauen, die seinem Blick etwas Ernstes und zugleich Weiches gaben, das ihn überraschte. Dann dachte er zunächst nur daran, sich in dem miserablen Zimmer umzusehen, das seinen einzigen Besitz ausmachte und über das hinaus er nichts wahrnahm. Auf einer abscheulichen Tapete mit großen gelben Blumen auf grauem Grund zeichnete sich in der dichten Schmutzschicht eine ganze Landkarte von schmierigen Kontinenten des Elends ab. Hinter der riesigen Heizung saß in den Ecken fettiger Staub. Der Lichtschalter war zerbrochen, so daß die Drähte frei lagen. Über dem Bett, dessen Matratze auf einem Lattengestell lag, hing an einer ölig glänzenden Litze, an der verkrustete Überreste von toten Fliegen hafteten, eine Glühbirne ohne Schirm herab, die sich klebrig anfühlte. Mersault inspizierte die Bettwäsche, die sich als sauber erwies. Er nahm seine Toilettensachen aus dem Koffer und legte sie nacheinander auf das Waschbecken. Dann schickte er sich an, sich die Hände zu waschen, drehte jedoch den Hahn gleich wieder zu und öffnete das vorhanglose Fenster. Es ging auf einen Hinterhof mit einem Spülstein zum Wäschewaschen und auf Häuserwände, in die kleine Fenster eingelassen waren. An dem einen trockneten Wäschestücke. Mersault legte sich hin und schlief auf der Stelle ein. Er erwachte in Schweiß gebadet, die Kleider verrutscht, und lief einen Augenblick in seinem Zimmer auf und ab. Dann zündete er sich eine Zigarette an und betrachtete im Sitzen, mit leerem Kopf, die Falten seiner zerknitterten Hose. In seinem Mund vermischte sich der bittere Geschmack des Schlafs mit dem der Zigarette. Er sah sich noch einmal in seinem Zimmer um und kratzte sich dabei unter dem Hemd an den Rippen. Ein abscheulicher süßlicher Geschmack kam ihm in den Mund angesichts von soviel Verlassenheit und Einsamkeit. Bei dem Gefühl, so weit von allem und selbst von seinem Fieber entfernt zu sein, und dem deutlichen Empfinden, wieviel Sinnloses und Jämmerliches auch auf dem Grund noch so gut geplanter Lebensläufe existiert, wurde er, in diesem Zimmer, das schändliche und verborgene Gesicht einer Art Freiheit gewahr, die aus Zweideutigkeit und Ratlosigkeit entsteht. Rings um ihn her schwappten wie Schlamm die schlaffen, kraftlosen Stunden und überhaupt alles, was Zeit war.

Jemand pochte heftig an die Tür, und aufgerüttelt erinnerte sich Mersault, daß er durch das gleiche Pochen geweckt worden war. Er machte auf und sah sich einem kleinen rothaarigen Alten gegenüber, der unter der Last von Mersaults beiden Koffern, die auf seinen Schultern riesig wirkten, fast zusammenbrach. Er erstickte beinahe vor Zorn, und zwischen seinen spärlichen Zähnen quoll ein von Beleidigungen und Schimpfreden triefender Speichel hervor. Mersault erinnerte sich jetzt an den abgerissenen Koffergriff, der das Tragen des größeren Koffers so unbequem machte. Er wollte sich entschuldigen, wußte aber nicht, wie er sagen sollte, er habe nicht gewußt, daß der Dienstmann so alt sei. Der kleine Alte fiel ihm ins Wort:

«Es macht vierzehn Kronen.»

«Für einen Tag Aufbewahrung?» wunderte sich Mersault.

Aus den langen Erklärungen, die er erhielt, ersah er dann, daß der Alte ein Taxi genommen hatte. Er wagte jedoch nicht zu sagen, daß er in diesem Fall gleich selber eines genommen hätte, und zahlte aus Müdigkeit. Als die Tür sich wieder geschlossen hatte, fühlte Mersault, wie unerklärliche Tränen aus seiner Brust aufstiegen. Ganz in der Nähe schlug es vier Uhr. Er hatte zwei Stunden geschlafen. Er wurde sich klar darüber, daß er von der Straße nur durch das gegenüberliegende Haus getrennt war, und verspürte das dumpfe, geheimnisvolle Branden des Lebens, das dort vorüberwogte. Es war besser, jetzt auszugehen. Mersault wusch sich sehr lange die Hände. Um sich die Nägel zu feilen, ließ er sich wieder auf dem Bettrand nieder und bewegte die Feile regelmäßig auf und ab. Zwei- oder dreimal hallten Signale im Hof so gellend wider, daß Mersault erneut ans Fenster trat.

Da sah er, daß unter dem Haus eine tunnelartig gewölbte Durchfahrt zur Straße führte. Es war, als ob alle Stimmen von draußen, das ganze unbekannte Leben von der anderen Häuserseite her, der Lärm von Menschen, die eine Adresse, eine Familie, eine Verstimmung mit dem Onkel, ihre Lieblingsspeisen, eine chronische Krankheit hatten, das Gewimmel von Wesen, deren jedes über eine eigene Persönlichkeit verfügte, wie ein großes Pulsieren, das für immer von dem Monstreherzen der Menge abgetrennt war, sich in diese Durchfahrt ergossen und an den Mauern des Hofes aufstiegen, um wie Blasen in Mersaults Zimmer zu zerplatzen. Und dadurch, daß er sich so empfänglich, so voller Aufmerksamkeit für jedes Zeichen der Welt draußen fühlte, wurde sich Mersault des tiefen Risses bewußt, durch den er dem Leben geöffnet war. Er zündete sich eine neue Zigarette an und griff in fieberhafter Eile nach seinen Kleidern. Als er seinen Rock zuknöpfte, kam ihm der Zigarettenrauch unter die Lider. Er kehrte zum Waschbecken zurück, spülte sich die Augen und wollte sich kämmen. Doch sein Kamm war verschwunden. Im Schlaf hatte sein Haar sich verfilzt, und er versuchte vergebens, es wieder in Ordnung zu bringen. Er ging hinunter, wie er war, mit Strähnen über dem Gesicht und struppigem Hinterkopf. Auf der Straße angekommen, ging er um das Hotel herum, um zu der kleinen Durchfahrt zu gelangen, die er von oben her gesehen hatte. Sie führte auf den alten Rathausplatz, und vor dem leicht verhangenen Abendhimmel, der sich über Prag niedersenkte, hoben sich schwärzlich die gotischen Turmspitzen des Rathauses und der alten Teynkirche ab. Eine zahlreiche Menge war unter den Arkaden der kleinen Gassen unterwegs. Bei jeder der vorübergehenden Frauen spähte Mersault nach dem Blick, der ihm erlaubt hätte, noch an seine Fähigkeit zu glauben, das zärtliche, zarte Spiel des Lebens zu spielen. Aber gesunde Leute haben ein natürliches Talent, fiebrigen Blicken auszuweichen. Schlecht rasiert, ungekämmt, in den Augen den Ausdruck eines gehetzten Tieres, mit einer Hose und einem Hemdkragen, die beide zerknittert waren, hatte er die wunderbare Sicherheit verloren, die ein gut geschnittener

Anzug oder der Volant eines Wagens einem verleihen. Das Licht nahm Kupfertöne an, und der Tagesschein verweilte noch auf dem Gold der barocken Kuppeln, die man im Hintergrund des Platzes sah. Er lenkte seine Schritte zu einer dieser Kirchen, trat ein und setzte sich auf eine Bank, umfangen von dem jahrhundertealten Geruch. Die Wölbung lag völlig im Dunkel, aber von dem Gold der Kapitelle ging ein glänzender geheimnisvoller Schimmer aus, der in den Rillen der Säulen bis zu dem pausbäckigen Gesicht eines Engels oder einem verzerrt lächelnden Heiligen herniederfloß. Mersault verspürte wohl eine Süßigkeit, aber eine so bittere, daß er schnell wieder zur Schwelle zurückwich und, auf den Stufen stehend, die jetzt schon kühlere Nachtluft genoß, in die er sich gleich darauf stürzte. Es dauerte nur noch einen Augenblick, dann sah er den ersten Stern rein und nackt zwischen den Turmspitzen der Teynkirche aufleuchten.

Er machte sich auf die Suche nach einem billigen Restaurant. Er drang in dunklere und weniger bevölkerte Gassen vor. Ohne daß es am Tage geregnet hätte, war der Boden doch feucht, und Mersault mußte um die schwarzen Lachen zwischen den vereinzelten Pflastersteinen einen Bogen machen. Dann begann ein dünner Regen niederzugehen. Es war sicher nicht weit bis zu den belebten Straßen, da man die Zeitungsverkäufer, die den *Narodni Politika* ausriefen, bis hierher hören konnte. Er indessen bewegte sich die ganze Zeit im Kreise. Plötzlich blieb er stehen. Ein sonderbarer Geruch kam ihm aus dem Dunkel entgegen. Stechend, beißend, weckte er in ihm alle quälenden Ängste. Er fühlte ihn auf der Zunge, ganz hinten in seiner Nase und an seinen Augen. Der Geruch war erst weit fort, dann an der Straßenecke, und zugleich war er zwischen dem jetzt dunkel gewordenen Himmel und dem glitschigen klebrigen Pflaster wie der böse Zauber der Nächte von Prag. Mersault ging darauf zu, und allmählich wurde er immer wirklicher, umhüllte ihn ganz, drang stechend in seine Augen und machte ihn völlig wehrlos. An einer Straßenecke begriff er endlich, was es war: eine alte Frau verkaufte Essiggurken, und ihr Geruch war das, was Mersault überfallen hatte. Ein Passant blieb stehen und kaufte eine Gurke, die die Alte in Papier einwickelte. Der Mann ging ein paar Schritte weiter, und dicht vor Mersault wickelte er sein Päckchen auf und biß kräftig in die Gurke hinein, aus deren aufgerissenem triefendem Fleisch der Geruch noch stärker hervorquoll. Von Unbehagen erfaßt lehnte Mersault sich an einen Pfeiler und sog eine ganze Weile in seine Lungen alles Seltsame und Einmalige auf, das ihm die Welt in diesem Augenblick bot. Dann ging er weiter und betrat ohne nachzudenken ein Restaurant, aus dem der Klang eines Akkordeons drang. Er ging ein paar Stufen hinab, blieb mitten auf der Treppe stehen und fand sich in einem düsteren, von rotem Lichtschein erfüllten Kellerraum. Offenbar fiel er auf, denn das Akkordeon klang gedämpfter, die Gespräche stockten, und die Gäste drehten sich nach ihm um. In einer Ecke saßen Mädchen und aßen etwas, wovon ihre Lippen sehr fettig waren. Die anderen Gäste tranken das braune, süßliche Bier der Tschechoslowakei. Viele rauchten nur, ohne etwas zu verzehren. Mersault fand Platz an einem langen Tisch, an dem nur ein einziger Mann saß. Groß und mager, mit gelblichem Haar, hockte er zusammengesunken auf seinem Stuhl, die Hände in den Taschen, und hielt zwischen aufgesprungenen Lippen ein schon von Speichel aufgeweichtes Streichholzende, an dem er mit einem unangenehmen Geräusch saugte oder das er von einem Mundwinkel in den anderen schob. Als Mersault sich setzte, rührte der Mann sich kaum, lehnte sich an die Wand, schob sein Streichholz auf die Seite, an der der Ankömmling saß, und kniff kaum merklich die Augen zusammen. In diesem Moment bemerkte Mersault in seinem Knopfloch einen roten Stern.

Mersault aß wenig und schnell. Er hatte keinen Hunger. Das Akkordeon erklang jetzt lauter, und der Mann, der es spielte, hielt den Blick starr auf den Neuankömmling gerichtet. Zweimal versuchte Mersault, seinen Augen einen Ausdruck von Trotz zu geben und dem Blick des anderen standzuhalten. Aber das Fieber hatte ihn geschwächt. Der Mann sah ihn immer noch an. Plötzlich brach eines der Mädchen in Lachen aus, der Mann mit dem roten Stern im Knopfloch saugte heftig an seinem Streichholz, an dem sich eine kleine Speichelblase bildete, und der Musikant hielt, ohne den Blick von Mersault zu wenden, in der lebhaften Tanzmelodie, die er spielte, inne und stimmte eine langsame, vom Staub der Jahrhunderte überlagerte Weise an. In diesem Augenblick öffnete sich die Tür und ließ einen neuen Gast ein. Mersault sah ihn nicht, aber durch die offene Tür wehte sofort der Geruch von Essig und Gurke herein. Er erfüllte den düsteren Kellerraum, mischte sich unter die geheimnisvolle Melodie des Akkordeons, blähte die Speichelblase an dem Streichholz des Mannes, machte die Gespräche plötzlich bedeutungsvoller, so als hätte sich von den Rändern der Nacht, die über Prag schlummerte, der ganze Wesensinhalt einer bösen und leidvollen alten Welt in die Wärme dieses Raumes und der hier anwesenden Menschen geflüchtet. Mersault, der ein übersüßtes Kompott aß, fühlte sich jäh bis aufs äußerte angespannt und spürte, daß der Riß, den er in sich trug, noch größer wurde und ihn noch mehr der Angst und dem Fieber öffnete. Er stand mit einem Ruck auf, rief den Kellner herbei, verstand nichts von seinen Erklärungen und bezahlte viel zuviel, während er wiederum die weitgeöffneten Augen des Musikanten starr auf sich gerichtet fühlte. Er gelangte zur Tür und bemerkte im Vorbeigehen, daß der Mann immer noch den Tisch anstarrte, den er gerade verlassen hatte. Da erst begriff er, daß der Mann blind war. Er erklomm die Stufen, machte die Tür auf und schritt, immer noch ganz und gar von dem allgegenwärtigen Geruch eingehüllt, durch kurze Gäßchen ins Dunkel der Nacht hinein.

Sterne blitzten über den Häusern. Er war vermutlich nahe am Fluß, dessen dumpfes gewaltiges Rauschen er vernahm. Als er vor einer kleinen Gittertür in einer dicken, mit hebräischen Buchstaben bedeckten Mauer stand, wurde ihm klar, daß er sich im Judenviertel befand. Über die Mauer hingen die Zweige einer süßlich duftenden Weide herab. Durch das Gitter hindurch sah man zwischen Gräsern eingesunkene große dunkle Steine. Es war der alte Judenfriedhof von Prag. Ein paar Schritte weiter gelangte Mersault, der ins Laufen geraten war, wieder auf den alten Rathausplatz. Bei seinem Hotel angekommen, mußte er sich an eine Mauer lehnen und sich unter Qualen erbrechen. Mit der ganzen Klarsicht, die einem äußerste Schwäche verleiht, fand er den Weg zu seinem Zimmer, legte sich hin und schlief auf der Stelle ein.

Am nächsten Morgen wurde er durch die Zeitungsverkäufer geweckt. Das Wetter war noch immer drückend, aber hinter den Wolken ahnte man die Sonne. Mersault fühlte sich besser, wiewohl noch etwas schwach. Aber er dachte an den langen Tag, der nun begann. Derart mit sich allein zu leben, bedeutete, daß die Zeit sich aufs äußerste dehnte und jede Stunde des Tages für ihn eine Welt zu enthalten schien. Vor allem hieß es Krisen wie die am Tag zuvor vermeiden. Das beste war, methodisch die Stadt zu besichtigen. Noch im Pyjama setzte er sich an den Tisch und stellte einen geordneten Zeitplan auf, der seine Tage eine Woche lang ausfüllen sollte. Klöster und Barockkirchen, Museen und alte Stadtviertel – er ließ nichts aus. Dann machte er seine Toilette, bemerkte, daß er vergessen hatte, sich einen Kamm zu kaufen, ging wie am Vortag schweigend und ungekämmt hinunter zu dem Portier, an dem ihm bei Tageslicht die struppigen Haare, die ratlose Miene und die Weste auffielen, an der der zweite Knopf fehlte. Beim Verlassen des Hotels begrüßte ihn eine kindliche, zärtliche Melodie, die jemand auf der Ziehharmonika spielte. Der Blinde vom Tag zuvor hockte jetzt auf den Fersen an der Ecke des alten Platzes und handhabte sein Instrument mit dem gleichen ins Leere lächelnden Ausdruck, wie von sich selbst befreit und ganz und gar der Bewegung eines Lebens verhaftet, das an ihm vorüberglitt. An der Straßenecke bog Mersault ab und stieß wieder auf den Gurkengeruch. Mit ihm kehrte seine Angst zurück.

Dieser Tag wurde, was auch die nächsten werden sollten. Mersault stand spät auf, besichtigte Klöster und Kirchen, suchte Zuflucht in ihrem Gruft- und Weihrauchgeruch und begegnete immer wieder, sobald er ans Tageslicht zurückgekehrt war, mit den Gurkenhändlern, die man an jeder Straßenecke traf, seiner geheimen Furcht. Durch diesen Geruch hindurch sah er die Museen und begriff die Fülle und das geheimnisvolle Genie der Barockkunst, die Prag mit ihrem Goldglanz und ihrer Pracht erfüllte. Das goldene Licht, das tief im Halbdunkel sanft auf den Altären schimmerte, schien ihm dem aus Nebel und Sonne gemischten messinggelben Himmel entnommen, der Prag so häufig überwölbt. Das Gewirr der Voluten und Rosetten, das ganze komplizierte Dekor, das wie aus Goldpapier ausgeschnitten wirkte und so rührend an die Kinderkrippen erinnert, die man zu Weihnachten aufstellt, weckten in Mersault ein Gefühl für das Grandiose, das Groteske und die seltsame Anordnung der Formen; das alles hatte etwas von einem fieberhaften, kindischen und großsprecherischen Romantizismus, mit dem der Mensch sich der Dämonen in seinem Innern erwehrt. Der Gott, der hier angebetet wurde, war der, den man fürchtet und ehrt, nicht der, der angesichts der glühenden Spiele des Meeres und der Sonne bereit ist, mit den Menschen zu lachen. Wenn Mersault aus dem leisen Geruch nach Staub und dem Nichts hervortrat, der unter den düsteren Wölbungen wohnte, kam er sich wieder wie ein Mensch ohne Heimat vor. Abend für Abend begab er sich in das Kloster der tschechischen Mönche, das sich im Westen der Stadt befand. Im Klostergarten flogen die Stunden mit den Tauben davon, die Glocken hallten sanft auf dem Rasen wider, doch immer noch war es sein Fieber, das zu Mersault sprach. Zugleich indessen verging die Zeit. Dann aber war auch schon die Stunde da, zu der Kirchen und sonstige Bauwerke geschlossen wurden und die Gaststätten noch nicht geöffnet waren. Hier lauerte die Gefahr. Mersault ging dann an den mit Gärten und Musikkapellen besetzten Moldauufern im Licht des endenden Tages spazieren. Kleine Boote fuhren flußaufwärts von einem Wehr zum anderen. Mersault folgte ihnen, ließ den betäubenden Lärm und das Gurgeln einer Schleuse hinter sich, fand allmählich in den Frieden und die Stille des Abends zurück und ging alsbald wieder einem neuen Grollen entgegen, das bis zum Tosen anschwoll. Bei der neuen Schleuse angekommen, sah er zu, wie die kleinen bunten Boote vergeblich die Wehre ohne Kentern zu passieren versuchten, bis endlich einer es fertigbrachte, den Gefahrenpunkt zu überwinden und laute Zurufe das Brausen des Wassers übertönten. Diese ganze von Stimmen, Melodien und Gartendüften beladene Flut mit den kupferfarbenen Spiegelungen des Abendhimmels und den gewundenen grotesken Schatten der Statuen auf der Karlsbrücke trug Mersault nur das schmerzliche, brennende Bewußtsein einer Einsamkeit ohne Wärme zu, an der die Liebe keinen Anteil hatte. Und wenn er vor dem Duft von Wasser und Laub, der zu ihm aufstieg, den Schritt verhielt, glaubte er in seiner zusammengeschnürten Kehle Tränen aufsteigen zu spüren, die jedoch nicht kamen. Ein Freund oder sich öffnende Arme hätten genügt. Aber die Tränen machten Halt an der Grenze der Welt, in die er eingetaucht und die ohne Zärtlichkeit war. Zu anderen Malen überschritt er, immer um diese gleiche Abendstunde, die Karlsbrücke und erging sich auf dem Hradschin über dem Fluß, in diesem nur wenige Schritte von den belebtesten Straßen der Stadt getrennten verlassenen, stillen Viertel. Er irrte zwischen den großen Palästen umher, ging an riesigen gepflasterten Höfen, an schmiedeeisernen Gittern entlang und rings um die Kathedrale herum. Zwischen den hohen Mauern der Paläste hallten seine Schritte in der Stille. Dumpfer Lärm stieg aus der Stadt bis zu ihm empor. In diesem Viertel gab es keinen Gurkenverkäufer, aber etwas Bedrückendes lag in soviel Schweigen und Größe. Und so stieg Mersault denn auch schließlich immer wieder zu dem Geruch und der Melodie hinab, die nunmehr seine Heimat bildeten. Er aß in dem Restaurant, das er entdeckt hatte und das ihm wenigstens eine gewisse Vertrautheit bot. Er hatte seinen Platz neben dem Mann mit dem roten Stern, der abends allein erschien, einen Halben trank und an seinem Streichholz kaute. Während des Abendessens spielte immer noch der Blinde auf, und Mersault aß schnell, bezahlte und begab sich wieder in sein Hotel, wo er in einen fiebrigen Kinderschlaf sank, den er nicht eine Nacht zu entbehren brauchte.

Täglich dachte Mersault daran abzureisen, und täglich wurde er, noch etwas tiefer eingesunken in seine Verlassenheit, von

seinem Willen zum Glück noch weniger geleitet. Er war jetzt
vier Tage in Prag und hatte sich noch immer nicht den Kamm
gekauft, den er jeden Morgen vermißte. Er hatte indessen das
dunkle Gefühl eines Mangels, und darauf wartete er auf eine
unbestimmte Art. Eines Abends ging er auf dem Weg zu seinem
Restaurant durch die kleine Gasse, in der er am ersten Abend auf
den Geruch gestoßen war. Schon fühlte er ihn näher kommen,
als kurz vor dem Restaurant, auf dem gegenüberliegenden Gehsteig, ihn etwas fesselte und veranlaßte, auf die andere Seite zu
gehen. Ein Mann lag ausgestreckt auf dem Gehsteig, er hatte die
Arme verschränkt, und sein Kopf ruhte auf der linken Wange.
Drei oder vier Personen standen an die Mauer gelehnt und
schienen, wenn auch sehr ruhig, auf etwas zu warten. Der eine
rauchte, die anderen sprachen mit leiser Stimme. Doch ein
Mann in Hemdsärmeln, mit der Jacke über dem Arm und den
Hut nach hinten geschoben, führte rings um den Körper des Lie-
genden her einen wilden Tanz auf, eine Art von Indianertanz in
hämmernden aufreizenden Rhythmen. Das nur schwache Licht
einer entfernten Straßenlaterne verband sich mit dem matten
Schein, der ein paar Schritte weiter aus dem Gasthaus drang.
Dieser rastlos tanzende Mensch, der Tote mit den gekreuzten
Armen, die ruhigen Zuschauer, der groteske Gegensatz und die
ungewohnte Stille – alles das ergab in seiner Mischung aus
Beschaulichkeit und Unschuld in dem ein wenig bedrückenden
Spiel von Licht und Schatten eine Minute des Gleichgewichts,
nach der, so schien es Mersault, alles sich in Wahnsinn auflösen
müßte. Er trat noch etwas näher heran. Der Kopf des Toten
schwamm in Blut. Er war auf die Seite der Wunde gesunken und
nun zur Ruhe gekommen. In diesem entlegenen Winkel von
Prag, zwischen dem spärlichen Lichtschein auf dem leicht glitschigen Pflaster, dem langen feuchten Gleiten der Autos, die
wenige Schritte von dort vorüberfuhren, und, weiter entfernt,
den in bestimmten Abständen rasselnd ankommenden Trambahnen, trat einem der Tod in einer süßlichen, penetranten
Form entgegen, und sein Ruf, sein feuchter Atem war es, was
Mersault in dem Augenblick verspürte, als er mit langen Schrit-

ten davoneilte, ohne sich noch einmal umzusehen. Plötzlich traf ihn der Geruch, den er vergessen hatte: er trat in das Restaurant und setzte sich an seinen Tisch. Der Mann war da, diesmal ohne sein Streichholz. Es kam Mersault vor, als liege etwas Verstörtes in seinem Blick. Er verscheuchte den törichten Gedanken, der ihm in den Sinn kam. Doch alles drehte sich in seinem Kopf. Bevor er noch etwas bestellt hatte, lief er jäh davon, rannte zu seinem Hotel und warf sich auf das Bett. Ein scharfer Stich drang brennend durch seine Schläfe. Mit leerem Herzen und verkrampftem Leib gab er sich dem Aufruhr seines Innern hin. Bilder aus seinem Leben quollen vor seinen Augen herauf. Etwas in ihm schrie nach den Gebärden von Frauen, nach sich öffnenden Armen und warmen Lippen. Aus der Tiefe der leidvollen Nächte von Prag, aus Essiggerüchen und kindlichen Melodien hob sich ihm das angstverzerrte Gesicht der alten Barockwelt entgegen, das ihm bis in sein Fieber gefolgt war. Mühsam atmend, mit Augen wie denen eines Blinden und mechanischen Bewegungen setzte er sich auf sein Bett. Die Nachttischschublade stand offen, sie war mit einer englischen Zeitung ausgelegt, in der er einen ganzen Artikel las. Dann sank er zurück auf das Bett. Der Kopf des Mannes hatte sich auf die Seite der Wunde gedreht, und in diese Wunde hätte man die Finger legen können. Er sah seine Hände und seine Finger an, und Kinderwünsche stiegen in seinem Herzen auf. Eine brennende geheime Glut quoll in ihm mit Tränen empor, es war die Sehnsucht nach Städten voller Sonne und Frauen, nach grünen Abenden, die sich heilend über Wunden breiteten. Die Tränen brachen hervor. In ihm entstand ein großer See von Einsamkeit und Stille, über den der traurige Sang von seiner Befreiung dahinstrich.

II

In dem Zug, der ihn nach Norden führte, betrachtete Mersault
seine Hände. Vor einem Gewitterhimmel sah man im Weiter-
fahren niedrig hängende schwere Wolken am Zug vorüberra-
sen. Mersault war der einzige Reisende in dem überheizten
Waggon. Er war während der Nacht überstürzt aufgebrochen
und nahm nun, allein diesem düsteren Morgen gegenüber, die
ganze Weichheit der böhmischen Landschaft in sich auf, in der
die Erwartung von Regen zwischen den großen seidigen Pap-
peln und den fernen Fabrikschornsteinen etwas wie ein Verlangen nach Tränen erweckte. Dann fiel sein Blick auf das weiße
Schild mit den drei Inschriften: ‹Nicht hinauslehnen, E perico-
loso sporgersei, Il est dangereux de se pencher au-dehors›. Darauf schaute er wieder auf seine Hände, diese lebendigen wilden
Tiere auf seinen Knien. Die eine, die linke, war lang und
geschmeidig, die andere knotig und muskulös. Er kannte sie, er
erkannte sie wieder und empfand sie zugleich als eine Sache für
sich, so als wären sie zu Taten imstande, an denen sein Wille keinerlei Anteil hätte. Die eine legte sich jetzt auf seine Stirn und
wollte das Fieber aufhalten, das in seinen Schläfen hämmerte.
Die andere glitt an seinem Rock entlang und entnahm seiner
Tasche eine Zigarette, die er gleich wieder einsteckte, als er jene
Übelkeit in sich aufsteigen fühlte, die ihm alle Kraft entzog.
Wieder auf seine Knie zurückgekehrt, sanken seine Hände
schlaff auseinander, und mit schalenförmig nach oben gekehr-
ten Flächen zeigten sie Mersault das Antlitz seines Lebens, das
wieder zur Indifferenz zurückgekehrt war und sich jedem anbot,
der es nehmen wollte.

   Er reiste zwei Tage lang. Diesmal aber fühlte er sich nicht
mehr von einem Fluchtinstinkt getrieben. Gerade die Monoto-
nie der Fahrt füllte ihn vollkommen aus. Dieser Eisenbahnwa-

gen, der ihn quer durch halb Europa trug, hielt ihn zwischen zwei Welten in der Schwebe. Er hatte ihn genommen und würde ihn wieder verlassen. Der Zug entführte ihn aus einem Dasein, das er sogar bis auf die Erinnerung daran auslöschen wollte, um es an der Schwelle einer neuen Welt, in der sein Wünschen alles regieren würde, weiter fortzusetzen. Nicht ein einziges Mal verspürte Mersault Langeweile. Er blieb in seiner Ecke sitzen, wo ihn nur selten jemand störte, betrachtete seine Hände, dann die Landschaft und dachte nach. Ohne besondere Absicht dehnte er seine Fahrt bis nach Breslau aus und raffte sich nur an den Zollgrenzen auf, um sich eine neue Fahrkarte zu kaufen. Er wollte sich weiter allein mit seiner Freiheit fühlen. Er war müde und fand in sich kaum die Kraft, sich zu regen. Er sammelte in sich noch die geringsten Bruchteile seiner Stärke und seiner Hoffnungen, ballte sie zusammen und schichtete sie um, baute in sich selbst erneut sich selber und zugleich auch sein künftiges Schicksal auf. Er liebte diese langen Nächte, in denen der Zug auf den glatten Schienen davonlief, die wirbelnde Durchfahrt durch die kleinen Stationen, in denen nur die Uhr erleuchtet war, das jähe Bremsen vor dem konzentrierten Licht der großen Bahnhöfe, das man noch kaum bemerkt hatte, als es auch schon den Zug aufgeschluckt hatte und seinen strahlenden Goldschein, seine Helligkeit und seine Wärme in die Abteile ergoß. Hämmer klickten an die Räder, die Lokomotive ließ schnaubend ihren Dampf ab, und die automatische Geste des Beamten, der seine rote Scheibe senkte, schleuderte Mersault wieder in den wilden Lauf des Zuges hinein, bei dem einzig seine Klarsicht und seine Unruhe wachten. Von neuem war das Abteil von dem flimmernden Spiel aus Schatten und Licht erfüllt, wieder bedeckte es sich abwechselnd mit Schwärze und mit Gold. Dresden, Bautzen, Görlitz, Liegnitz. Er hatte vor sich die lange Nacht und beliebig viel Zeit, um sich alles vorzustellen, was sein künftiges Leben erfüllen sollte, er konnte geduldig einen Gedanken suchen, der ihm bei der Durchfahrt durch einen Bahnhof entglitten war, sich aber wiederfinden und verfolgen, sich endlos weiterspinnen ließ, um dann im Tanz der glitzernden Fäden aus

Regen und Licht sich erneut zu verlieren. Mersault suchte nach dem Wort, der Wendung, die die Hoffnung seines Herzens ausdrücken, seiner Unruhe ein Ende bereiten würde. In dem Zustand der Schwäche, in dem er sich befand, verlangte er nach Formeln. Die Nacht und der Tag gingen in diesem hartnäckigen Kampf mit dem Wort, dem Bild dahin, von denen fortan die Färbung seines Blicks auf die Welt, der zart bewegte oder quälende Traum, den er von seiner Zukunft hegte, abhängen würden. Er schloß die Augen. Zum Leben braucht man Zeit. Wie jedes Kunstwerk fordert es von einem, daß man darüber nachdenkt. Mersault dachte an sein Leben, er ließ sein verwirrtes Bewußtsein und seinen Willen zum Glück in einem Eisenbahnabteil schweifen, das für ihn alle diese Tage innerhalb von Europa etwas war wie eine jener Zellen, in denen der Mensch den Menschen durch das kennenlernt, was stärker ist als er.

Am Morgen des zweiten Tages verlangsamte der Zug spürbar die Fahrt, obwohl er sich noch auf freiem Feld befand. Es waren noch ein paar Stunden bis Breslau, und das erste Tageslicht fiel auf die weite baumlose lehmige schlesische Ebene, die unter einem bedeckten und von Regen geschwellten Himmel dalag. So weit man sehen konnte, flogen Scharen großer Vögel mit schwarzen glänzenden Flügeln in regelmäßigen Abständen nur ein paar Meter über dem Boden dahin, offenbar außerstande, sich unter dem Himmel, der wie eine Steinplatte lastete, höher zu erheben. Sie kreisten mit langsamen, schweren Flügelschlägen, und manchmal trennte sich einer von seiner Schar, strich so dicht über den Boden hin, daß er eins mit ihm zu werden schien und entfernte sich im gleichen schwerfälligen Flug unendlich weit, so weit, daß er sich wie ein schwarzer Punkt vom Horizont abhob. Mersault hatte mit den Händen die beschlagene Scheibe abgewischt und schaute begierig durch die langen Streifen, die seine Finger auf dem Glas zurückgelassen hatten. Zwischen diesem trostlosen Stück Erde und dem fahlen Himmel erstand für ihn das Bild einer undankbaren Welt, in der er endlich zu sich selbst zurückfand. Auf dieser zur Verzweiflung der Unschuld gezwungenen Erde faßte er, ein verlorener

Reisender in einer primitiven Umwelt, wieder Fuß und stellte mit seiner an die Brust gepreßten Faust und seinem an der Fensterscheibe flachgedrückten Gesicht die Energie seiner Rückkehr zu sich selber und zu der Gewißheit aller Möglichkeiten der Größe dar, die in ihm schlummerten. Er hätte in diesem Schlamm vergehen, durch dieses Moorbad in die Erde zurückkehren und dann, hoch aufgerichtet in dieser grenzenlosen Ebene, lehmbedeckt und mit weit geöffneten Armen vor dem schwammigen rußigen Himmel, gleichsam dem verzweiflungsvollen und grandiosen Symbol des Lebens gegenüberstehend, seine Solidarität mit der Welt in dem, was sie an Abstoßendstem besaß, bekräftigen und sich zum Komplicen dieses Lebens bis in seine Undankbarkeit und in seinen Schmutz hinein erklären mögen. Die ungeheure Lebenskraft, die ihn umtrieb, brach zum ersten Mal seit seiner Abreise endlich aus ihm hervor. Mersault preßte seine Tränen und seine Lippen an das kalte Glas. Die Scheibe trübte sich wieder, die Ebene verschwand.

Ein paar Stunden darauf kam er in Breslau an. Von weitem kam ihm die Stadt wie ein Wald von Fabrikschornsteinen und hohen Kirchtürmen vor. Aus der Nähe gesehen bestand sie aus Ziegeln und geschwärzten Steinen; Männer, die Mützen mit kurzen Schirmen trugen, gingen langsam ihres Weges. Er folgte ihnen und verbrachte den Vormittag in einem Arbeitercafé. Ein junger Mann spielte dort auf der Harmonika brave und schwerfällige harmlose Melodien, bei deren Klang die Seele sich erholte. Mersault beschloß, nach dem Kauf eines Kammes sich wieder nach Süden zu wenden. Am Tag darauf war er in Wien. Er verschlief einen Teil des Tages und die ganze Nacht. Als er aufwachte, war sein Fieber vollkommen verschwunden. Er aß sich beim Frühstück an weichgekochten Eiern und an süßer Sahne übersatt und trat mit einem leichten Gefühl von Übelkeit in einen Morgen hinaus, in dem Sonnenschein und Regen miteinander abwechselten. Wien war eine erfrischende Stadt: es gab hier nichts zu besichtigen. Der allzu große Stephansdom langweilte ihn. Er zog ihm die gegenüberliegenden Kaffeehäuser und für den Abend ein kleines Tanzlokal am Donaukanal vor.

Im Laufe des Tages erging er sich auf dem Ring, in der Pracht schöner Auslagen und eleganter Frauen. Eine Zeitlang genoß er diese oberflächliche, üppige Szenerie, die in der wenigst natürlichen Stadt der Welt den Menschen von sich selber trennt. Aber die Frauen waren schön, die Blumen prangten mit leuchtenden Farben in den Gärten, und auf dem Ring fiel Mersault, als er gegen Abend im Strom der glänzenden, munteren Menge dahintrieb, auf dem First der Prunkgebäude das hochmütige Aufbäumen der steinernen Pferde vor dem roten Abendhimmel in die Augen. Da erinnerte er sich seiner Freundinnen Rose und Claire. Zum ersten Mal nach seinem Aufbruch schrieb er ihnen einen Brief. In Wirklichkeit lud er auf das Papier nur die allzu große Last seines Schweigens ab:

Liebe Kinder,
ich schreibe Euch aus Wien. Ich weiß nicht, was aus Euch geworden ist. Ich selber verdiene durch Reisen meinen Lebensunterhalt. Mit bitterem Herzen habe ich viel Schönes gesehen. Hier hat die Zivilisation die Schönheit überwuchert. Das hat etwas Ausruhendes. Ich besuche keine Kirchen oder historischen Stätten. Ich gehe auf dem Ring spazieren. Und wenn der Abendhimmel über den pompösen Theatern und Palästen steht, weckt das blinde Aufbäumen der steinernen Pferde vor dem Rot des Sonnenuntergangs eine seltsame Mischung von Bitterkeit und Glück in mir. Am Morgen esse ich gekochte Eier und Sahne. Ich stehe spät auf, im Hotel werde ich sehr zuvorkommend behandelt, der Stil der Oberkellner, denen man die gute Ernährung ansieht (o dieses Schlagobers!), macht Eindruck auf mich. Es gibt hier gutes Theater und hübsche Frauen. Was fehlt, ist einzig wirklicher Sonnenschein.
Was tut Ihr? Berichtet von Euch und von der Sonne einem Unglücklichen, den nichts irgendwo festzuhalten vermag und der hiermit verbleibt als Euer getreuer
Patrice Mersault.

An diesem Abend, nachdem er geschrieben hatte, ging er wieder in das Tanzlokal. Er hatte sich für den Abend zuvor bei einer der Animierdamen vormerken lassen, Helen, die etwas Französisch konnte und sein schlechtes Deutsch verstand. Als sie um zwei Uhr morgens das Tanzlokal verließen, begleitete er sie nach Hause, schlief auf die korrekteste Weise mit ihr und fand sich am Morgen nackt in einem fremden Bett, hinter dem Rücken von Helen, deren schmale Hüften und breite Schultern er uninteressiert, aber wohlgelaunt bewunderte. Er wollte gehen, ohne sie aufzuwecken, und schob einen Geldschein in einen ihrer Schuhe. Als er schon an der Tür war, hörte er sie rufen: «Aber Schatz, du hast dich wohl geirrt.» Er ging zum Bett zurück. Er hatte sich tatsächlich geirrt. Da er mit dem österreichischen Geld schlecht Bescheid wußte, hatte er ihr einen Schein zu fünfhundert Schilling statt einen zu hundert dagelassen. «Nein», sagte er lächelnd, «das ist für dich. Du bist sehr nett gewesen.» Helens sommersprossiges Gesicht unter dem blonden wirren Haar erstrahlte von einem Lächeln. Unvermittelt richtete sie sich in ihrem Bett auf und küßte ihn auf die Wangen. Dieser Kuß, der erste vermutlich, den sie aus vollem Herzen gab, ließ in Mersault eine Regung von Wärme aufsteigen. Er legte sie nieder, deckte sie gut zu, ging zur Tür und blickte noch einmal lächelnd zurück. «Adieu», sagte er. Das Mädchen sah ihm mit großen Augen über das Bettuch hinweg, das ihr bis an die Nase reichte, nach und ließ ihn gehen, ohne daß sie noch etwas zu sagen fand.

Ein paar Tage darauf bekam Mersault eine Antwort aus Algier:

Lieber Patrice,

wir sind in Algier. Ihre Kinder wären sehr glücklich, Sie wiederzusehen. Wenn Sie nirgends etwas festhält, kommen Sie doch nach Algier, wir können Sie hier im Haus unterbringen. Wir sind hier sehr glücklich. Man schämt sich natürlich ein bißchen, aber eigentlich nur, weil es sich gehört und wegen der Vorurteile. Wenn Sie Lust haben, glücklich zu sein, versuchen

Sie es doch hier. Das ist besser, als den weiterdienenden Unteroffizier zu spielen. Wir bieten unsere Stirnen Ihren väterlichen Küssen dar.

Rose, Claire, Catherine.

PS: Catherine protestiert gegen das Wort ‹väterlich›. Catherine wohnt bei uns. Sie wird, wenn Sie wollen, Ihre dritte Tochter sein.

Er beschloß, über Genua nach Algier zurückzufahren. Wie andere das Bedürfnis nach Einsamkeit haben, bevor sie ihre großen Entschlüsse fassen und den wesentlichen Einsatz ihres Lebens wagen, hatte er, mit Einsamkeit und Entfremdung vollgesogen wie mit Gift, das Verlangen, in der Freundschaft und im Vertrauen Zuflucht zu suchen und eine scheinbare Sicherheit zu genießen, bevor er sein Spiel begann.

In dem Zug, der ihn quer durch Norditalien nach Genua führte, lauschte er auf die tausend Stimmen, die in ihm dem Glück entgegenjubelten. Von der ersten Zypresse an, die sich kerzengerade auf dem reinen Boden erhob, hatte er nachgegeben. Er spürte noch immer Schwäche und Fieber in sich. Aber etwas in ihm hatte sich erweicht, entspannt. Bald, je weiter die Sonne in ihrem Tageslauf sich voranbewegte und je näher das Meer rückte, verband sich unter diesem weiten glühenden, flimmernden Himmel, von dem auf die zitternden Ölbäume Fluten von Licht und Luft niederströmten, der Überschwang, der die Welt aufwühlte, mit dem Hochgefühl seines Herzens. Das Rattern des Zuges, das kindische Geschwätz rings um ihn her in dem überfüllten Abteil, alles Lachen und Singen, das ihn umgab, rhythmisierte und begleitete eine Art inneren Tanz, der ihn während der Stunden, in denen er unbeweglich dasaß, an die äußersten Winkel der Erde trug und ihn schließlich, von Jubel erfüllt und überwältigt, in ein tosendes Genua stürzte, das an seinem Golf und unter seinem Himmel, wo bis zum Abend Verlangen und Trägheit im Streit miteinander lagen, vor Gesundheit strotzte. Er hatte Durst, Hunger zu lieben, zu genießen und Küsse zu tauschen. Die Götter, die eine Glut in ihm entfachten, warfen ihn in einem Hafenwinkel ins Meer, wo die Mischung aus Teer und Salz auf ihn einströmte und er sich schwimmend im Raume aufgelöst fühlte. Danach verlor er sich in den engen und von Gerüchen erfüllten Gassen des alten Viertels, ließ zu, daß die Farben ihn schreiend überfielen, der Himmel sich über den Häusern unter seiner Sonnenlast verzehrte und an seiner Stelle die Katzen zwischen Unrat und Sonnenwärme schliefen. Er ging durch die Straße, die Genua beherrscht, und ließ das ganze mit Düften und Lichtern beladene Meer in langem Schwellen zu sich aufsteigen. Er schloß die Augen, während er den heißen Stein umklammerte, auf dem er saß, und öffnete sie dann wieder über dieser Stadt, aus der ihm in Form eines aufregend schlechten Geschmacks ein Überschwang an Leben entgegenschlug. Auch an den folgenden Tagen setzte er sich gern auf die Steinmauer, die zum Hafen hinunterführt, und sah mittags die Mädchen vorübergehen, die aus den Büros auf die Hafenquais strömen. Mit Sandalen an den Füßen, die Brüste frei unter den leuchtenden leichten Kleidern, ließen sie Mersault mit einem trockenen Gefühl im Mund und seinem von einem Verlangen, in dem er zugleich Freiheit und Rechtfertigung entdeckte, klopfenden Herzen zurück. Am Abend begegnete er den gleichen Frauen auf den Straßen und ging mit der Hitze eines brünstigen Tiers im Leib und verkrampft von einer Gier, die sich mit wilder Süße in ihm regte, hinter ihnen her. Zwei Tage lang glühte er in dieser unmenschlichen Erregung. Am dritten verließ er Genua und schiffte sich nach Algier ein.

Während der ganzen Reise stimmte er beim Anblick der Spiele von Wasser und Licht, des Morgens, dann der Tagesmitte und des Abends auf dem Meer, sein Herz auf die langsamen Rhythmen des Himmels ein und kehrte zu sich selbst zurück. Er mißtraute der Banalität gewisser Heilungen. Auf dem Deck ausgestreckt, begriff er, daß man nicht einschlafen dürfe, sondern wachsam bleiben müsse, wachsam den Freunden, dem Bequemlichkeitsanspruch der Seele und des Körpers gegenüber. Er mußte sein Glück und seine Rechtfertigung aufbauen. Und zweifellos würde diese Aufgabe ihm jetzt leichter fallen. Bei dem eigenartigen Frieden, der ihn in der jäh kühler werdenden Abendluft auf dem Meer überkam, nach dem langsamen Sichtbarwerden des ersten Sterns an einem Himmel, der in grünen Tönen verging, um in gelben wieder aufzuleben, spürte er nach dem großen Aufruhr und den Gewitterstürmen, wie alles, was dunkel und schlecht in ihm war, sich setzte, um, nunmehr durchscheinend hell, die klaren Wasser einer zu Güte und Entschlußkraft zurückgelangten Seele zum Vorschein kommen zu lassen. Er sah jetzt alles deutlich vor sich. Lange Zeit hatte er auf die Liebe einer Frau gehofft. Doch er war nicht für die Liebe geschaffen. In allem, was sein Leben ausmachte, dem Büro an den Quais, seinem Zimmer und seinen Träumen, seinem Restaurant und seiner Geliebten war er immer nur einem Glück nachgejagt, das er im Grunde seines Herzens, wie zudem alle anderen Menschen auch, für unmöglich hielt. Er hatte gespielt, er wolle glücklich sein. Niemals hatte er es mit bewußtem entschlossenem Willen gewollt. Niemals bis zu dem Tage ... Und seit jenem Augenblick hatte infolge einer einzigen, in voller Klarsicht berechneten Geste sein Leben sich verwandelt, und das Glück schien ihm von da an möglich zu sein. Zweifellos hatte er in Schmerzen dieses neue Wesen gezeugt. Aber was war das im Vergleich zu der unwürdigen Komödie, die er vorher spielte? Er sah zum Beispiel jetzt, daß das, was ihn an Marthe gebunden hatte, eher Eitelkeit als Liebe gewesen war, sogar noch das Wunder der Lippen, die sie ihm darbot, und das nur in dem freudigen Staunen über eine Macht bestanden hatte, die sich in der Eroberung erkannte und in ihr erwacht war. Die ganze Geschichte seiner Liebe bestand in Wirklichkeit darin, daß dieses ursprüngliche Staunen durch eine Gewißheit, seine Bescheidenheit durch Eitelkeit ersetzt worden war. Er hatte in Marthe die Abende geliebt, in denen sie zusammen im Kino erschienen und alle Blicke sich auf sie richteten, den Augenblick, in dem er sie der Welt vorführte. Er liebte sich selbst in ihr samt seiner Macht und seinem Ehrgeiz zu leben. Sein Verlangen sogar, die Lust in seinem Körper war vielleicht aus diesem

75

anfänglichen Staunen erwachsen, einen besonders schönen Leib zu besitzen, ihn zu beherrschen und zu demütigen. Jetzt wußte er, daß er für diese Liebe nicht geschaffen war, sondern für die unschuldige und erschreckende Liebe zu dem schwarzen Gott, dem er seither diente.

Wie es oft vorkommt, hatte sich bei ihm das Beste in seinem Leben um das herum kristallisiert, was das Schlimmste daran war, so Claire und ihre Freundinnen, Zagreus und der Wille zum Glück um Marthe. Er wußte jetzt, daß er seinem Willen zum Glück die Führung überlassen würde. Aber es war ihm klar, daß er sich dazu mit der Zeit in Einklang setzen mußte, daß über seine Zeit zu verfügen zugleich das großartigste und gefährlichste aller Experimente war. Muße ist eine Klippe nur für die Mittelmäßigen. Viele können nicht einmal beweisen, daß sie nicht mittelmäßig sind. Er hatte sich dieses Recht erworben. Doch der Beweis stand noch aus. Nur eines hatte sich geändert. Er fühlte sich frei seiner Vergangenheit und allem gegenüber, was er verloren hatte. Er wollte nichts als diese Sammlung und diesen geschlossenen Raum in sich selbst, diese überklare, geduldig brennende Glut angesichts der Welt. Er wollte nur sein Leben in den Händen halten wie ein heißes Brot, das man zusammenpressen und kneten kann. Wie in den beiden langen Nächten im Eisenbahnzug, in denen er mit sich selber sprechen und sich auf sein Leben vorbereiten konnte. Er wollte sein Leben aufschlekken wie Gerstenzucker, es formen, es schärfen, kurz, es lieben. Darin beruhte seine ganze Leidenschaft. Dieses Sichselbergegenwärtigsein wollte er sich von nun an allen Aspekten seines Daseins gegenüber bewahren, selbst um den Preis einer Einsamkeit, von der er jetzt wußte, wie schwer sie zu ertragen war. Er würde keinen Verrat begehen. Die in ihm angestaute Heftigkeit half ihm dabei, und an dem Punkt, an den sie ihn trug, trat noch seine Liebe hinzu in Gestalt eines wütenden Dranges zu leben.

Das Meer rieb sich gemächlich an den Flanken des Schiffs. Der Himmel belud sich mit Sternen, und Mersault wurde sich schweigend äußerster, tiefer Kräfte bewußt, dieses Leben mit den von Tränen und Sonne geprägten Zügen, dieses Leben aus Salz und heißem Stein zu lieben, und er hatte das Gefühl, daß in seinem zärtlichen Erfassen alle seine Kräfte der Liebe und der Verzweiflung sich hier vereinigen würden. Hier allein lag seine Armut und nur hier sein Reichtum. Es war, als ob er bei Zéro das Spiel von neuem begänne, nun jedoch mit dem Bewußtsein seiner Kräfte und dem hellsichtigen Fieber, die ihn seinem Schicksal entgegendrängten.

Und dann war Algier da, die gemächliche Ankunft am Morgen, die schimmernde Kaskade der Kasbah über dem Meer, die Hügel und der Himmel, die Bucht, die ihre Arme ausbreitete, die Häuser zwischen den Bäumen und der schon spürbare Ruch der Quais. Da merkte Mersault, daß er seit Wien nicht ein einziges Mal an Zagreus als an den Mann gedacht hatte, den er mit eigener Hand getötet hatte. Er erkannte in sich jene Fähigkeit zu vergessen, die nur dem Kind, dem Genie und dem Unschuldigen zu eigen ist. Unschuldig, überwältigt von Freude, begriff er endlich, daß er für das Glück geschaffen war.

III

Patrice und Catherine nehmen ihr Frühstück auf der besonnten Terrasse ein. Catherine ist im Schwimmanzug, der ‹Junge›, wie ihn seine Freundinnen nennen, in der Dreieckshose und mit einem Handtuch um den Hals. Sie essen Tomaten mit Salz, Kartoffelsalat, Honig und Früchte in Menge. Sie legen Pfirsiche zum Kühlwerden in Eis, nehmen sie wieder heraus und lecken die ausgeschwitzten Tropfen auf dem Flaum ihrer samtigen Haut ab. Sie bereiten sich auch Traubensaft, den sie trinken, während sie das Gesicht zur Sonne emporheben, um braun zu werden (zumindest Patrice, der weiß, daß die Bräune ihm gut steht).

«Schmeck mal die Sonne», sagt Patrice und streckt dabei den Arm Catherine entgegen. Sie leckt an seinem Arm. «Ja», sagt sie, «schmecke du sie auch.» Er kostet und streckt sich dann aus, während er wohlig an seinen Seiten entlangstreicht. Sie hingegen legt sich auf den Bauch und streift ihren Badeanzug bis zu den Hüften hinunter.

«Bin ich unanständig?»

«Nein», sagt der junge Mann, der überhaupt nicht hinsieht.

Die Sonne strömt über sein Gesicht hin und verweilt darauf. Mit leicht feuchten Poren atmet er die Glut ein, die sich über ihn ergießt und ihn schläfrig macht. Catherine läßt die Sonne auf sich brüten, seufzt und stöhnt.

«Das tut gut», sagt sie.

«Ja», sagt der ‹Junge›.

Das Haus war an den Gipfel eines Hügels angeheftet, von dem aus man auf die Bucht sah. Im Viertel nannte man es das Haus der drei Studentinnen. Man gelangte zu ihm auf einem sehr steinigen Pfad, der zwischen Olivenbäumen begann und zwischen Olivenbäumen endete. Auf der Mitte befand sich eine Art Plattform, an der eine graue Mauer entlanglief. Diese war mit obszönen Zeichnungen und politischen Parolen bedeckt, bei deren Lektüre der erschöpfte Wanderer wieder zu Atem kam. Was dann noch folgte, waren wieder Olivenbäume, Fetzen blauen Himmels zwischen den Zweigen und der Geruch der Mastixbäume am Rande rostroter Wiesen, auf denen violette, gelbe und orangefarbene Stoffe trockneten. Man kam schweißgebadet und außer Atem dort oben an, stieß eine kleine blaue Gittertür auf, wobei man sich Mühe geben mußte, nicht an den Bougainvilleen hängen zu bleiben, und mußte dann noch eine Treppe erklimmen, die so steil wie eine Leiter war, über der jedoch ein blauer Halbschatten lag, der den Durst schon ein wenig linderte. Rose, Claire, Catherine und Patrice nannten es das ‹Haus vor der Welt›. Vollkommen der darunter sich breitenden Landschaft geöffnet, hatte es etwas von einem in dem strahlenden Himmel über dem bunten Tanz der Welt aufgehängten Schiffchen. Von der Bucht bis zu der makellos gezogenen Kurve ganz unten wob eine Art Wirbel Gras und Sonne ineinander, und der gleiche Schwung führte Pinien und Zypressen, die staubbedeckten Olivenbäume und die Eukalyptusstauden bis an das Haus heran. Im Herzen dieses schönen Weihegeschenks blühten je nach Jahreszeit weiße Heckenrosen, Mimosen oder jene Art Geißblatt, die von den Hauswänden ihre Düfte in die Sommerabende aufsteigen ließ. Über weißen Leintüchern und roten Dächern, dem Lächeln des Meeres unter dem von einem Ende des Horizonts bis zum anderen faltenlos gespannten Himmel blickte das Haus vor der Welt mit seinen großen Bogenfenstern auf diesen Jahrmarkt aus Farben und Licht herab. In der Ferne aber umarmte eine Reihe hoher violetter Berge in jähem Fall die Bucht und schloß diesen Rausch in ihre Silhouette ein. Dann beklagte sich niemand mehr über den steilen Weg und den ermüdenden Aufstieg. Man mußte sich seine Freude Tag für Tag neu erobern.

Dadurch, daß sie so der Welt gegenüber lebten, ihr Gewicht empfanden, alle Tage ihr Gesicht sich aufhellen, dann erlöschen und am nächsten Tag wieder in voller Jugend erglühen sahen, hatten die vier Bewohner des Hauses das Bewußtsein von einer Gegenwart, die für sie zugleich Rechtsprechung und Rechtfertigung war. Die Welt wurde hier zu einer Person, sie gehörte zu denen, von denen wir gern Rat annehmen und bei denen das Gleichgewicht die Liebe nicht getötet hat. Sie riefen sie als Zeugen an:

«Ich und die Welt», stellte Patrice bei den belanglosesten Anlässen fest, «wir mißbilligen euch.»

Catherine, für die Nacktheit das Ablegen von Vorurteilen bedeutete, nutzte die Zeiten der Anwesenheit des ‹Jungen›, um sich auf der Terrasse auszuziehen. Und wenn sie dann die Farben des Himmels sich wandeln sah, pflegte sie bei Tisch in einer Art von sinnlichem Stolz zu sagen:

«Ich bin der Welt nackt gegenübergetreten.»

«Ja», sagte Patrice verachtungsvoll, «Frauen legen natürlich größeren Wert auf ihre Ideen als auf ihre Empfindungen.»

Catherine ging dann in die Luft, denn sie wollte keine Intellektuelle sein. Aber Rose und Claire erklärten einmütig:

«Schweig, Catherine, du hast unrecht.»

Denn es war ausgemachte Sache, daß Catherine immer unrecht hatte, einfach weil sie diejenige war, die jeder auf die gleiche Weise liebte. Sie hatte einen schweren, klar gezeichneten Körper von der Farbe verbrannten Brotes und einen animalischen Instinkt für das, was wesentlich ist in der Welt. Niemand verstand besser als sie den verborgenen Sinn der Sprache von Bäumen, Meer und Wind.

«Diese Kleine», sagte Claire, während sie unaufhörlich aß, «ist eine Naturgewalt.»

Dann standen alle auf, um sich schweigend draußen in der Sonne zu wärmen. Der Mensch vermindert die Kraft des Menschen. Die Welt läßt sie unversehrt. Rose, Claire, Catherine und Patrice lebten an den Fenstern ihres Hauses in den Bildern und im Schein der Dinge, sie gaben sich für das Spiel her, das sie untereinander betrieben und lachten der Freundschaft und der Zärtlichkeit entgegen, aber fanden doch, sobald sie wieder die tanzende Bewegung von Himmel und Meer vor sich hatten, die geheime Färbung ihres Geschicks wieder heraus und begegneten einander mit dem Tiefsten, das in ihnen wohnte. Manchmal schlossen die Katzen sich ihren Herrinnen an. Gula glitt, ständig beleidigt, etwas näher heran, ein schwarzes Fragezeichen mit grünen Augen, mager und zart, wurde dann auf einmal von Irrsinn befallen und kämpfte gegen Schatten. «Das ist eine Frage der inneren Sekretion», erklärte Rose. Darauf lachte sie, ganz hingegeben an ihre Heiterkeit, unter ihrem gelockten Haar, mit lustig zusammengekniffenen Augen hinter den runden Brillengläsern, bis Gula auf sie hinaufsprang (eine besondere Gunst), und während Rose ihren Finger über das glänzende Fell gleiten ließ, besänftigte und entspannte sie sich, wurde selbst zu einer Katze mit schmeichelnden Augen und beschwichtigte das Tier mit sanften, schwesterlichen Händen. Denn die Katzen waren für Rose der Zugang zur Welt, so wie die Nacktheit für Catherine. Claire mochte die andere Katze lieber, die Cali hieß. Cali war sanft und töricht wie ihr schmutzigweißes Fell und ließ sich alles gefallen. Claire, mit ihrem Gesicht einer Florentinerin, war dann von der Erhabenheit ihrer Seele überzeugt. Still und verschlossen, bei jähen Ausbrüchen, hatte sie guten Appetit. Patrice schalt sie, als er sie ständig zunehmen sah:

«Du widerst uns an», sagte er. «Ein schönes Geschöpf hat nicht das Recht zuzulassen, daß es häßlich wird.» Aber Rose ergriff ihre Partei. «Wirst du wohl endlich aufhören, das arme Kind zu quälen. Iß, meine Schwester Claire.»

Und der Tag kreiste von Osten nach Westen, um die Hügel und auf der See in zartem Sonnenlicht. Man lacht, man scherzt, man macht Pläne. Alle lächeln der Welt der Erscheinungen zu und tun so, als ergäben sie sich ihr. Patrice wendete seine Blicke vom Antlitz der Welt den ernsten oder lächelnden Gesichtern der jungen Frauen zu. Er wunderte sich manchmal über das Universum, das da um ihn her entstanden war. Vertrauen und Freundschaft, Sonne und weiße Häuser, kaum spürbare Schattierungen, in denen immer wieder unversehrte Glücksgefühle

81

entstanden, deren Widerhall er genau ermaß. Das Haus vor der Welt, stellten sie untereinander fest, war kein Haus, in dem man sich amüsierte, sondern eines, in dem man glücklich war. Patrice spürte es deutlich, wenn alle, das Gesicht gen Abend gewendet, mit der letzten Meeresbrise der menschlichen und gefährlichen Versuchung in sich Einlaß gewährten, ganz verschieden von allem anderen zu sein.

Heute, gleich nach dem Sonnenbad ist Catherine ins Büro gegangen.

«Mein lieber Patrice», sagt Rose, die sich plötzlich aufgerichtet hat, «ich habe eine gute Nachricht für Sie.»

In dem Zimmer hinter der Terrasse hat sich der ‹Junge› an diesem Tag mutig mit einem Kriminalroman in der Hand auf einem Diwan ausgestreckt.

«Meine liebe Rose, ich bin ganz Ohr.»

«Heute sind Sie mit der Küche dran.»

«Gut», sagt Patrice, ohne sich zu rühren.

Rose verschwindet mit ihrer Studentinnenmappe, in die sie ebenso sorglos Pfefferschoten für das Mittagessen wie den dritten Band der langweiligen Weltgeschichte von Lavisse zu stopfen pflegt. Patrice, der sich um die Linsen kümmern soll, schlendert bis elf Uhr umher, betrachtet den großen mit Diwanen und Etageren möblierten Raum und die ockerfarbenen Wände, an denen grüne, gelbe, rote Masken und Vorhänge aus Rohseide mit tangofarbenen Streifen hängen, setzt dann nebenher in Eile die Linsen auf, tut Öl in die Pfanne und erhitzt darin eine Zwiebel, eine Tomate und ein Gewürzsträußchen, gibt sich geschäftig und schimpft auf Gula und Cali, die hungrig mauzen. Dabei hat doch Rose es ihnen gestern erklärt:

«Hört, ihr Tiere», hat sie gesagt, «im Sommer ist es zu heiß, um Hunger zu haben.»

Viertel vor zwölf kommt Catherine in einem leichten Kleid und mit offenen Sandalen zurück. Sie braucht eine Dusche und ein Sonnenbad. Bestimmt wird sie als letzte bei Tisch erscheinen, und Rose wird streng zu ihr sagen: «Catherine, mit dir ist es nicht auszuhalten.» Das Wasser zischt im Badezimmer, und

82

da erscheint Claire atemlos in der Tür:

«Sie kochen Linsen? Ich habe da ein sehr gutes Rezept...»

«Ich weiß. Man nehme Sahne... Nächstes Mal, liebe Claire.»

Tatsache ist, daß Claires Rezepte immer mit süßer Sahne beginnen.

«Er hat ganz recht», sagt Rose, die soeben dazugekommen ist.

«Ja», sagt Mersault. «Gehen wir zu Tisch.»

Sie essen in einer Küche, die eher einer Rumpelkammer gleicht. Immerhin gibt es da einen Notizkalender, auf dem Roses witzige Aussprüche festgehalten werden. Claire prägt das Motto: «Fein sein, aber einfach bleiben», und ißt ihre Wurstscheiben mit der Hand. Catherine erscheint mit angemessener Verspätung, sonnentrunken und wehleidig, die Augen trübe vom Schlaf. In ihrer Seele wohnt nicht so viel Bitterkeit, daß sie jetzt an ihr Büro denken würde – acht Stunden, die sie der Welt und ihrem Leben entzieht, um sie einer Schreibmaschine zu schenken. Ihre Freundinnen sind verständnisvoll und malen sich aus, wie ihr eigenes Leben aussehen würde, wenn sie es täglich um diese acht Stunden beschnitten. Patrice schweigt dazu.

«Ja», sagt Rose, die nicht zu Mitleid neigt, «im Grunde füllt dich das ganz und gar aus. Und vor allem redest du täglich von deinem Büro. Wir entziehen dir das Wort.»

«Aber...» seufzt Catherine.

«Dann wird eben abgestimmt. Eins, zwei, drei, du bist überstimmt.»

«Da hast du es», sagt Claire.

Die Linsen kommen auf den Tisch, sie sind noch hart, und alle essen schweigend. Wenn Claire kocht und bei Tisch den ersten Bissen probiert, erklärt sie immer mit befriedigter Miene: «Das ist ja ausgezeichnet!» Patrice, der gern seine Würde wahrt, schweigt lieber bis zu dem Augenblick, in dem alle in Gelächter ausbrechen. Catherine, die heute ihren schlechten Tag hat, aber um die Vierzig-Stunden-Woche ringt, will, daß jemand sie zur

Gewerkschaft begleitet.

«Nein», sagt Rose, «schließlich geht es ja um deine Arbeitszeit.»

Verbittert steht die ‹Naturgewalt› auf und legt sich in die Sonne. Bald aber folgen alle ihrem Beispiel. Claire, die Catherine nachlässig über das Haar streicht, ist der Meinung, was ‹diesem Kind› fehle, sei ein Mann. Denn es gehört zu den Gewohnheiten des Hauses vor der Welt, über Catherines Schicksal zu befinden, ihr Bedürfnisse zuzuschreiben und deren Ausmaß und besondere Eigenart festzulegen. Gewiß, sie gibt von Zeit zu Zeit zu bedenken, sie sei groß genug usw., doch niemand hört auf sie. «Die Arme», sagt Rose, «sie braucht eben einen festen Freund.»

Dann rekeln alle sich nur noch in der Sonne. Catherine, die nicht nachtragend ist, erzählt, was im Büro getratscht wird, nämlich, daß Mademoiselle Perez, die große Blonde, die bald heiraten wollte, alle Abteilungen aufgesucht habe, um sich zu informieren, welche grauenhaften Beschreibungen die Reisenden ihr zu machen beliebten, und mit welcher Erleichterung sie bei der Rückkehr von der Hochzeitsreise lächelnd erklärt habe: «So furchtbar war es gar nicht.»

«Sie ist dreißig Jahre alt», setzt Catherine mitleidig hinzu.

Rose aber tadelt sie, daß sie solche gewagten Geschichten erzählt: «Hör mal, Catherine», sagt sie, «hier sind nicht nur junge Mädchen anwesend.»

Zu dieser Stunde streicht das Postflugzeug über der Stadt hin und läßt den Glanz seines Metalls auf der Erde und im Himmel übermütig funkeln. Es folgt der Rundung der Bucht, neigt sich wie sie, paßt sich dem Gang der Welt an, verzichtet aber ganz plötzlich auf sein Spiel, wendet jäh, taucht langsam zum Meer hinunter und wassert in einem riesigen weißblauen Wogenschwall. Gula und Cali liegen auf der Seite, sperren ihre Schlangenmäulchen so weit auf, daß man den rosigen Gaumen sieht, und geben sich üppigen, obszönen Träumen hin, bei denen ihre Flanken erbeben. Der Himmel drückt von oben her mit seiner ganzen Last aus Sonne und Farben nach unten. Mit geschlossenen Lidern vollzieht Catherine in sich den langen tiefen Sturz nach, der sie wieder in ihr Innerstes führt, wo sich weich jenes Tier regt, das atmet wie ein Gott.

Am nächsten Sonntag werden Gäste erwartet. Claire ist an der Reihe, sich ums Kochen zu kümmern. Rose hat also das Gemüse geputzt, das Geschirr bereitgestellt und den Tisch gedeckt; Claire wird das Gemüse aufsetzen und das Kochen überwachen, während sie in ihrem Zimmer liest. Da Mina, die Maurin, an diesem Morgen nicht gekommen ist – sie hat zum drittenmal im Jahr ihren Vater verloren –, mußte Rose auch im Haus Ordnung machen. Die Gäste treffen ein. Da ist Éliane, die Mersault die Idealistin nennt. «Warum?» fragt Éliane. «Weil du, wenn man dir etwas Wahres erzählt, das dich schockiert, antwortest: ‹Das ist zwar wahr, aber es ist nicht recht.›» Éliane hat ein gutes Herz und stellt selber bei sich eine Ähnlichkeit mit dem ‹Mann mit dem Handschuh› fest, die sonst niemand wahrhaben will. Aber eigensinnig hat sie gleichwohl alle Wände ihres Zimmers mit Reproduktionen von dem ‹Mann mit dem Handschuh› behängt. Éliane betreibt Studien. Als sie das erste Mal in das Haus vor der Welt gekommen ist, hat sie ihr Entzücken darüber geäußert, daß dessen Bewohner «frei von Vorurteilen» seien. Mit der Zeit hat sie das dann nicht mehr ganz so bequem gefunden. Das Fehlen von Vorurteilen bestand darin, daß man ihr sagte, die sorgfältig zurechtgestutzte Geschichte, die sie erzählt habe, sei nichts weiter als höchst langweilig, und daß man ihr bei jedem Satz, den sie äußerte, freundschaftlich erklärte: Éliane, du bist ein kleines Schaf.»

Als Éliane mit Noël, dem anderen Eingeladenen, seines Zeichens Bildhauer, die Küche betritt, stößt sie gleich auf Catherine, die niemals in einer normalen Haltung kocht. Auf dem Rücken liegend, ißt sie mit der einen Hand Weintrauben und rührt mit der anderen eine eben erst im Entstehen begriffene Mayonnaise. Rose, mit einer großen blauen Schürze bekleidet, bewundert die Intelligenz der Katze Gula, die auf den Suppentopf gesprungen ist, um den zweiten Gang des Mittagsmahls zu verspeisen.

85

«Ist es zu glauben», sagt Rose ganz entzückt, «nein, wirklich, ist es zu glauben, wie intelligent sie ist?»

«Ja», sagt Catherine, «sie übertrifft heute sich selbst», und setzt hinzu, am anderen Morgen bereits habe die ständig an Intelligenz zunehmende Gula die kleine grüne Lampe und eine Blumenvase zerbrochen.

Éliane und Noël, die vermutlich zu sehr außer Atem sind, um ihrem Ekel Ausdruck zu geben, suchen sich schließlich eine Sitzgelegenheit, da niemand daran denkt, ihnen eine anzubieten. Claire gesellt sich liebenswürdig und träge hinzu, drückt Hände und kostet die Bouillabaisse, die noch auf dem Feuer steht. Sie meint, daß man jetzt zu Tisch gehen könne. Doch heute verspätet sich Patrice. Dann erscheint er aber und erklärt Éliane wortreich, er sei guter Laune, weil die Frauen auf den Straßen so schön ausgesehen hätten. Kaum hat die heiße Jahreszeit begonnen, da sind auch schon die leichten dünnen Kleider da, unter denen straffe Körper sich elastisch bewegen. Patrice behauptet, er habe davon jetzt noch ein trockenes Gefühl im Mund, verspüre ein Pochen in den Schläfen und Hitze in den Lenden. Einer so präzisen Ausdrucksweise gegenüber verstummen Éliane und ihr Schamgefühl. Bei Tisch folgt peinliche Verblüffung auf die ersten Löffel Bouillabaisse. Claire bemerkt kokett in sehr klarem Stil:

«Ich fürchte, diese Bouillabaisse schmeckt nach verbrannten Zwiebeln.»

«Aber nicht doch», sagt Noël, der seines guten Herzens wegen allgemein beliebt ist.

Um dieses gute Herz auf die Probe zu stellen, bittet ihn Rose, für das Haus doch eine gewisse Anzahl von nützlichen Gegenständen zu kaufen, so zum Beispiel einen Badeofen, Perserteppiche und einen Kühlschrank. Als Noël als Antwort darauf Rose nahelegt, sie solle für ihn beten, damit er in der Lotterie gewinnt, stellt sie nicht ohne Realismus fest:

«Dann können wir auch gleich für uns selber beten.»

Es wird warm, aber es herrscht eine gute, gleichmäßige Wärme, die den gekühlten Wein und die ersten Früchte der Jahreszeit noch köstlicher macht. Beim Kaffee spricht Éliane mit bemerkenswertem Mut über die Liebe. Wenn sie liebte, würde sie heiraten, sagt sie. Catherine hält ihr entgegen, wenn man liebe, sei das dringlichste, diese Liebe auszuüben, und diese materialistische Auffassung entsetzt Éliane. Rose, die sich gern auf Tatsachen stützt, würde ihr beipflichten, wenn nicht ‹unglücklicherweise die Erfahrung lehrte, daß durch die Ehe die Liebe getötet wird›.

Éliane und Catherine aber zwingen ihre Gedanken zum Widerspruch und werden ungerecht, wie es sich gehört, wenn man über Temperament verfügt. Noël, der in Formen und in Ton denkt, glaubt an die Frau, an Kinder und an patriarchalische Überzeugungen in einem konkreten Dasein, das man nicht leicht nehmen kann. Rose, der Élianes und Catherines Stimmaufwand zuviel wird, tut daraufhin, als verstünde sie plötzlich die Absicht, die sich hinter Noëls zahlreichen Besuchen verberge.

«Ich danke Ihnen», sagt sie, «und ich kann Ihnen gar nicht sagen, wie sehr mich diese Entdeckung verwirrt. Ich werde gleich morgen meinem Vater über ‹unsere› Pläne berichten, und in ein paar Tagen können Sie dann um meine Hand anhalten.»

«Aber . . .» wendet Noël ein, der nicht versteht, was sie im Schilde führt.

«Oh», antwortet Rose mit großem Schwung, «ich weiß. Aber ich verstehe Sie, ohne daß es von Ihrer Seite der Worte bedarf. Sie gehören zu den Menschen, die schweigen und deren Gedanken man erraten muß. Übrigens bin ich froh, daß Sie sich erklärt haben, denn Ihre häufigen Besuche fingen schon an, der Makellosigkeit meines Rufs zu schaden.»

Noël erklärt amüsiert und leicht beunruhigt, er sei entzückt, seine Wünsche durch Erfolg gekrönt zu sehen.

«Ganz zu schweigen davon», sagt Patrice, bevor er sich eine Zigarette anzündet, «daß ihr euch ein bißchen beeilen solltet. Roses Zustand verpflichtet euch, die Sache nicht zu lange aufzuschieben.»

«Wieso?» fragt Noël.

«Mein Gott», sagt Claire, «wir sind doch erst im zweiten Monat.»

«Und außerdem», setzt Rose in zugleich liebevollem und überzeugendem Ton hinzu, «sind Sie jetzt in dem Alter, in dem man glücklich ist, sich in dem Kind eines anderen wiederzuerkennen.»

Noël runzelt ein wenig die Stirn, und Claire lenkt gutmütig ein:

«Das Ganze ist ein Scherz. Man muß es nur mit Humor zu nehmen wissen. Gehen wir in den Salon.»

Damit ist die Diskussion über Prinzipien zu Ende. Dennoch redet Rose, die ihre guten Werke gern im stillen tut, mit sanfter Stimme auf Éliane ein. In dem großen Zimmer hat Patrice sich ans Fenster gesetzt, Claire steht an den Tisch gelehnt da, und Catherine hat sich auf der Matte gelagert. Die anderen sitzen auf dem Diwan. Ein dichter Nebel liegt jetzt über Stadt und Hafen. Aber die Schlepper nehmen ihre Arbeit wieder auf, und ihre dumpfen Rufe tragen etwas von dem Teer- und Fischgeruch, der Welt der roten und schwarzen Muscheln, der rostigen Poller und mit Algen behafteten Ketten, die dort unten erwacht, bis hier herauf. Wie alle Tage ertönt der männliche, brüderliche Appell eines Lebens, das nach Kraftentfaltung schmeckt und dessen Verlockung oder unmittelbare Aufforderung hier oben jeder spürt. Éliane sagt traurig zu Rose:

«Auch Sie sind im Grunde wie ich.»

«Nein», sagt Rose, «ich versuche nur, glücklich zu sein, und zwar so glücklich wie möglich.»

«Und die Liebe ist nicht das einzige Mittel dazu», bemerkt Patrice, ohne sich umzudrehen.

Er mag Éliane sehr gern und fürchtet, ihr vorhin Kummer gemacht zu haben. Aber er versteht Rose, wenn sie glücklich sein will.

«Das ist ein Ideal der Mittelmäßigkeit», meint Éliane.

«Ich weiß nicht, ob es ein Ideal der Mittelmäßigkeit ist, aber auf alle Fälle ist es ein gesundes Ideal. Und das, wissen Sie . . .»

Patrice fährt in seiner Rede nicht fort. Rose hat ein bißchen die Augen zugemacht. Gula ist ihr auf die Knie gesprungen, und träge den Kopf des Tieres streichelnd, zelebriert Rose das Vorspiel der geheimen Vermählung, bei der die Katze mit den halbgeschlossenen Augen und die unbeweglich sitzende Frau sich mit dem gleichen Blick ein gleiches Universum erschließen. Jeder träumt für sich zwischen den langgezogenen Rufen der Schlepper vor sich hin. Rose läßt das Schnurren der in ihrem Schoß zusammengerollten Gula zu sich aufsteigen. Die Hitze liegt schwer auf ihren Augen und läßt sie in ein Schweigen versinken, das einzig das Pochen ihres Blutes belebt. Die Katzen schlafen ganze Tage lang und lieben vom ersten Stern bis zum Morgengrauen. Ihre Wollust bereitet Schmerzen und ihr Schlaf ist dumpf. Sie wissen auch, daß der Körper eine Seele besitzt, an der die Seele nicht teilhat.

«Ja», sagt Rose und schlägt die Augen auf, «glücklich sein, und zwar so glücklich wie möglich.»

Mersault dachte an Lucienne Raynal. Als er kurz zuvor gesagt hatte, die Frauen auf den Straßen seien so schön gewesen, wollte er vor allem sagen, daß eine Frau ihm schön vorgekommen sei. Er war ihr bei Freunden begegnet. Vor einer Woche waren sie zusammen ausgegangen und, da sie nichts zu tun hatten, an einem schönen warmen Vormittag auf den Boulevards am Hafen entlanggewandert. Sie hatte den Mund nicht aufgemacht, und Mersault hatte sich, als er sie nach Hause zurückbegleitete, dabei überrascht, wie er ihr lange die Hand drückte und sie anlächelte. Sie war groß, trug keinen Hut, hatte ein weißes Leinenkleid an und offene Sandalen an den Füßen. Auf den Boulevards hatten sie im Gehen gegen einen leichten Wind angekämpft. Sie setzte ihren Fuß flach auf die heißen Steinplatten und stieß sich dort gleichsam ab, um sich kaum merklich gegen den Wind zu stemmen. Bei dieser Bewegung legte sich das Kleid fest an ihren Körper an, so daß sich ihr flacher, leicht geschwungener Leib darunter abzeichnete. Mit ihrem zurückgekämmten blonden Haar, ihrer kleinen geraden Nase und der prachtvollen Wölbung ihrer Brüste verkörperte und bestätigte sie ein geheimes Einverständnis, das sie mit der Welt verknüpfte und ihre Umwelt auf ihre Bewegungen ausrichtete. Wenn sie ihre Handtasche in der rechten Hand schwenkte, an der sie ein gegen den Verschluß klimperndes silbernes Armband trug, die Linke über ihren Kopf hob, um sich gegen die Sonne zu schützen, und die Spitze ihres rechten Fußes noch den Boden berührte, aber schon bereit war, ihn zu verlassen, kam es Patrice so vor, als verbinde sie sich durch ihre Gebärden mit der Welt.

Dann empfand er die geheimnisvolle Übereinstimmung, in der sich seine Schritte denen Luciennes anpaßten. Sie schritten zusammen aus, ohne daß es ihm Mühe machte, sich mit ihr im Einklang zu befinden. Zweifellos wurde die Harmonie dadurch erleichtert, daß Lucienne diese flachen Schuhe trug. Zudem aber bestand in ihrer beider Gang etwas Gemeinsames in der Schrittlänge und der Geschmeidigkeit. Gleichzeitig stellte Mersault Luciennes Schweigsamkeit und ihren verschlossenen Gesichtsausdruck fest. Er dachte, sie sei womöglich wenig gescheit, und freute sich darüber. Es liegt etwas Göttliches in der Schönheit ohne Geist, und Mersault hatte mehr Sinn dafür als irgendein anderer. Alles das bewirkte, daß er Luciennes Hand lange in der seinen hielt, daß er sie häufig wiedersah, lange mit ihr im gleichen schweigenden Rhythmus spazierenging und daß sie beide, die gebräunten Gesichter zur Sonne oder zu den Sternen erhoben, zusammen badeten und ihre Bewegungen wie ihre Schritte aufeinander abstimmten, ohne etwas anderes auszutauschen als die Anwesenheit ihrer Körper. Alles das war so bis gestern abend gegangen, wo Mersault ein zugleich vertrautes und bestürzendes Wunder auf den Lippen Luciennes wiedergefunden hatte. Bis dahin war das, was ihn bewegte, die Art gewesen, wie sie sich an ihre Kleider heftete, ihm folgte, während sie seinen Arm ergriff, die Hingegebenheit und das Vertrauen, die den Mann in ihm anrührten. Auch noch ihr Schweigen kam dazu, durch das sie sich ganz und gar mit der Gebärde des Augenblicks eins erklärte und das ihre Katzenähnlichkeit vollendete, der sie bereits den Ernst zu verdanken hatte, mit dem sie jede ihrer Handlungen vollzog. Gestern nach dem

Abendessen war er mit ihr an den Quais entlanggegangen. Plötzlich waren sie am Geländer der Boulevards stehengeblieben, und Lucienne war ganz nahe an Mersault herangeglitten. Im Dunkeln hatte er unter seinen Händen ihre kalten vorspringenden Backenknochen und ihre heißen Lippen gespürt, in deren feuchter Wärme sein Finger sich verlor. Da war in ihm etwas aufgebrochen wie ein gewaltiger selbstloser Schrei. Angesichts der von Sternen berstenden Nacht und der Stadt, die wie ein umgekehrter Himmel unter dem warmen, tief eindringenden Hauch, der vom Hafen her zu seinem Gesicht aufstieg, von menschlichen Lichtern übersät war, hatte ihn ein Durst nach dieser warmen Quelle und der hemmungslose Wille erfaßt, auf diesen lebendigen Lippen den ganzen Sinn dieser unmenschlichen schlafenden Welt wie ein in ihrem Munde eingeschlossenes Schweigen zu erfassen. Er beugte sich zu ihr, und es war, als ob er seine Lippen auf ein Vögelchen drückte. Lucienne stöhnte. Er biß in ihre Lippen, und atmete ein paar Sekunden lang, Mund an Mund, diese Wärme ein, die ihn in eine Verzückung versetzte, als schließe er die Welt in seine Arme. Sie indessen hielt sich an ihm fest wie eine Ertrinkende, kam stoßweise aus dem großen schwarzen Abgrund, in den sie sich hineingestürzt hatte, wieder hervor, drängte dann jäh seine Lippen von sich fort und zog sie gleich wieder an sich, um alsbald in die eisigen schwarzen Fluten zurückzusinken, die sie verbrannten wie ein Volk von Göttern.

. . . Aber Éliane brach bereits auf. Ein langer Nachmittag der Stille und des Nachdenkens erwartete Mersault in seinem Zimmer. Beim Abendessen blieben alle stumm. Doch wie auf Verabredung ging man hinterher gemeinsam auf die Terrasse hinaus. Schließlich münden immer wieder die Tage in die Tage ein, vom Morgen über der Bucht, über der es von Nebel und Sonnenschein brodelt, bis zu der Milde des Abends über der gleichen Bucht. Der Tag erhebt sich über dem Meer und geht hinter den Hügeln unter, weil der Himmel nur den einen Weg weist, der vom Meer bis zu den Hügeln reicht. Die Welt sagt immer nur ein und dasselbe, weckt Interesse daran und ermüdet alsbald. Doch es kommt eine Zeit, wo sie durch stete Wiederholung siegt und den Lohn für ihr Beharren erntet. So gehen die Tage des Hauses vor der Welt, gleichsam eingestickt in den kostbaren Stoff des Lachens und der schlichten Gebärden, auf der Terrasse im Anblick der sternenbeladenen Nacht zu Ende. Man streckte sich in langen Stühlen aus, während Catherine auf der Stützmauer sitzen blieb.

Am glühenden, geheimnisvollen Himmel strahlt das Antlitz der dunklen Nacht. Lichter gleiten in weiter Ferne im Hafen vorbei, und das Pfeifen der Züge wird seltener. Die Sterne werden größer und dann wieder kleiner, sie verschwinden und tauchen von neuem auf, bilden untereinander flüchtige Figuren und stellen sie mit anderen wieder her. In der herrschenden Stille gewinnt die Nacht ihre Dichte und Stofflichkeit zurück. Vom Gleiten der Sterne durchzogen, überläßt sie den Augen die Lichterspiele, die sich die Tränen darin schaffen. Und jeder findet, während er sich in die Tiefe des Himmels versenkt, an jenem äußersten Punkt, an dem alles zusammentrifft, den geheimen zärtlichen Gedanken wieder, aus dem die ganze Einsamkeit seines Lebens besteht.

Catherine, die plötzlich von Liebe übermannt wird, kann nur noch seufzen. Patrice, der spürt, daß seine Stimme verändert klingt, fragt indessen:

«Ihr friert doch nicht?»

«Nein», sagt Rose. «Und im übrigen ist ja das gerade so schön.»

Claire ist aufgestanden, hat ihre Hände auf die Mauer gelegt und ihr Gesicht zum Himmel emporgekehrt. Angesichts von allem Primitiven und Erhabenen, das auf der Welt besteht, verwechselt sie ihr Leben mit ihrem Verlangen nach Leben und vermischt ihre Hoffnung mit dem Lauf der Sterne. Jäh wendet sie sich um und sagt zu Patrice:

«Wenn man an guten Tagen dem Leben Vertrauen schenkt, zwingt man es, dem auch zu entsprechen.»

«Ja», sagt Patrice, ohne sie anzusehen.

Eine Sternschnuppe fällt. Dahinter strahlt das Licht eines fernen Leuchtturms durch die inzwischen noch schwärzer gewordene Nacht. Menschen kommen schweigend den Weg herauf. Man hört sie schreiten und heftig dabei atmen. Kurz danach dringt Blumenduft herauf.

Die Welt sagt immer nur ein und dasselbe. Auf diese geduldige Wahrheit aber, die von einem Stern an den anderen weitergegeben wird, gründet sich eine Freiheit, die uns von uns selbst und den anderen entbindet, doch auch auf jene andere geduldige Wahrheit, die Tod mit Tod verbindet. Patrice, Catherine, Rose und Claire werden sich dann des Glückes bewußt, das ihnen aus ihrer Hingabe an die Welt erwächst. Wenn diese Nacht die Gestalt ihres Schicksals spiegelt, so bewundern sie daran, daß es zugleich körperlich und geheimnisvoll ist und daß sich auf seinen Zügen Tränen und Sonnenschein mischen. Und ihr von Schmerz und Freude erfülltes Herz vermag jene zwiefache Lehre zu begreifen, die auf den glücklichen Tod hinführt.

Es ist jetzt spät geworden, schon Mitternacht. Auf dem Antlitz dieser Nacht, das wie die Ruhe und das Denken der Welt selber ist, zeigen ein dumpfes Schwellen und ein Rauschen von Sternen das nahende Erwachen an. Von dem mit Gestirnen überladenen Himmel fällt zitterndes Licht herab. Patrice schaut die Freundinnen an: Catherine, die mit zurückgelehntem Kopf auf der Mauer hockt, Rose, die auf dem Liegestuhl kauernd die Hände über Gula hinstreckt, Claire, die mit ihrer wie ein weißer Fleck wirkenden, vorgewölbten Stirn steif an der Mauer steht: junge Wesen, befähigt zum Glück, die ihre Jugend miteinander austauschen und ihre Geheimnisse bewahren. Er ist nahe an Catherine herangetreten und blickt über die himmelsgleiche Rundung ihrer Schulter aus Fleisch und Sonne hinweg. Auch Rose hat sich der Mauer genähert, und alle vier haben die Welt vor sich. Es ist, als ob der plötzlich kühler gewordene Nachttau auf ihren Stirnen alle Zeichen ihrer Einsamkeit auslöschte und sie, von sich selber befreit durch diese bewegte, flüchtige Taufe, der Welt von neuem schenkte. Zu dieser Stunde, in der die Nacht von Sternen überfließt, zeichnen sich ihre Gebärden in unbewegter Starre in das große stumme Antlitz des Himmels ein. Patrice hebt den Arm der Nacht entgegen, umfaßt in seiner Begeisterung die Sternengarben, das von seinem Arm durchschnittene Wasser des Himmels und Algier zu seinen Füßen und schlingt es alles um sie wie einen dunkel glitzernden Mantel aus Muscheln und Edelsteinen.

IV

Im Morgengrauen rollte Mersaults Wagen mit abgeblendeten Scheinwerfern die Küstenstraße entlang. Als er Algier verließ, hatte er ein paar Milchwagen eingeholt und überholt, und der aus warmem Schweiß und Stalldunst gemischte Pferdegeruch hatte ihm die Morgenkühle noch wohltuender zum Bewußtsein gebracht. Noch war alles nachtschwarz. Ein letzter Stern zerschmolz langsam am Himmel, und auf der im Dunkeln leuchtenden Straße nahm er nur das Geräusch des Motors, das der Stimme eines wohlig atmenden Tieres glich, und manchmal etwas weiter in der Ferne den Hufschlag eines Pferdes und das Geschepper eines mit Blechkannen beladenen Wagens wahr, bis er vor dem schwarzen Hintergrund der Straße an dem vierfachen hellen Aufblitzen die Eisen an den Füßen des Pferdes erkannte. Er fuhr jetzt schneller, und die Nacht wurde rascher zum Tage.

Aus der Tiefe des Dunkels zwischen den Hügeln von Algier glitt das Auto auf eine freie Straße über dem Meer, wo der Morgen sich vollendete. Mersault trieb den Wagen auf höchste Touren. Auf dem taufeuchten Untergrund vervielfältigten sich die leichten Sauggeräusche der Räder. An jeder der zahllosen Kurven brachte die Bremse die Pneus zu schrillem Aufheulen, und auf der Geraden überdeckte dann wieder das tiefe Brummen des Motors beim Höherschalten einen Augenblick lang die schwachen Stimmen des Meeres, die von der Küste unten heraufstiegen. Nur das Flugzeug schenkt dem Menschen eine noch spürbarere Einsamkeit als die, die er im Auto entdeckt. Ganz seiner eigenen Gegenwart bewußt und auch bewußt befriedigt über die Präzision seiner Bewegungen, konnte Mersault zugleich wieder an sich selbst denken wie auch an das, was ihn beschäftigte. Der Tag tat sich jetzt weit am Ende der Straße auf. Die

Sonne erhob sich über dem Meer, und mit ihr erwachten auf beiden Seiten die eben noch verlassenen Felder mit Vogelgeschwirr und im Fluge rotschimmernden Insekten. Manchmal stapfte über eines der Felder ein Bauer dahin, von dem Mersault bei seiner hohen Geschwindigkeit nur die Silhouette eines mit einem Sack beladenen Mannes erkannte, der mit seinem ganzen Gewicht in die schwere, saftige Erde einsank. Wie es sein sollte, führte das Auto ihn wieder zu den Hügeln zurück, die das Meer beherrschten. Sie wurden größer, und ihre Umrisse, die sich bis eben nur schattenspielartig vor der Tageshelle abzeichneten, rückten schnell näher und wurden deutlicher in den Einzelheiten, so daß Mersault plötzlich klar ihre mit Olivenbäumen, Pinien und kalkbeworfenen Häuschen bedeckten Flanken vor sich sah. Dann führte jäh eine neue Kurve den Wagen auf das Meer zu, das, von der beginnenden Flut anschwellend, sich Mersault wie eine Opferschale voll Salz, rötlichen Tönen und Schlummer entgegenhob. Der Wagen glitt pfeifend auf der Straße entlang, anderen Hügeln und dem ewig gleichen Meer entgegen.

Einen Monat zuvor hatte Mersault dem Haus vor der Welt seinen Aufbruch angezeigt. Er wollte zuerst einmal reisen und sich dann in der Nähe von Algier endgültig niederlassen. Ein paar Wochen darauf war er wieder zurückgekehrt, diesmal sicher, Reisen würde für ihn künftighin eine ihm fremde Lebensform sein: Ortsveränderung erschien ihm als ein Glück nur noch für rastlose Menschen. Außerdem stellte er bei sich ein dumpfes Gefühl der Ermüdung fest. Er hatte Eile, seinen Plan zu verwirklichen, nämlich ein Häuschen zwischen Meer und Gebirge zu kaufen, am Chenoua, ein paar Kilometer von den Ruinen von Tipasa entfernt. Bei seiner Ankunft in Algier hatte er sich den äußeren Rahmen für dieses Leben geschaffen. Er hatte erhebliche Vorräte an deutschen pharmazeutischen Produkten erworben, einen bezahlten Angestellten mit seinen Geschäften beauftragt und auf diese Weise seine zeitweilige Abwesenheit von Algier und sein unabhängiges Leben zu begründen gewußt. Die Geschäfte liefen übrigens nur schlecht und recht, doch glich er die Verluste ohne Reue aus, da er darin den Tribut sah, den er für seine vollkommene Freiheit entrichtete. Es genügt tatsächlich, der Welt ein Gesicht vorzuzeigen, das sie verstehen kann. Trägheit und Gleichgültigkeit bewirken das übrige. Unabhängigkeit läßt sich mit ein paar billigen, unter dem Siegel der Verschwiegenheit geäußerten Phrasen erringen. Mersault beschäftigte sich sodann mit der Lage Luciennes.

Sie hatte keine Eltern mehr, lebte allein, war Sekretärin bei einer Kohlenfirma, ernährte sich von Früchten und trieb Gymnastik. Mersault lieh ihr Bücher. Sie gab sie ihm wortlos zurück. Auf seine Fragen antwortete sie: «Ja, das ist gut» oder: «Es ist ein bißchen traurig.» An dem Tage, an dem er Algier zu verlassen beschloß, schlug er ihr vor, sie solle mit ihm leben, jedoch auch weiterhin, ohne zu arbeiten, in Algier wohnen bleiben und nur zu ihm kommen, wenn er sie brauche. Er brachte die Sache so überzeugend vor, daß Lucienne nichts Demütigendes darin sah, und außerdem lag ja auch gar nichts Demütigendes darin. Lucienne nahm oft durch den Körper wahr, was ihr Geist nicht begreifen konnte. Sie willigte ein.

«Wenn Sie Wert darauf legen», setzte Mersault hinzu, «kann ich Ihnen auch die Heirat versprechen, doch hat es meiner Meinung nach nicht viel Sinn.»

«Ganz, wie Sie wollen», antwortete Lucienne.

Eine Woche darauf heiratete er sie und rüstete sich zum Aufbruch. Lucienne kaufte sich inzwischen ein orangefarbenes Kanu, um auf das blaue Meer hinauszufahren.

Mersault vermied es mit einer raschen Drehung des Lenkrads, eine Henne zu überfahren, eine Frühaufsteherin. Er dachte an sein Gespräch mit Catherine. Am Abend vor dem Aufbruch hatte er das Haus vor der Welt verlassen, um eine Nacht allein im Hotel zu verbringen.

Es war am frühen Nachmittag, und da es am Morgen geregnet hatte, sah die ganze Bucht wie eine frischgeputzte Fensterscheibe und der Himmel wie frisches Linnen aus. Genau gegenüber zeichnete sich am Ende der Bucht das Kap in wunderbarer Klarheit ab und streckte sich, von seinem Sonnenstrahl vergoldet, wie eine große, sommerliche Schlange bis ins Meer hinein. Patrice hatte gerade seine Koffer geschlossen und betrachtete jetzt, den Arm auf den Fensterriegel gestützt, mit gierigen Blicken diese Neuerschaffung der Welt.

«Ich verstehe nicht, weshalb du fortgehst, wenn du hier glücklich bist», sagte Catherine.

«Ich würde hier riskieren, geliebt zu werden, meine kleine Catherine, und das würde mich hindern, glücklich zu sein.»

Auf dem Diwan zusammengerollt und mit etwas geneigtem Kopf sandte Catherine Patrice einen ihrer schönen Blicke ohne Tiefe zu. Ohne sich umzudrehen, fuhr er fort:

«Viele Menschen komplizieren selbst ihre Existenz und erfinden sich Schicksale. Bei mir ist das alles ganz einfach. Sieh mal . . .»

Er sprach mit dem Gesicht zur Welt, und Catherine fühlte sich vergessen. Sie beobachtete Mersaults lange Finger am Ende des über dem Fenstergriff ruhenden Unterarms, die Art, wie er den Körper auf der einen Hüfte ruhen ließ, und erriet auch, ohne ihn zu sehen, seinen ziellos schweifenden Blick.

«Was ich möchte . . .» fing sie an, doch dann schwieg sie und sah wieder zu Patrice hinüber.

Kleine Segel begannen, die Windstille nutzend, auf das Meer zu gleiten. Sie gelangten in die Ausfahrt, erfüllten sie mit Flügelschlägen und nahmen plötzlich Kurs auf das offene Meer, eine Kielspur aus Luft und Wasser hinter sich lassend, die sich in schaumigem Gekräusel dehnte. Von ihrem Platz aus konnte Catherine sie, je weiter sie sich ins Meer vorschoben, rings um Patrice sich erheben sehen wie einen Flug weißer Vögel. Patrice schien ihr Schweigen und ihren Blick zu spüren. Er wendete sich um, ergriff ihre Hände und zog sie zu sich heran.

«Gib niemals auf, Catherine. Du hast so vieles in dir und darunter das Edelste von allem, den Sinn für das Glück. Erwarte nur nicht die Erfüllung deines Lebens von einem Mann. Darin täuschen sich so viele Frauen. Erwarte sie nur von dir selbst.»

«Ich beklage mich nicht, Mersault», sagte Catherine mit sanfter Stimme, während sie Patrice an der Schulter berührte.

«Eine einzige Sache zählt in diesem Augenblick. Gib gut auf dich acht.»

Da empfand er, wie wenig es war, worauf seine Sicherheit sich gründete. Er verspürte im Herzen eine seltsame Dürre.

«Das hättest du jetzt nicht sagen dürfen.»

Er nahm seinen Koffer und stieg erst die steile Treppe, dann den Weg, der von den einen Olivenbäumen zu den anderen führte, hinab. Nichts wartete mehr auf ihn als der Chenoua, ein Wald von Ruinen und Wermutstauden, eine Liebe ohne Hoffnung noch Verzweiflung samt der Erinnerung an ein Leben voll Essig und voll Blumen. Er wendete sich um. Von da oben her sah Catherine, ohne eine Bewegung zu machen, seinen Aufbruch mit an.

Nach etwas weniger als zwei Stunden sah Mersault den Chenoua vor sich liegen. In diesem Augenblick verweilten noch die letzten Veilchentöne der Nacht auf den Hängen, die sich ins Meer hinuntersenkten, während der Gipfel von roten und gelben Schimmern leuchtete. Es sah aus, als stiege die Erde von den am Horizont sich abzeichnenden Hügeln des Sahel her kraftvoll und wuchtig an, um schließlich zu dem riesigen Rücken des muskulösen Tieres zu werden, das mit seiner gewaltigen Höhe ins Meer hinuntertauchte. Das Haus, das Mersault gekauft hatte, stand an einem der letzten Abhänge, etwa hundert Meter vom Meer entfernt, das schon golden in der Hitze schimmerte. Es hatte nur ein Stockwerk über dem Erdgeschoß, und dort nur ein einziges Zimmer mit den dazugehörigen Nebenräumen. Dieses Zimmer aber war sehr groß, und man blickte von da aus durch ein riesiges Fenster mit einer Terrasse davor auf einen Vordergarten und dann auf das Meer. Mersault stieg schnell hinauf. Das Meer begann schon zu dampfen, und zugleich vertiefte sich seine Bläue, während das warme Rot der Terrassenfliesen erst jetzt Strahlung und Glanz erhielt. Durch die weiß verputzte Balustrade drängten sich schon die ersten Blüten einer prächtigen Kletterrose. Sie waren weiß, und diejenigen, die sich weit geöffnet vom Meer abhoben, hatten etwas Sattes und Üppiges in ihrer festen Konsistenz. Von den Zimmern im unteren Stock blickte das eine auf die niedersten, mit Obstbäumen bestandenen Hänge des Chenoua, die beiden anderen auf den Garten und das Meer. Im Garten reckten zwei Pinien ihre überhohen Stämme, von denen nur der oberste Teil mit einem gelblichgrünen Pelz bedeckt war, in den Himmel empor. Von dem Haus aus konnte man einzig den Zwischenraum zwischen den beiden Bäumen und die geschwungene Linie des Meeres zwischen den Stämmen sehen. In diesem Augenblick bewegte sich wenigstens ein kleiner Dampfer auf die offene See hinaus, und Mersault begleitete ihn während der langen Reise von einer Pinie zur anderen mit dem Blick.

Dort also würde er leben. Zweifellos rührte die Schönheit dieser Stätte an sein Herz. Um der Lage willen hatte er ja auch dieses Haus gekauft. Die Entspannung, die er zu finden gehofft hatte, erschreckte ihn jetzt jedoch. Und die Einsamkeit, die er so bewußt gesucht hatte, kam ihm nun, da er den Rahmen dafür kannte, eher beunruhigend vor. Das Dorf war nicht weit entfernt, nur ein paar hundert Meter. Er ging hinaus. Ein kleiner Pfad führte von der Landstraße zum Meer hinunter. Als er ihn einschlug, bemerkte er zum ersten Mal, daß man auf der anderen Seite die kleine Landspitze von Tipasa sehen konnte. Am äußersten Ende dieser Spitze zeichneten sich die golden schimmernden Säulen des Tempels und rings um sie her die verfallenen Ruinen zwischen den Wermutstauden ab, die von weitem wie ein grauer wolliger Überzug aussahen. An Juniabenden, dachte Mersault, müßte der Wind vom Meer her den Duft, den die sonnenheißen Wermutstauden entsandten, bis zum Chenoua herübertragen.

Er mußte jetzt sein Haus instand setzen und einrichten. Die ersten Tage vergingen schnell. Er kalkte die Wände, kaufte in Algier Vorhänge und überholte die elektrische Installation. Über dieser Arbeit, die täglich durch die Mahlzeiten, die er im Dorfgasthaus einnahm, und durch Baden im Meer unterbrochen wurde, vergaß er, weshalb er hierher gekommen war und vergaß auch sich selbst über der Ermüdung seines Körpers, den Rückenschmerzen und den steifen Beinen, einzig beschäftigt mit dem schadhaften Anstrich und der Einrichtung einer nicht richtig funktionierenden Pendeltür im Korridor. Er nächtigte im Gasthaus und lernte nach und nach das Dorf kennen: die Burschen, die am Sonntagnachmittag kamen, um Lochbillard und Pingpong zu spielen (sie hielten die Spieltische den ganzen Nachmittag besetzt und machten zum großen Verdruß des Wirtes nur einmal eine Bestellung), die Mädchen, die am Abend auf der Straße über dem Meer promenierten (sie gingen untergehakt, und ihre Stimmen verweilten singend auf den letzten Silben der Wörter), Pérez, den Fischer, der das Gasthaus mit Fischen versorgte und einarmig war. Dort traf er auch den Dorfarzt, Dr. Bernard. Sobald jedoch im Haus alles in Ordnung war, brachte Mersault seine Sachen hinüber und kam wieder etwas mehr zu sich selbst. Es war Abend. Er hielt sich in dem Zimmer im ersten Stock auf, und draußen vor dem Fenster teilten sich zwei Welten in den Raum zwischen den beiden Pinien. In der einen, der transparenteren, wimmelte es von Sternen. In der anderen, die undurchsichtiger und schwärzer war, deutete ein verborgenes Plätschern von Wasser die Nähe des Meeres an.

Bislang hatte er unbefangen dahingelebt, im Umgang mit den Arbeitern, die ihm halfen, oder dem Cafébesitzer, mit dem er zu schwatzen pflegte. An diesem Abend aber wurde er sich bewußt, daß es weder morgen noch jemals für ihn jemanden geben würde, den er treffen könnte, und daß er sich nun der so sehr ersehnten Einsamkeit gegenüber befand. Sobald es so weit war, daß er niemanden mehr sehen sollte, kam ihm der nächste Tag erschreckend nahe vor. Er versuchte sich jedoch selbst zu überzeugen, daß ja das gerade seinen Wünschen entspräche: eine lange Zeit bis zum Ende nur mit sich selber zu leben. Er beschloß bis spät in die Nacht hinein zu rauchen und nachzudenken, aber gegen zehn Uhr wurde er müde und ging zu Bett. Am nächsten Tage wachte er sehr spät, erst gegen zehn Uhr, auf, bereitete sein Frühstück und nahm es ein, bevor er sich ankleidete. Er fühlte sich etwas matt. Er war noch nicht rasiert, und das Haar hing ihm wirr in die Stirn. Dennoch ging er nach dem Frühstück, bevor er sich ins Badezimmer begab, planlos von einem Zimmer ins andere, blätterte in einer Zeitschrift, war schließlich geradezu froh, noch einen Schalter zu finden, der sich gelockert hatte, und machte sich an die Arbeit. Da klopfte es an der Tür. Es war der kleine Kellner aus dem Gasthaus, der ihm sein Mittagessen brachte, wie es am Abend zuvor ausgemacht worden war. Aus Trägheit setzte er sich so, wie er war, zu Tisch, aß ohne Appetit, bevor noch alles kalt geworden war, und fing dann, ausgestreckt auf dem Diwan im unteren Zimmer liegend, zu rauchen an. Als er erwachte, war er wütend, daß er eingeschlafen war, denn es war inzwischen schon vier Uhr geworden. Er wusch sich, rasierte sich sorgfältig, zog sich an und schrieb zwei Briefe, den einen an Lucienne, den anderen an die drei Studentinnen. Es war schon sehr spät und wurde dunkel. Er ging aber doch noch ins Dorf, um seine Briefe einzuwerfen, und kehrte wieder zurück, ohne jemandem begegnet zu sein. Er ging in sein Zimmer hinauf und trat auf die Terrasse. Meer und Dunkelheit hielten Zwiesprache auf dem Strand und zwischen den Ruinen. Er dachte nach. Die Erinnerung an diesen verlorenen Tag bohrte in ihm. Abends wenigstens wollte er arbeiten, etwas tun, lesen oder aus dem Haus gehen, um durch die Nacht zu wandern. Das Gartentor klappte. Sein Abendessen wurde gebracht. Er hatte Hunger, aß mit Appetit und fühlte sich darauf unfähig, noch auszugehen. Er beschloß, lange im Bett zu lesen. Aber über den ersten Seiten fielen ihm die Augen zu, und am nächsten Morgen wachte er spät auf.

An den folgenden Tagen versuchte Mersault gegen das anzukämpfen, was ihn zu überkommen begann. Im Verlauf der Tage, die einzig durch das Klappen der Gartentür und unzählige Zigaretten ausgefüllt waren, befiel ihn ein Angstgefühl, wenn er das Mißverhältnis begriff, das zwischen dem Entschluß, der ihn zu diesem Leben hingeführt hatte, und diesem Dasein selbst bestand. Eines Abends schrieb er an Lucienne, sie möge doch kommen. Damit durchbrach er selbst die Einsamkeit, von der er sich soviel versprochen hatte. Als der Brief abgeschickt war, verzehrte er sich in geheimer Scham. Als aber Lucienne ankam, ging diese Scham in eine Art törichter, überstürzter Freude über, die ihn einfach bei dem Wiedersehen mit einem vertrauten Menschen befiel, dessen Anwesenheit das gewohnte bequeme Dasein für ihn bedeutete. Er beschäftigte sich mit ihr, bemühte sich um sie, und Lucienne sah ihn etwas verwundert an, war aber jederzeit sehr um ihr gutgebügeltes weißes Leinenkleid besorgt.

Er ging ins Freie, nun jedoch mit Lucienne. Er fand erneut den engen Kontakt mit der Welt, diesmal aber lag dabei seine Hand auf Luciennes Schulter. In dieser menschlichen Nähe entrann er seiner geheimen Furcht. Zwei Tage darauf jedoch langweilte ihn Lucienne. Sie wählte diesen Augenblick, um ihn zu bitten, er möge sie doch mit ihm zusammen leben lassen. Sie aßen gemeinsam zu Abend, und Mersault lehnte ihren Vorschlag rundweg ab, ohne den Blick von seinem Teller zu heben.

Nach einer Pause hatte Lucienne mit klangloser Stimme gesagt: «Du liebst mich eben nicht.»

Mersault hob den Kopf. In ihren Augen standen Tränen. Er wurde weicher gestimmt: «Das habe ich aber auch niemals behauptet, mein Kleines.»

«Das stimmt», sagte Lucienne. «Das ist es ja aber gerade.»

Mersault stand auf und trat an das Fenster. Zwischen den beiden Pinien flimmerten zahllose Sterne in der Dunkelheit. Noch niemals vielleicht hatte Patrice im Herzen zugleich mit seiner Angst einen solchen Widerwillen den soeben erst vergangenen Tagen gegenüber verspürt.

«Du bist schön, Lucienne», sagte er. «Weiter sehe ich nichts. Ich verlange auch nichts weiter von dir. Das genügt für uns beide.»

«Ich weiß», sagte Lucienne. Sie wendete Patrice den Rücken zu und kratzte mit der Messerspitze auf dem Tischtuch herum. Er trat zu ihr und faßte sie am Nacken.

«Glaub mir, es gibt keinen großen Schmerz, keine große Reue, keine großen Erinnerungen. Man vergißt alles, die große Liebe sogar. Das ist am Leben das Traurige und zugleich Passionierende. Es gibt nur eine gewisse Art, die Dinge zu sehen, und die kommt von Zeit zu Zeit an die Oberfläche. Darum ist es trotz allem gut, wenn man eine große Liebe, eine unglückliche Liebe in seinem Leben zu verzeichnen hat. Das gibt uns wenigstens ein Alibi für die Verzweiflung, die uns ohne Grund befällt.»

Nach einer Weile überlegte Mersault noch einmal und setzte hinzu: «Ich weiß nicht, ob du mich verstehst.»

«Ich glaube, ich verstehe dich», sagte Lucienne. Sie wendete jäh den Kopf und sah ihn an: «Du bist nicht glücklich.»

«Ich werde es sein», stieß Mersault heftig hervor. «Ich muß es sein. Bei einer solchen Nacht, diesem Meer und einem solchen Hals unter meinen Fingern.»

Er hatte sich vom Fenster abgewandt und preßte seine Hand auf Luciennes Nacken. Sie schwieg.

«Empfindest du wenigstens», sagte sie, ohne ihn anzusehen, «so etwas wie Freundschaft für mich?»

Patrice kniete neben ihr nieder und vergrub seine Zähne in ihre Schulter. «Freundschaft, ja, so wie ich Freundschaft für die Nacht empfinde. Du bist die Freude meiner Augen und weißt nicht, welchen großen Platz diese Freude in meinem Herzen einnehmen kann.»

Am nächsten Tag reiste sie ab.

Unfähig, mit sich selber fertig zu werden, traf Mersault am übernächsten Tag im Auto in Algier ein. Er ging zuerst in das Haus vor der Welt. Seine Freundinnen versprachen, ihn am Monatsende zu besuchen. Dann wollte er sein altes Viertel wiedersehen.

Das Haus war an einen Cafébesitzer vermietet. Er erkundigte sich nach dem Faßbinder, aber niemand konnte ihm Auskunft geben. Jemand glaubte zu wissen, daß er nach Paris gegangen sei, um dort Arbeit zu suchen. Mersault ging spazieren. Im Restaurant – Céleste war alt geworden – war nur wenig los. René war noch immer da mit seiner Tuberkulose und seiner ernsten Miene. Alle freuten sich über das Wiedersehen mit Patrice, und auch er selbst fühlte sich durch diese Begegnung gerührt.

«O Mersault», sagte Céleste zu ihm, «du hast dich nicht verändert. Du bleibst immer derselbe, o ja.»

«Ja», sagte Mersault.

Er bewunderte die sonderbare Verblendung der Menschen, die doch recht gut wissen, was alles sich in ihnen selbst verändert, aber ihren Freunden ein für allemal das Bild, das sie sich von ihnen gemacht haben, aufzwingen wollen. Ihn selbst beurteilte man nach dem, was er gewesen war. Wie ein Hund seinen Charakter nicht ändert, sind auch die Menschen Hunde für den anderen Menschen. Und so gut auch Céleste, René und die anderen ihn gekannt hatten, wurde er ihnen doch so fremd und blieb er so verschlossen für sie wie ein unbewohnter Planet. Er verließ sie indessen mit freundschaftlichen Gefühlen. Aus dem Restaurant kommend, stieß er auf Marthe. Bei ihrem Anblick wurde er sich bewußt, daß er sie fast vollkommen vergessen hatte und doch auf eine Begegnung mit ihr hoffte. Sie sah immer noch aus wie eine gemalte Göttin. Er spürte ein dumpfes Verlangen nach ihr, ohne doch recht davon überzeugt zu sein. Sie gingen ein Stück zusammen.

«O Patrice», sagte sie. «Ich bin ja so froh. Was treibst du denn?»

«Nichts, wie du siehst. Ich wohne auf dem Land.»

«Das ist fabelhaft. Davon habe ich immer geträumt.»

Und nach einer Pause setzte sie hinzu:

«Du weißt, ich bin dir nicht böse.»

«Ja», antwortete Patrice lachend, «du hast dich inzwischen getröstet.»

Da schlug Marthe einen Ton an, den er nicht an ihr kannte.

«Jetzt sei nicht gemein, verstehst du? Ich wußte ganz genau, daß es einmal so enden würde. Du warst ein komischer Kerl. Und ich nichts weiter als ein kleines Mädchen, wie du selber sagtest. Als es dann soweit war, habe ich natürlich getobt, wie du dir denken kannst. Aber schließlich habe ich mir gesagt, daß du einfach unglücklich bist. Und komischerweise hat mich das, was zwischen uns war – ich weiß nicht recht, wie ich es sagen soll –, zum ersten Mal zugleich glücklich und traurig gemacht.»

Überrascht sah Mersault sie an. Er überlegte sich plötzlich, daß Marthe sich eigentlich ihm gegenüber immer sehr nett verhalten hatte. Sie hatte ihn genommen, wie er war, und ihm über seine Einsamkeit gut hinweggeholfen. Er war ungerecht gegen sie gewesen. Während seine Phantasie und seine Eitelkeit ihr einen zu hohen Wert beimaßen, hatte sein Stolz ihr nicht genug davon zuerkannt. Er wurde sich klar, daß wir uns paradoxerweise über die Menschen, die wir lieben, immer zweimal täuschen, anfangs zu ihrem Vorteil und später zu ihrem Schaden. Er begriff heute, daß Marthe sich ihm gegenüber ganz natürlich gegeben hatte – daß sie gewesen war, was sie eben war – und daß er ihr aus diesem Grunde viel schuldete. Es regnete kaum – nur gerade soviel, daß die Lichter der Straße dadurch vervielfältigt und weiter verstreut wurden. Durch die Tropfen aus Licht und Regen sah er die plötzlich ernst gewordenen Züge Marthes und fühlte sich von einer Dankbarkeit durchflutet, die sich gern in einem Redestrom kundgetan hätte, aber sich nicht recht in Worten zu äußern vermochte und die er zu anderen Zeiten möglicherweise für Liebe gehalten hätte. Tatsächlich fand er nur den armseligen Satz: «Du weißt, ich habe dich sehr gern. Und auch noch jetzt, wenn ich etwas tun kann . . .»

Sie lächelte.

«Nein», sagte sie. «Ich bin jung. Ich lasse nichts aus, wie du dir denken kannst.»

Er nickte zustimmend. Welcher Abstand zwischen ihnen beiden, und zugleich welch ein geheimes Verstehen! Vor ihrer Wohnung trennte er sich von ihr. Sie hatte ihren Schirm aufgespannt. Sie sagte:

«Ich hoffe, man sieht sich wieder.»

«Ja», sagte Mersault. Sie lächelte etwas traurig. «Oh», meinte Mersault darauf, «jetzt machst du dein Kleinmädchengesicht.»

Sie war unter die Tür getreten und schloß ihren Regenschirm. Patrice reichte ihr die Hand und lächelte seinerseits: «Auf Wiedersehen, Traumbild.» Sie drückte sie rasch, küßte ihn jäh auf beide Wangen und eilte die Treppe hinauf, Mersault, der im Regen stehengeblieben war, fühlte auf seinem Gesicht noch Marthes kalte Nase und ihre warmen Lippen. Und dieser so plötzlich gegebene leidenschaftslose Kuß hatte etwas von der Reinheit jenes anderen, den die kleine sommersprossige Prostituierte in Wien ihm gegeben hatte.

Dann jedoch ging er zu Lucienne, schlief mit ihr und bat sie am nächsten Tag, mit ihm auf den Boulevards spazierenzugehen. Als sie auf die Straße traten, war es schon beinahe Mittag. Orangefarbene Boote trockneten in der Sonne wie in Viertel geschnittene Früchte. Eine zwiefache Wolke von Tauben und Schatten senkte sich auf die Quais herab, um gleich darauf in einer langsamen Kurve wieder aufzusteigen. Die glühende Sonne erwärmte einen wohlig. Mersault sah dem schwarz-roten Postboot nach, das langsam aus der Durchfahrt hinausglitt, die Fahrt beschleunigte und dann sich langsam dem Lichtgürtel zuwendete, der sich schäumend an der Stelle entlangzog, wo Himmel und Meer sich begegneten. Wer einen Aufbruch mitansieht, erlebt dabei jedesmal eine bittere Süße. «Die haben Glück», meinte Lucienne. «Ja», sagte Patrice. Er dachte ‹Nein› – oder beneidete doch jedenfalls niemanden um diese Chance. Auch für ihn behielten Neuanfänge, Abreisen, alle Formen neuen Lebens ihre Anziehungskraft. Aber er wußte, daß das Glück nur für Träge und Ohnmächtige darin beschlossen schien. Das Glück setzte eine Wahl voraus und innerhalb dieser Wahl einen ausgewogenen, klarblickenden Willen. Er hörte Zagreus sagen: «Nicht mit dem Willen zum Verzicht, sondern mit dem Willen zum Glück.» Er hatte seinen Arm um Lucienne gelegt, und seine Hand ruhte auf ihrer warmen schmiegsamen Frauenbrust.

Am gleichen Abend, in dem Auto, das ihn zum Chenoua zurückführte, spürte Mersault beim Anblick der steigenden Flut und der plötzlich auftauchenden Hügel in sich eine große Stille. Durch einige Scheinversuche des Neubeginns, durch den bewußten Rückblick auf sein vergangenes Dasein hatte er sich klargemacht, was er sein wollte und was nicht. Diese Tage der Ablenkung, deren er sich geschämt hatte, hielt er jetzt für ein zwar gefährliches, aber doch notwendiges Unternehmen. Er hätte dabei scheitern und so seine einzige Rechtfertigung vereiteln können. Aber ebenso mußte man sich auch allem anzupassen wissen.

Zwischen zweimaligem Bremsen machte sich Mersault in seinem Innern die zugleich demütigende und unschätzbare Wahrheit zu eigen, daß das besondere Glück, das er suchte, zur Voraussetzung hatte, daß er morgens früh aufstand, regelmäßig badete und bewußte Körperpflege trieb. Er fuhr sehr schnell, entschlossen, seinen gegenwärtigen Schwung zu nutzen, um sich in einem Leben wohnlich einzurichten, das künftig keine Anstrengungen mehr von ihm verlangen würde, und um den Rhythmus seiner Atmung mit dem Verborgenen der Zeit und des Lebens in Einklang zu bringen.

Am folgenden Tag stand er früh auf und stieg zum Meer hinab. Es war schon hell und der Morgen bereits mit dem Schwirren und Zwitschern der Vögel durchsetzt. Aber die Sonne streifte nur eben erst die runde Linie des Horizonts, und als Mersault sich in das noch glanzlose Wasser gleiten ließ, kam es ihm vor, als schwimme er in einem unentschiedenen Dunkel, bis er bei höhersteigender Sonne seine Arme in die rot und golden schimmernde, eisige Flut versenkte. Er kam gleich wieder heraus und ging nach Hause. Er fühlte seinen Körper erfrischt und zu allem bereit. An den folgenden Morgen ging er schon kurz vor Sonnenaufgang hinunter. Und dieser erste Entschluß war entscheidend für den übrigen Tag. Die Bäder strengten ihn im übrigen an. Zugleich aber gaben sie durch die Schwäche und Energie, die sie ihm gleichzeitig hinterließen, seinem ganzen Tag einen Zug von Unbekümmertheit und beglückender Mattigkeit. Dennoch empfand er seine Tage als zu lang. Er hatte seine Zeit noch nicht von einem Gerüst aus Gewohnheiten abgelöst, die ihm als Anhaltspunkte dienten. Er hatte nichts zu tun, und die Zeit nahm ihr ganzes Ausmaß an. Jede Minute erhielt von neuem den Charakter eines Wunders, er aber sah noch nicht ein solches in ihr. Ebenso wie beim Reisen die Tage nie zu enden scheinen, während umgekehrt im Büro der Übergang von einem Montag zum nächsten sich blitzschnell vollzieht, versuchte er, der äußeren Stützen beraubt, diese noch in einem Dasein wiederzufinden, das damit gleichwohl nichts anzufangen wußte. Manchmal griff er nach einer Uhr, sah den Zeiger von einer Zahl zur anderen fortschreiten und wunderte sich, daß fünf Minuten ihm dann unendlich lang vorkamen. Zweifellos eröffnete ihm diese Uhr den mühseligen, qualvollen Weg, der zu der höchsten aller Künste führt, nämlich der, nichts zu tun. Er lernte spazierenzugehen. Am Nachmittag wanderte er zuweilen am Strand bis zu den Ruinen an der anderen Spitze. Er legte sich dann inmitten der Wermutstauden nieder, und während seine Hand auf einem heißen Stein ruhte, öffnete er seine Augen und sein Herz für die überwältigende Größe dieses von Hitze trunkenen Himmels. Er paßte das Pulsen seines Blutes dem heftigen Pulsen der Zwei-Uhr-Sonne an, und versunken in wilde Pflanzendüfte und schläfriges Insektengesumm sah er den Himmel von Weiß zu reinem Blau übergehen, sich dann bald zu einem grünen Ton klären und seine Süße und Zärtlichkeit über die noch tagesheißen Ruinen hinströmen. Dann kehrte er zu früher Stunde heim und ging schlafen. In diesem Ablauf von einer Sonne zur anderen reihten sich seine Tage in einem Rhythmus auf, dessen Langsamkeit und Seltsamkeit ihm ebenso zur Notwendigkeit wurden wie einstmals sein Büro, sein Restaurant und sein Schlaf. In beiden Fällen war er sich dessen fast überhaupt nicht bewußt. Jetzt aber spürte er in seinen klarsichtigen Stunden wenigstens, daß die Zeit ihm gehörte und daß in dem kurzen Abstand, der zwischen dem roten und dem grünen Meer lag, etwas Ewiges in jeder Sekunde sich für ihn abzeichnete. Ebensowenig wie ein übermenschliches Glück sah er eine Ewigkeit außerhalb der Kurve der Tage vor sich. Das Glück war menschlich und die Ewigkeit alltäglich. Es kam einzig darauf an, daß man in aller Bescheidenheit sein Herz auf den Rhythmus der Tage abzustimmen verstand, anstatt diesen den Figurationen unserer Hoffnung unterordnen zu wollen.

Ebenso wie man in der Kunst haltzumachen wissen muß, wie es einen Moment gibt, da eine Skulptur nicht mehr angerührt werden darf und wie in dieser Hinsicht gewollte Unintelligenz einem Künstler immer von größerem Nutzen ist als alle noch so subtilen Hilfsmittel klarer Einsicht, so braucht man auch ein Quentchen Unintelligenz, um ein Leben in Glück zu seiner Vollendung zu führen. Wer es nicht hat, sollte es sich erwerben.

Sonntags übrigens spielte Mersault Billard mit Pérez. Pérez hatte nur einen Arm. Der andere war über dem Ellbogen amputiert. Er spielte infolgedessen auf eine absonderliche Art; mit vorgewölbtem Oberkörper stützte er seinen Stumpf auf das Queue. Wenn er frühmorgens angeln ging, bewunderte Mersault immer die Geschicklichkeit des alten Fischers, mit der er das linke Ruder unter die Achsel klemmte und im Boot stehend mit quer gestelltem Körper das eine Ruder mit der Brust vorwärtsstieß, das andere mit der Hand. Die beiden verstanden sich sehr gut. Pérez bereitete Tintenfische mit pikanter Sauce. Er dünstete sie in ihrem eigenen Saft, und Mersault teilte sich mit ihm in die schwarze, glühendheiße Brühe, die beide in der Küche des Fischers aus der verrußten Pfanne mit Brot auftunkten. Pérez sprach im übrigen nie. Mersault war ihm dankbar für diese Gabe des Schweigens. Manchmal, am Morgen nach dem Bad, sah er ihn sein Boot ins Meer schieben. Er trat dann zu ihm:

«Kann ich mitfahren, Pérez?»

«Steig ein», sagte der andere nur.

Sie befestigten dann die Riemen an zwei verschiedenen Klampen und ruderten im Takt, wobei sie achtgaben (Mersault wenigstens), mit den Füßen nicht in die Angelhaken an der Reihenleine zu geraten. Dann fischten sie, und Mersault überwachte die Angelschnüre, die unter dem Wasser sich schwarz hin und her wanden und bis zur Oberfläche des Meeres heraufleuchteten. Die Sonne zerbrach auf den Wellen in Tausende kleiner Splitter, und Mersault füllte seine Lungen mit einem schweren, erstickenden Geruch, der aus dem Meer wie dessen Atem aufstieg. Manchmal erwischte Pérez einen kleinen Fisch. Er warf ihn wieder ins Wasser und sagte: «Geh zu deiner Mutter.» Um elf Uhr kehrten sie zurück, und Mersault betrat mit von Fischschuppen glänzenden Händen und sonnengetränktem Gesicht wieder sein Haus wie einen kühlen Keller, während

Pérez ein Fischgericht vorbereitete, das sie am Abend zusammen verzehrten. Tag für Tag ließ Mersault sich von diesem Leben treiben, wie er sich vom Wasser tragen ließ. Und wie man mit Hilfe seiner Arme und des Wassers, das einem aufnimmt und weiterführt, allmählich vorwärtskommt, so brauchte er auch nur ein paar wesentliche Gebärden, das Auflegen seiner Hand auf einen Baumstamm, einen Lauf am Strand entlang, um sich unversehrt und bewußt zu erhalten. Er kehrte auf diese Weise zu einem Leben im Urzustand zurück, er entdeckte von neuem ein Paradies, das sonst nur den intelligentesten oder den primitivsten Tieren gegeben ist. An diesem Punkt, an dem der Geist den Geist verneint, rührte er an seine Wahrheit und damit an die äußersten Grenzen seiner Herrlichkeit und seiner Liebe.

Dank Bernard fand er auch Zugang zum Leben des Dorfes. Er mußte ihn einer kleinen Unpäßlichkeit wegen einmal holen lassen, und sie hatten sich in der Folge oft und mit Vergnügen wiedergesehen. Bernard war schweigsam, aber manchmal funkelte hinter seiner Hornbrille etwas auf wie eine bittere Art von Witz. Er hatte lange in Indochina praktiziert und sich dann mit vierzig Jahren in diesen Winkel Algeriens zurückgezogen. Seit einigen Jahren führte er hier ein friedliches Dasein mit seiner Frau, einer fast stummen Indochinesin, in einem modernen Schneiderkleid, die ihr Haar in einem Knoten trug. Dank seiner Befähigung zur Nachsicht paßte Bernard sich jeder Umgebung an. Dadurch liebte er das ganze Dorf und wurde von ihm wiedergeliebt. Er zog Mersault mit hinein. Dieser kannte nun schon recht gut den Inhaber des Gasthofs, einen ehemaligen Tenor, der hinter seiner Theke zu singen pflegte und zwischen zwei geröhrten Takten aus ‹Tosca› seiner Frau eine Tracht Prügel in Aussicht stellte. Man bat Patrice, zusammen mit Bernard dem Festkomitee beizutreten. An Festtagen wie dem 14. Juli gingen sie also mit einer Armbinde in den Farben der Trikolore umher oder diskutierten mit den anderen Komiteemitgliedern an einem Tisch, dessen grüne Eisenblechplatte von süßen Apéritifs klebrig war, über die Frage, ob die Estrade für die Musikkapelle mit Spindelbäu-

111

men oder Palmen dekoriert werden sollte. Man wollte ihn sogar in den Wahlkampf hineinziehen. Mersault aber hatte Zeit gehabt, den Bürgermeister kennenzulernen. Er «stand den Geschicken seiner Gemeinde» (wie er sich ausdrückte) «nun schon seit zehn Jahren vor», und diese sozusagen unbeschränkte Dauer machte ihn geneigt, sich für Napoleon Bonaparte zu halten. Er war ein reich gewordener Weinbauer und hatte sich ein Haus im griechischen Stil bauen lassen. Er lud Mersault ein, es zu besichtigen. Es bestand aus dem Erdgeschoß und einer weiteren Etage. Der Bürgermeister aber, der vor keinem Opfer zurückschreckte, hatte einen Aufzug einbauen lassen. Er ließ Mersault und Bernard eine Probefahrt machen. Ruhig bemerkte Bernard: «Er gleitet gut.» Von diesem Tag an war Mersault von tiefer Bewunderung für den Bürgermeister erfüllt. Bernard und er wendeten ihren gesamten Einfluß auf, um ihn in dem Amt zu halten, das ihm aus so vielerlei Gründen gebührte.

Im Frühling quoll das kleine Dorf mit den eng zusammengedrängten roten Dächern zwischen Gebirge und Meer förmlich über von Blumen, von Teerosen, Hyazinthen und Bougainvilleen, und von Insektengesumm. Zur Stunde der Siesta begab Mersault sich auf seine Terrasse und sah das Dorf unter dem Übermaß an Licht schlafend und dampfend unter sich liegen. Die Geschichte des Dorfs erschöpfte sich im Grunde in der Rivalität von Moralès und Binguès, zwei reichen spanischen Einwanderern, die durch eine Reihe von Spekulationen zu Millionären geworden waren. Von diesem Augenblick an hatte Größenwahn sie erfaßt. Wenn der eine ein Auto kaufte, wählte er das teuerste. Der andere kaufte sich das gleiche, ließ aber silberne Türgriffe anbringen. Den Vogel in dieser Hinsicht schoß Moralès ab. Man nannte ihn den «König von Spanien». Tatsächlich hatte er Binguès, der nicht genügend Einbildungskraft besaß, auf allen Gebieten geschlagen. An dem Tag, an dem, während des Krieges, Binguès mehrere hunderttausend Francs Staatsanleihe zeichnete, hatte Moralès erklärt: «Ich tue mehr, ich gebe meinen Sohn.» Und er hatte seinen Sohn, der noch zu

112

jung war, um eingezogen zu werden, tatsächlich Soldat werden lassen. 1925 war Binguès in einem fabelhaften Bugatti-Rennwagen aus Algier eingetroffen. Vierzehn Tage darauf hatte Moralès sich einen Hangar bauen lassen und eine Caudron gekauft. Dieses Flugzeug träumte noch immer in seinem Hangar. Nur sonntags wurde es den Besuchern vorgeführt. Wenn Binguès von Moralès sprach, sagte er: «Dieser hergelaufene Kerl», und Moralès von Binguès: «Dieser alte Kalkofen.»

Bernard nahm Mersault zu Moralès mit. Auf seinem großen Besitz voller Wespen und Traubenduft empfing dieser sie mit allen Zeichen der Hochachtung, aber in Schlappen und Hemdsärmeln, da er weder eine Jacke noch an den Füßen Schuhe vertrug. Das Flugzeug, die Autos, die eingerahmte und im Salon ausgestellte Medaille des Sohnes wurden ihnen vorgeführt, und Moralès, der Mersault über die Notwendigkeit aufklärte, die Fremden aus dem französischen Algerien zu entfernen (er selbst war naturalisiert, «aber dieser Binguès zum Beispiel...»), geleitete seine Gäste zu seiner jüngsten Neuerwerbung. Sie betraten einen ungeheuer ausgedehnten Rebgarten, in dessen Mitte ein runder Platz ausgespart war. Auf diesem Platz war ein Louis-Quinze-Salon aus kostbarsten Hölzern und Stoffen aufgestellt. Moralès konnte auf diese Weise seine Besucher inmitten seiner Weinberge empfangen. Als Mersault sich höflich erkundigte, was bei Regenwetter geschähe, antwortete Moralès, ohne mit der Wimper zu zucken, über seine Zigarre hinweg: «Dann kaufe ich einen neuen.» Die weiteren Besuche mit Bernard dienten dem Zweck, den Neureichen und den Dichter auseinanderhalten zu lernen. Bernard war der Meinung, Moralès sei ein Dichter. Mersault fand, er hätte einen vortrefflichen römischen Kaiser der Verfallzeit abgegeben.

Eine Weile danach verbrachte Lucienne ein paar Tage am Chenoua und reiste wieder ab. Eines Sonntagvormittags erhielt Mersault den Besuch von Claire, Rose und Catherine, wie sie es versprochen hatten. Patrice aber war nun schon weit von der Seelenverfassung entfernt, die in den ersten Tagen seiner Zurückgezogenheit ihn nach Algier getrieben hatte. Dennoch

113

freute er sich, die Mädchen wiederzusehen. Er holte sie zusammen mit Bernard an der Ankunftsstelle des gelben Autobusses ab, der diese Strecke befuhr. Der Tag war herrlich, das Dorf voll von schönen roten Wagen ambulanter Metzger, die Blumen blühten dicht bei dicht, und die Leute trugen alle helle Kleidung. Auf Catherines Wunsch setzten sie sich ein Weilchen ins Café. Sie bewunderte all dieses Leuchten und Leben, und hinter der Wand, an die sie sich lehnte, ahnte sie die Gegenwart des Meeres. Als sie gerade aufbrechen wollten, ertönte aus einer nahen Straße eine erstaunliche Musik. Es war offenbar der «Einzug der Toreros» aus ‹Carmen›, aber mit einem derart dröhnenden Geschmetter gespielt, daß die Musikanten außer Reih und Glied gerieten. «Das ist der Turnverein», erklärte Bernard. Dennoch sah man unbekannte Gestalten, etwa zwanzig Mann, um die Ecke biegen, die unaufhörlich in die verschiedensten Blechinstrumente bliesen. Sie marschierten in Richtung auf das Café, und hinter ihnen zeigte sich mit nach hinten geschobenem Strohhut, unter dem ein Taschentuch lag, Moralès, der sich mit einem Reklamefächer Kühlung zufächelte. Er hatte diese Musikanten in der Stadt gemietet, «weil», so erklärte er später, «bei der derzeitigen Krise das Leben sonst so traurig ist». Er setzte sich und ließ die Musikanten, die ihren Marsch zu Ende spielten, sich rings um ihn aufstellen. Darauf erhob sich Moralès und verkündete mit einer alles rundum erfassenden Geste voll Würde: «Auf meinen Wunsch wird das Orchester noch einmal den Toreromarsch spielen.»

Beim Aufbruch konnten die ‹Schäfchen› sich kaum halten vor Lachen. Jedoch im Haus, im Schatten und in der Kühle der Räume, die einem die strahlende Weiße der besonnten Gartenmauern noch deutlicher machte, senkte sich wieder Schweigen und tiefe Harmonie über sie, was sich bei Catherine in dem Wunsch äußerte, ein Sonnenbad auf der Terrasse zu nehmen. Mersault brachte daraufhin Bernard nach Hause. Zum zweiten Mal war Bernard Zeuge von etwas in Mersaults Leben. Sie hatten sich gegenseitig nie etwas anvertraut, Mersault in dem Bewußtsein, daß Bernard nicht glücklich sei, und Bernard aus einer gewissen

Verwirrung heraus in bezug auf alles, was Mersaults Leben betraf. Die beiden trennten sich wortlos. Mersault kam mit seinen Freundinnen überein, daß sie am nächsten Tage in der Frühe alle vier zu einem Ausflug aufbrechen wollten. Der Chenoua war sehr hoch und schwierig zu besteigen. Es bestand Aussicht auf einen schönen Tag voll Ermüdung und voll Sonne.

Im Morgengrauen bewältigten sie die ersten steilen Hänge. Rose und Claire gingen voraus, Patrice und Catherine folgten. Alle schwiegen. Allmählich befanden sie sich höher über dem Meer, das noch ganz weiß unter dem Frühnebel lag. Auch Patrice sagte nichts, ganz eins geworden mit dem von einem kurzen struppigen Pelz aus Herbstzeitlosen überzogenen Berg, mit den eisigen Quellen, dem Schatten, dem Licht, seinem eigenen Körper, der willig war, dann jedoch erlahmte. Sie waren auf ihrem Weg jetzt in die Phase konzentrierter Anstrengung eingetreten. Die Morgenluft schnitt in ihre Lungen wie ein glühendes Eisen oder ein scharfes Rasiermesser, und sie gaben sich ganz ihrer Bemühung, diesem Akt der Selbstüberwindung hin, durch den sie über den Hang zu triumphieren gedachten. Rose und Claire waren müde geworden und verlangsamten ihren Schritt. Catherine und Patrice übernahmen die Führung und hatten die beiden anderen bald aus den Augen verloren.

«Geht es noch?» fragte Patrice.

«Ja, es ist sehr schön.»

Am Himmel stieg die Sonne immer höher, begleitet von einem Insektengeschwirr, das mit der Hitze zunahm. Bald zog Patrice sein Hemd aus und setzte den Marsch mit nacktem Oberkörper fort. Schweiß rann ihm von den Schultern, auf denen die Sonne schon Blasen hervorgerufen hatte. Sie schlugen einen kleinen Weg ein, der an der Flanke des Berges entlangzulaufen schien. Das Gras unter ihren Füßen war feuchter als zuvor. Bald empfing sie das Murmeln von Quellen und in einer Senke ein Strom von Kühle und Schatten. Sie bespritzten sich gegenseitig, tranken ein wenig, und Catherine legte sich auf das Gras, während Patrice, dem das vom Wasser dunkel und

115

lockig gewordene Haar in die Stirn fiel, in diese mit Ruinen, schimmernden Straßen und gleißendem Sonnenschein bedeckte Landschaft hineinblinzelte. Dann setzte er sich neben Catherine.

«Jetzt, wo wir allein sind, Mersault, sage mir, ob du glücklich bist?»

«Schau doch hin», sagte Mersault. Die Straße flimmerte in der Sonne, und ein ganzes Volk von vielfarbig vibrierenden Insekten stieg zu ihnen auf. Patrice lächelte und rieb sich die Arme.

«Ja, aber ich wollte etwas sagen. Natürlich brauchst du mir keine Antwort zu geben, wenn du nicht magst.» Sie zögerte. «Liebst du deine Frau?»

Mersault lächelte.

«Das muß ja nicht unbedingt sein.» Er faßte Catherine bei der Schulter und bespritzte, während er den Kopf schüttelte, ihr Gesicht mit Wasser: «Der Irrtum, kleine Catherine, besteht darin, zu glauben, daß man wählen, daß man tun muß, was man will, daß es Bedingungen gibt für das Glück. Worauf es einzig ankommt, siehst du, ist der Wille zum Glück, eine Art von umfassendem und stets gegenwärtigem Bewußtsein. Alles übrige – Frauen, Kunstwerke oder gesellschaftliche Erfolge – ist nur Vorwand, ein leeres Gewebe, das wartet, daß wir ein Muster darauf sticken.»

«Ja», sagte Catherine, die Augen voller Sonne.

«Was mir wichtig ist, ist eine gewisse Qualität von Glück. Ich kann das Glück nur in Gestalt der zähen, heftigen Konfrontation mit dem genießen, was sein Gegenteil ist. Ob ich glücklich bin? Catherine! Du kennst die berühmte Formel: ‹Wenn ich mein Leben noch einmal vor mir hätte› – nun gut, ich würde wieder genauso von vorn anfangen. Natürlich kannst du nicht wissen, was das besagt.»

«Nein», sagte Catherine.

«Wie soll ich es dir erklären, Kleines. Wenn ich glücklich bin, so dank meinem schlechten Gewissen. Ich hatte es nötig, fortzugehen und diese Einsamkeit aufzusuchen, in der ich in mir konfrontieren konnte, was es einander gegenüberzustellen gab, was Sonne war und was Tränen . . . Ja, ich bin im menschlichen Sinne glücklich.»

Rose und Claire hatten sie eingeholt. Sie nahmen ihren Rucksack wieder auf. Der Weg verlief weiter am Berg entlang, und sie blieben auf ihm in einer Zone üppigen Wachstums. Die Wege waren von Berberfeigen, Oliven- und Jujubebäumen eingefaßt. Auf Eseln reitende Araber kamen ihnen entgegen. Dann stiegen sie in die Höhe. Die Sonne strahlte jetzt mit verdoppelter Kraft auf jeden Stein am Weg. Zur Mittagszeit warfen sie, von Hitze überwältigt und trunken von Düften und Müdigkeit, ihre Rucksäcke ab und gaben es auf, den Gipfel zu erreichen. Die Hänge waren felsig und mit Kieseln übersät. Eine kleine verkrüppelte Eiche nahm sie in ihren Schattenkreis auf. Sie holten ihren Proviant hervor und aßen. Das ganze Gebirge flimmerte unter dem Licht und tönte vom Zirpen der Grillen. Die Hitze stieg empor und überfiel sie auch unter ihrer Eiche. Patrice warf sich auf den Boden, preßte die Brust an die Steine und atmete brennende Düfte ein. An seinem Leib verspürte er die dumpfen Stöße des Berges, der zu arbeiten schien. Über ihrer einförmigen Wiederholung, dem betäubenden Insektengesumm zwischen den heißen Steinen und dem Ansturm der wilden Gerüche schlief er endlich ein.

Als er erwachte, war er schweißbedeckt und unendlich zerschlagen. Es mußte etwa drei Uhr sein. Die Kinder waren verschwunden. Bald kündeten Gelächter und Rufe ihre Rückkehr an. Die Hitze hatte nachgelassen. Sie mußten den Rückweg antreten. In diesem Augenblick, auf dem abschüssigen Hang, versagte bei Mersault zum ersten Mal das Herz, und er wurde ohnmächtig. Als er sich wieder erhob, sah er das jetzt sehr blaue Meer zwischen drei besorgten Gesichtern. Langsamer setzten sie den Abstieg fort. Vor den letzten Hängen bat Mersault um eine Pause. Das Meer nahm zugleich mit dem Himmel eine grünliche Färbung an, und eine sanfte Stimmung wehte vom Horizont auf sie zu. Auf den Hügeln, die um die kleine Bucht herum eine Fortsetzung des Chenoua bildeten, wurden die

Zypressen allmählich schwarz. Alle schwiegen. Schließlich sagte Claire aber doch:

«Sie sehen müde aus.»

«Gewiß, kleines Mädchen.»

«Sie wissen, mich geht das ja nichts an. Aber diese Gegend ist nicht das Richtige für Sie. Sie ist zu nahe am Meer gelegen und zu feucht. Weshalb wollen Sie nicht in Frankreich in den Bergen leben?»

«Diese Gegend ist nichts für mich, Claire, aber ich bin hier glücklich. Ich fühle mich eins mit ihr.»

«Es wäre aber eben gerade, um ganz und möglichst lange glücklich zu sein.»

«Man kann nicht mehr oder weniger lange glücklich leben. Man ist es. Damit ist alles gesagt. Und der Tod hindert nichts – er ist in diesem Fall eine Nebenerscheinung des Glücks.»

Wieder schwiegen alle.

«Ich bin nicht überzeugt», meinte Rose aber dann nach einiger Zeit.

Langsam kehrten sie im sinkenden Abend zurück.

Catherine übernahm es, Bernard rufen zu lassen. Mersault war in seinem Schlafzimmer, und über das leuchtende Abbild der Fenster des Hauses hinweg erkannte er den weißen Fleck der Balustrade, das Meer wie eine dunkel wogende Leinenbahn und darüber den helleren Nachthimmel, an dem jedoch noch keine Sterne standen. Er fühlte sich schwach, aber auf eine geheimnisvoll wohltuende Art bewirkte seine Schwäche, daß er sich zugleich als leichter und hellsichtiger empfand. Als Bernard klopfte, war Mersault zumute, als ob er ihm alles sagen würde. Nicht daß sein Geheimnis auf ihm lastete. Kein Geheimnis hätte das getan. Wenn er es bis jetzt verschwiegen hatte, so auf die Weise, wie man in gewissen Kreisen seine Gedanken für sich behält, weil man weiß, daß sie auf Vorurteile und Sturheit stoßen würden. Doch heute, in diesem Zustand körperlicher Ermüdung und tiefer Aufrichtigkeit, hatte Mersault, einem Künstler gleich, der, nachdem er lange über seinem Werk gebrütet und es geschaffen hat, eines Tages die Notwendigkeit erkennt, es ans

118

Tageslicht zu bringen und endlich mit den Menschen in Verbindung zu treten, das Gefühl, daß er sprechen sollte. Und ohne sicher zu sein, daß er es tatsächlich tun würde, erwartete er Bernard voller Ungeduld.

Von den unteren Räumen stieg zweimal ein munteres Lachen auf, das ihn lächeln machte. In diesem Augenblick trat Bernard ein.

«Nun?» sagte er.

«Nun? Sie sehen ja», sagte Mersault.

Bernard horchte ihn ab. Er konnte nichts sagen, hätte aber gern eine Röntgenaufnahme gehabt, falls Mersault imstande wäre, eine machen zu lassen.

«Später», antwortete Mersault.

Bernard schwieg und setzte sich auf das Fensterbrett.

«Ich persönlich bin nicht gern krank», sagte er. «Ich kenne mich da aus. Nichts ist häßlicher und erniedrigender als krank zu sein.»

Mersault ging nicht darauf ein. Er stand von seinem Lehnstuhl auf, bot Bernard Zigaretten an, zündete sich selber eine an und sagte lachend:

«Darf ich Ihnen eine Frage stellen, Bernard?»

«Ja.»

«Sie baden niemals im Meer. Weshalb haben Sie sich dann diese Gegend hier ausgesucht, um sich zurückzuziehen?»

«Ach, ich weiß nicht recht. Es ist schon so lange her.»

Nach einer Weile setzte er hinzu:

«Und dann habe ich auch immer aus Trotz gehandelt. Heute ist das nicht mehr so schlimm. Früher wollte ich glücklich sein, tun, was getan werden mußte, mich zum Beispiel in einem Land niederlassen, das mir gefallen hätte. Doch sentimentale Planungen sind immer falsch. Man muß einfach leben, wie zu leben für einen am leichtesten ist – das heißt, sich keinen Zwang antun. Das ist vielleicht etwas zynisch gedacht. Es ist aber auch der Gesichtspunkt des schönsten Mädchens von der Welt. In Indochina habe ich mir nichts entgehen lassen. Hier denke ich nach, weiter nichts.»

«Ja», sagte Mersault, der, immer weiterrauchend, tief in seinem Sessel vergraben dasaß und die Decke anstarrte. «Aber ich bin nicht sicher, daß alle sentimentalen Planungen falsch sein müssen. Sie sind nur unvernünftig. Auf alle Fälle sind die einzigen Erfahrungen, die mich interessieren, diejenigen, bei denen alles so wäre, wie man es erhofft hat.»

Bernard lächelte: «Ja, ein Schicksal nach Maß.»

«Das Schicksal eines Menschen», sagte Mersault, ohne sich zu rühren, «ist immer passionierend, wenn er es leidenschaftlich bejaht. Und für gewisse Menschen ist ein passionierendes Schicksal in jedem Fall ein Schicksal nach Maß.»

«Ja», sagte Bernard. Er erhob sich mit Mühe und starrte einen Augenblick, Mersault halb den Rücken zuwendend, in die Nacht hinaus.

Ohne ihn anzusehen, fuhr er fort: «Sie sind außer mir der einzige Mensch hier in dieser Gegend, der ohne Gesellschaft lebt. Ich spreche nicht von Ihrer Frau oder von Ihren Freunden. Ich weiß sehr wohl, daß das alles nur Episoden sind. Dennoch kommt es mir so vor, als liebten Sie das Leben mehr als ich.» Er wendete sich um: «Denn für mich bedeutet das Leben lieben nicht, daß man Seebäder nimmt. Für mich bedeutet es, auf eine überwältigende, hemmungslose Art da zu sein. Frauen, Abenteuer, Länder. Für mich bedeutet es, zu handeln, etwas zu erringen. Ein glühendes, wunderbares Leben. Kurz, ich will sagen . . . verstehen Sie mich recht» (er schien sich zu schämen, daß er so sehr aus sich herausgegangen war), «ich liebe das Leben zu sehr, um mich mit der Natur zu begnügen.»

Bernard packte sein Stethoskop ein und ließ seine Tasche zuschnappen.

«Im Grunde», sagte Mersault zu ihm, «sind Sie ein Idealist.»

Er selber hatte das Gefühl, daß alles in dem Moment zwischen Geburt und Tod beschlossen lag und alles danach zu beurteilen und zu rechtfertigen war.

«Sehen Sie», sagte Bernard mit einem Anflug von Traurigkeit, «es ist doch so, daß das Gegenteil von einem Idealisten nur allzuoft ein Mensch ohne Liebe ist.»

«Glauben Sie das nicht», sagte Mersault und reichte ihm die Hand.

Bernard drückte sie lange.

«So wie Sie», sagte er lächelnd, «können nur Menschen denken, die von einer großen Verzweiflung oder einer großen Hoffnung leben.»

«Von beidem vielleicht.»

«Oh, ich frage nicht!»

«Ich weiß», sagte Mersault ernst.

Aber als Bernard schon an der Tür war, rief Mersault ihn, von einem unreflektierten Impuls getrieben, zurück.

«Ja?» sagte der Doktor und kehrte noch einmal um.

«Sind Sie imstande, einen Menschen zu verachten?»

«Ich glaube schon.»

«Unter welchen Voraussetzungen?»

Der andere dachte nach.

«Das ist ziemlich einfach, will mir scheinen. In allen Fällen, in denen er von Eigennutz oder der Sucht nach Geld getrieben würde.»

«Das ist allerdings einfach. Guten Abend, Bernard.»

«Guten Abend.»

Als Mersault wieder allein war, dachte er nach. Da, wo er angelangt war, ließ die Verachtung eines Menschen ihn kalt. Doch wurde er in Bernard tiefe Resonanzen gewahr, die ihn ihm näherbrachten. Es kam ihm unerträglich vor, daß ein Teil von ihm den andern verurteilen sollte. Hatte er aus Eigennutz gehandelt? Er war sich einfach jener wesentlichen unmoralischen Wahrheit bewußt geworden, daß Geld eines der zuverlässigsten und am schnellsten wirkenden Mittel ist, um seine Würde zu erobern. Es war ihm gelungen, die Bitterkeit abzustreifen, die jeden rechtschaffenen Menschen bei dem Gedanken daran befällt, wie unbillig und niederträchtig die Entstehungs- und Wachstumsbedingungen eines bevorzugten Schicksals sind. Jenen schmutzigen, empörenden Fluch, demzufolge die Armen im Elend das Leben beschließen, das sie im Elend begonnen haben, hatte er dadurch zurückgewiesen, daß er das Geld

121

mit Geld, den Haß mit Haß bekämpfte. Und es kam manchmal vor, daß aus diesem Kampf zwischen Tier und Tier der Engel, ganz erfüllt von dem Glück seiner Flügel und seiner Herrlichkeit, unter dem warmen Hauch des Meeres hervortrat. Tatsache war nur, daß er zu Bernard nichts gesagt hatte und daß seine Tat von nun an geheim bleiben würde.

Am Nachmittag des folgenden Tages, gegen fünf Uhr, reisten die Kinder ab. In dem Moment, als sie in den Autobus stiegen, wendete Catherine sich noch einmal zum Meer zurück.

«Auf Wiedersehen, Strand», sagte sie.

Gleich darauf blickten drei lachende Gesichter durch die hinteren Fenster Mersault an, und dann verschwand der gelbe Autobus wie ein goldenes Insekt im Licht. Der Himmel, wiewohl klar, lastete schwer. Allein auf der Landstraße stehend, wurde Mersault auf dem Grunde seines Herzens von einem Gefühl erfaßt, das eine Mischung aus Befreiung und Traurigkeit war. Heute erst wurde sein Alleinsein Wirklichkeit, weil er sich heute erst daran gebunden fühlte. Und daß er sich mit seiner Einsamkeit abgefunden hatte und sich künftig als Herr über die kommenden Tage empfinden konnte, erfüllte ihn mit der Melancholie, die aller Größe anhaftet.

Anstatt die breite Fahrstraße einzuschlagen, kehrte er zwischen Johannisbrot- und Olivenbäumen auf einem kleinen gewundenen Pfad am Fuß des Gebirges zurück, der hinter seinem Haus mündete. Er zertrat ein paar Oliven und sah, daß der Weg ganz und gar mit schwarzen Flecken gesprenkelt war. Wenn der Sommer zu Ende geht, entsenden die Johannisbrotbäume über ganz Algerien einen Duft von Liebe, und abends oder nach dem Regen ist es, als ruhe die ganze Erde, nachdem sie sich der Sonne hingegeben hat und ihr Leib noch feucht ist von einem Samen, der den Duft von bitteren Mandeln in sich trägt. Den ganzen Tag über war dieser Duft schwer und drükkend von den großen Bäumen herniedergeströmt. Auf dem kleinen Pfad wurde er am Abend und bei dem gelösten Aufseufzen der Erde leicht, kaum noch spürbar für Patrice – wie eine Geliebte, mit der man nach einem langen erstickenden Nachmittag auf die Straße hinaustritt und die, während man Schulter an Schulter mit ihr weiterschreitet, einem zwischen den Lichtern und der Menge einen Blick zuwirft.

Aus diesem Liebesduft und den zertretenen duftenden Früchten ersah Mersault, daß der Sommer zu Ende ging. Ein großer Winter würde kommen. Doch er war reif dafür, ihn zu erwarten. Von dem kleinen Weg aus konnte man das Meer nicht sehen, wohl aber auf dem Gipfel des Berges leichte rötliche Nebel erkennen, die den Abend ankündigten. Auf dem Boden verblaßten Lichtflecke langsam zwischen den Schatten des Laubwerks. Mersault atmete kräftig den bitteren Duft ein, der an diesem Abend seiner Hochzeit mit der Erde die Weihe gab. Dieser Abend, der sich auf die Welt niedersenkte, auf den Weg zwischen Oliven- und Mastixbäumen, auf die Weinberge und die rote Erde am Rande des sanft rauschenden Meeres, drang in ihn ein wie eine Flut. So viele ähnliche Abende waren schon in ihm wie das Versprechen eines Glücks gewesen, daß er an der Tatsache, diesen hier als ein Glück zu erleben, den Weg ermaß, den er von der Hoffnung bis zum Erfolg durchlaufen hatte. In der Unschuld seines Herzens nahm er diesen grünen Himmel und diese liebesfeuchte Erde mit dem gleichen Beben der Leidenschaft und des Verlangens hin, mit dem er in der Unschuld seines Herzens Zagreus getötet hatte.

V

Im Januar blühten die Mandelbäume. Im März bedeckten sich
Birnen-, Pfirsich- und Apfelbäume mit Blüten. Einen Monat
später schwollen die Quellen unmerklich an, sprudelten dann
aber bald wieder wie sonst. Anfang Mai fand die Heuernte statt,
und an den letzten Tagen schnitt man Hafer und Gerste. Schon
waren die Aprikosen sommerlich geschwellt. Im Juni erschienen
die Frühbirnen zur Zeit der großen Ernten. Schon begannen die
Quellen auszutrocknen, und die Hitze nahm zu. Aber der auf
dieser Seite versiegende Lebenssaft der Erde ließ anderswo die
Baumwolle wachsen und gab den ersten Trauben ihre Süße. Ein
mächtiger, glutheißer Wind erhob sich, der die Felder ausdörrte
und fast überall Brände entstehen ließ. Dann auf einmal wendete sich das Jahr. In aller Eile wurde die Weinlese beendet. Der
Regen, die großen Wolkenbrüche von September bis November
fegten die Erde rein. Kaum aber waren die Sommerarbeiten
beendet, so begann auch schon die Bestellung und die erste Aus-
saat, während die Quellen wieder jäh anwuchsen und zu Sturz-
bächen wurden. Bei Jahresende sproß bereits der Weizen auf
manchen Feldern, während auf anderen die Bestellung noch
kaum beendet war. Ein wenig später standen die Mandelbäume
wieder im weißen Gewande vor einem eisigen blauen Himmel.
Das neue Jahr rollte auf der Erde und am Himmel ab. Der Tabak
wurde gepflanzt, der Weinberg bestellt und geschwefelt, die
Bäume wurden gepfropft. Im gleichen Monat reiften die
Mispeln heran. Wieder lösten Heumahd, Kornernte und die
Sommerbestellungen einander ab. In der Mitte des Jahres
kamen große saftige und an den Fingern klebende Früchte auf
den Tisch: Feigen, Pfirsiche, Birnen, die man gierig zwischen
der Drescharbeit aß. Bei den folgenden Weinlesen bedeckte sich
der Himmel. Von Norden her zogen schwarze schweigende Ket-

ten von Staren und Drosseln über das Land. Für sie waren die Oliven schon reif genug. Kurz nach ihrem Durchzug erntete man sie. In der lehmigen Erde sproß ein zweites Mal das Korn. Ebenfalls von Norden kommende dicke Wolkenberge zogen über Meer und Erde hin, fegten den Schaum vom Wasser und ließen es sauber und eisig unter einem kristallenen Himmel zurück. Mehrere Tage hindurch zuckten am Abend ferne, lautlose Blitze auf. Die ersten Fröste setzten ein.

Zu diesem Zeitpunkt hütete Mersault ein erstes Mal das Bett. Anfälle von Rippenfellentzündung hielten ihn einen Monat lang an das Zimmer gefesselt. Als er wieder aufstand, waren die untersten Hänge des Chenoua bis hinab zum Meer mit Blütenbäumen bedeckt. Niemals hatte er einen Frühling so intensiv erlebt. Und in der ersten Nacht seiner Rekonvaleszenz wanderte er lange über die Felder bis zu dem ruinenbedeckten Hügel hin, an dem Tipasa schlummerte. In der nur von den seidigen Geräuschen des Himmels belebten Stille ergoß die Nacht sich wie Milch über die Welt. Mersault ging die Steilküste entlang, ganz durchdrungen von der ernsten Meditation dieser Nacht. Von weiter unten her vernahm er den sanften Singsang des Meeres. Man sah es liegen, voller Mondschein und Samt, geschmeidig und glatt wie ein Tier. In dieser Stunde, in der sein Leben ihm so fern vorkam, hatte Mersault, allein und gleichgültig allem, sogar sich selbst gegenüber, das Gefühl, daß er endlich erreicht habe, was er suchte, und daß der Friede, der ihn erfüllte, aus der geduldigen Selbstaufgabe erwachsen sei, die er erstrebt und nun mit Hilfe dieser glutvollen Welt erreicht hatte, die ihn ohne Zorn verleugnete. Er wanderte leicht dahin, und das Geräusch seiner Schritte erschien ihm fremd, zweifellos vertraut, aber doch nur in der Weise wie das Rascheln der Tiere im Mastixgebüsch, das Klatschen der Meereswogen oder das Pochen der Nacht in der Tiefe des Himmels. Und ebenso empfand er seinen Körper, aber mit der gleichen äußeren Bewußtheit wie den warmen Hauch dieser Frühlingsnacht und den Salz- und Fäulnisgeruch, der vom Meer aufstieg. Sein Durchstreifen der Welt, sein drängendes Verlangen nach Glück, die furchtbare, mit Knochen und Hirn angefüllte Wunde von Zagreus, die Stunden wohligen Verweilens im Haus vor der Welt, seine Frau, seine Hoffnungen und seine Götter, alles das war ihm gegenwärtig, aber wie eine Geschichte, die er ohne triftigen Grund lieber mochte als andere, zugleich fremd und heimlich vertraut, ein Lieblingsbuch, das dem Herzen im Innersten schmeichelt und ihm Bestätigung verschafft, obwohl es ein anderer geschrieben hat. Zum ersten Mal erkannte er in sich selbst keine andere Wirklichkeit als die einer Leidenschaft für das Abenteuer, eines Verlangens nach glutvollem Dasein, eines klugen warmen Instinkts der Verwandtschaft mit der Welt. Frei von Zorn und Haß, kannte er keine Reue. Auf einem Felsen sitzend, dessen blatternarbige Oberfläche er unter seinen Händen spürte, sah er das Meer unter dem Mondlicht sich schweigend höher heben. Er dachte an Luciennes Gesicht, das er gestreichelt hatte, an die feuchte Wärme ihrer Lippen. Auf die glatte Oberfläche des Wassers setzte der Mond wie Ölstreifen lange wandernde Tupfen, die etwas von einem Lächeln hatten. Das Wasser war sicher lauwarm wie ein Mund, weich und bereit, dem Druck eines Mannes nachzugeben. Mersault, der noch immer saß, fühlte in diesem Augenblick, wie nahe das Glück den Tränen, wie sehr es in jene schweigende innere Erhebung eingefangen ist, in die Hoffnung und Verzweiflung eines Menschenlebens miteinander vermischt eingewoben sind. Bewußt und dennoch fremd, von Leidenschaft verzehrt und teilnahmslos begriff Mersault, daß sein Leben und sein Schicksal sich hier vollendeten und daß all sein Bemühen nur noch darauf gerichtet sein würde, mit diesem Glück ins reine zu kommen und sich seiner schrecklichen Wirklichkeit zu stellen.

Er mußte sich jetzt in das warme Meer stürzen, sich verlieren um sich wiederzufinden, in Mondschein und lauer Wärme schwimmen, um in sich, was von der Vergangenheit noch vorhanden war, zum Schweigen und den tiefinneren Sang seines Glücks zum Ertönen zu bringen. Er zog sich aus, stieg über ein paar Felsen hinab und ließ sich ins Wasser gleiten. Es war warm wie ein Körper, schlüpfte an seinen Armen entlang und umfaßte

126

seine Beine in einer ungreifbaren, stets gegenwärtigen Umarmung. Er schwamm mit regelmäßigen Stößen und fühlte, wie seine Rückenmuskeln für seine Bewegung den Takt angaben. Jedesmal, wenn er den Arm hob, ließ er auf das unendlich weite Meer Garben von silbernen Tropfen sprühen, gleichsam als streue er angesichts des stummen lebendigen Himmels die gleißende Saat für eine Ernte des Glücks aus. Dann tauchte er den Arm wieder tief ein und ließ ihn wie eine Pflugschar das Wasser aufwühlen, durchfurchen, um eine neue Stütze und eine noch jüngere Hoffnung zu finden. Hinter ihm entstand unter dem Schnellen seiner Füße ein Wirbel von Schaum und zu gleicher Zeit ein klatschendes Geräusch von Wasser, das seltsam hell in der Einsamkeit und Stille der Nacht vernehmbar war. Im Hochgefühl seiner rhythmischen Bewegung und seiner Kraft stieß er rascher vor und fand sich bald weit von der Küste entfernt, allein im Herzen der Nacht und der Welt. Er mußte plötzlich an die Tiefe denken, die unter seinen Füßen sich erstreckte, und hielt in seiner Bewegung inne. Alles, was unter ihm war, zog ihn an wie das Antlitz einer unbekannten Welt, eine tiefere Dimension dieser Nacht, die ihn sich selber wiedergab, das aus Wasser und Salz bestehende Herz eines noch unerforschten Lebens. Eine Versuchung überkam ihn, die er alsbald in der großen Freudigkeit seines Körpers von sich wies. Er schwamm kraftvoller und noch weiter hinaus. Wunderbar ermattet wandte er sich darauf zum Ufer zurück. In diesem Augenblick geriet er plötzlich in eine eiskalte Strömung und mußte mit klappernden Zähnen und aus dem Takt geratenen Bewegungen innehalten. Diese Überraschung, die das Meer ihm bereitete, setzte ihn in Erstaunen; die eisige Kälte drang in seine Glieder ein und verbrannte ihn wie die Liebe eines Gottes mit einer erleuchteten, leidenschaftlichen Verzückung, die ihm alle Kraft entzog. Mühsam kehrte er zurück, und am Ufer kleidete er sich, allein mit dem Himmel und dem Meer, schlotternd vor Kälte und lachend vor Glück wieder an.

Als er nach Hause kam, wurde er von Unwohlsein befallen. Von dem Pfad aus, der vom Meer hinauf zu seiner Villa führte, konnte er das gegenüberliegende felsige Vorgebirge, die glatten Stümpfe der Säulen und der Ruinen sehen. Und plötzlich stand die Landschaft auf dem Kopf, und er merkte, daß er an einem Felsen lehnte, halb zurückgesunken auf einen Mastixbusch, dessen zerknickte Blätter ihren Duft aufsteigen ließen. Mit Mühe schleppte er sich zur Villa zurück. Sein Körper, der ihn eben noch auf die Gipfel der Freude getragen hatte, ließ ihn jetzt in einen Zustand des Elends versinken, der ihn am Leib anpackte und ihm die Augen verschloß. Er bereitete sich Tee. Aber er hatte einen schmutzigen Kochtopf zum Wasserkochen benutzt, und der Tee war so fettig, daß ihm fast übel wurde. Indessen trank er ihn, bevor er sich schlafen legte. Als er die Schuhe auszog, fielen ihm an seinen Händen, die völlig blutleer waren, die stark rosig gefärbten, vergrößerten und über die Fingerspitzen gekrümmten Nägel auf. Nie hatte er solche Fingernägel gehabt, durch die jetzt seine Hand verkrüppelt und krankhaft wirkte. Er hatte das Gefühl, als laste ihm ein beklemmender Druck auf der Brust. Er hustete und spuckte ein paarmal auf ganz normale Art, obwohl er in seinem Mund Blutgeschmack verspürte. Im Bett schüttelten ihn langanhaltende Schauer. Er fühlte sie von den äußersten Punkten seines Körpers her aufsteigen und sich in seinen Schultern wie zwei eiskalte Wasserläufe verbinden, während seine Zähne über dem Rand der Bettücher, die ihm durchfeuchtet schienen, aufeinanderschlugen. Das Haus kam ihm sehr weitläufig vor, und die vertrauten Geräusche, die er vernahm, wuchsen bis ins Unendliche an, als stießen sie nirgends auf eine Wand, die ihrem Hallen Einhalt gebot. Er hörte das Meer wie einen Wirbel von Wasser und Kieselsteinen, das Raunen der Nacht hinter den großen Fensterscheiben und das Kläffen der Hunde auf entlegenen Höfen. Ihm war heiß, er warf die Decken zurück, zog sie aber gleich wieder herauf, weil ihn fror. In diesem Schwebezustand zwischen zwei Leiden, dieser Schläfrigkeit und dieser Unrast, die ihn dem Schlummer wieder entriß, erkannte er jäh, daß er krank war. Angst befiel ihn bei dem Gedanken, daß er in diesem Zustand von Unbewußtheit und ohne die Fähigkeit, etwas vorauszusehen, etwa sterben könnte. Im Dorf schlug die Uhr der Kirche, ohne daß er die Zahl der Schläge heraushören konnte. Er wollte nicht wie ein Kranker sterben. Für seine Person zumindest wollte er nicht, daß die Krankheit etwas wäre, was sie häufig ist: ein Abnehmen der Kräfte und ein Übergang zum Tod. Was er zudem unbewußt wollte, war die Begegnung seines noch blutvollen, gesunden Lebens mit dem Tode, nicht aber die Konfrontation des Todes und dessen, was selbst schon beinahe tot war. Er stand auf, zog mühsam einen Sessel ans Fenster, setzte sich hin und breitete eine Decke über sich. Hinter den leichten Fenstervorhängen konnte er da, wo nicht Falten den Stoff verdichteten, Sterne sehen. Er atmete tief ein und packte fest die Seitenlehnen seines Stuhls, um das Zittern seiner Hände zu beschwichtigen. Er wollte seine Klarheit zurückgewinnen. ‹Es konnte geschehen›, dachte er. Zugleich fiel ihm ein, daß das Gas in der Küche noch brannte. «Es konnte geschehen», wiederholte er. Auch klare Einsicht war lange geübte Geduld. Alles ließ sich gewinnen und erobern. Er schlug mit der Faust auf die Armlehne des Sessels. Man wird nicht stark, schwach oder eigenwillig geboren. Man wird stark, man erwirbt einen klaren Blick. Das Schicksal liegt nicht im Menschen, sondern es umgibt ihn. Er wurde gewahr, daß er weinte. Eine seltsame Schwäche, eine aus der Krankheit entstandene Art von Erschlaffung führte ihn in seine Kindheit und zu seinen Kindertränen zurück. Er fror an den Händen und verspürte im Herzen unendlichen Überdruß. Er dachte an seine Fingernägel und ließ unter seinem Schlüsselbein Nervenknoten rollen, die ihm enorm vergrößert erschienen. Und draußen war all diese Schönheit über die Welt gebreitet. Er wollte sich nicht von seiner Freude und seinem eifersüchtigen Festhalten am Leben trennen. Er dachte an die Abende oberhalb von Algier, an denen der Lärm der Menschen, die beim Ertönen der Sirenen aus den Fabriken strömen, zum grünen Himmel emporsteigt. Unter dem duftenden Wermut, den wilden Blumen zwischen den Ruinen und der Einsamkeit der kleinen zypressenumstandenen Häuser im Sahel zeichnete sich für ihn das Bild eines Lebens ab, wo Schönheit und Glück der Verzweiflung keinen Raum ließen und in dem Patrice etwas wie eine flüchtige Ewigkeit entdeckte. Das alles wollte er nicht verlassen noch zugeben, daß es auch ohne ihn weiterbestehen könnte. Von Auflehnung und Mitleid erfüllt, sah er jetzt das dem Fenster zugekehrte Gesicht von Zagreus vor sich. Er mußte lange husten. Das Atmen fiel ihm schwer. Er erstickte in seinem Schlafanzug. Er fror. Es war ihm zu heiß. In ihm brannte ein ungeheurer zielloser Zorn, und während er die Fäuste ballte, pochte sein Blut mit schweren Stößen unter seiner Schädeldecke; mit leerem Blick erwartete er den nächsten Schüttelfrost, der ihn in blindes Fieber zurückwerfen würde. Der Schüttelfrost kam, überlieferte ihn einer feuchten zugesperrten Welt, in der seine Augen sich schlossen und den Aufruhr des Tieres in ihm zum Schweigen brachten, das seinen Durst und Hunger haben wollte. Doch vor dem Einschlafen fand er Zeit, etwas von der verblassenden Nacht hinter den Vorhängen zu sehen und im Morgengrauen und beim Erwachen der Welt gleichsam einen allesumfassenden Appell der Liebe und Hoffnung zu vernehmen, der gewiß sein Grauen vor dem Tode auslöschte, ihm zugleich aber versicherte, daß er einen Grund zum Sterben in dem finden würde, was für ihn der Grund zu leben gewesen war.

Als er aufwachte, war es schon heller Tag, und ein ganzes Volk von Vögeln und Insekten sang und summte in der heißen Luft. Er dachte daran, daß Lucienne an diesem Tag kommen würde. Er war zerschlagen und hatte Mühe, wieder zu seinem Bett zu gelangen. Er hatte Fiebergeschmack im Mund und jene Zerbrechlichkeit in den Gliedern, durch die dem Kranken die Dinge härter und die Menschen erdrückender scheinen. Er ließ Bernard holen. Er kam, wie immer schweigsam und geschäftig, behorchte ihn, und nahm die Brille ab, um die Gläser abzuwischen. «Schlecht», sagte er. Er gab ihm zwei Spritzen. Bei der zweiten fiel Mersault, obwohl er sonst nicht empfindlich war, in Ohnmacht. Als er wieder zu sich kam, hielt Bernard sein Handgelenk in der einen, die Uhr in der anderen Hand und blickte auf den ruckweise fortschreitenden Sekundenzeiger. «Da haben Sie es», sagte Bernard. «Eine Ohnmacht von einer Viertelstunde.

Ihr Herz versagt. Bei einem erneuten Anfall werden Sie möglicherweise nicht wieder zu sich kommen.»

Mersault schloß die Augen. Er war erschöpft, seine Lippen waren blutlos und trocken, sein Atem ging pfeifend.

«Bernard», sagte er.

«Ja.»

«Ich will nicht in einer Ohnmacht sterben. Ich möchte klar sehen, verstehen Sie?»

«Ja», sagte Bernard. Er gab ihm ein paar Ampullen. «Wenn Sie sich schwach fühlen, brechen Sie die Spitze ab und schlukken Sie den Inhalt. Es ist Adrenalin.»

Im Hinausgehen stieß Bernard auf Lucienne, die gerade ankam.

«Reizend wie immer», sagte er.

«Patrice ist krank?»

«Ja.»

«Ist es ernst?»

«Nein, es geht ihm sehr gut», sagte Bernard. Und bevor er ging, setzte er hinzu: «Noch eins, ein Rat: lassen Sie ihn so viel wie möglich allein.»

«Aha», sagte Lucienne, «es ist also weiter nichts.»

Den ganzen Tag war Mersault am Ersticken. Zweimal verspürte er die kalte, zähe Leere, die ihn in eine neue Ohnmacht hineinzuziehen drohte, und zweimal enthob ihn das Adrenalin diesem Sturz in die Flut. Den ganzen Tag über blickten seine verdüsterten Augen in die herrliche Landschaft. Gegen vier Uhr zeigte sich ein großes rotes Boot auf dem Meer und wurde allmählich größer, hell glänzend von Sonne, Wasser und Muschelschalen. Es war Pérez, der im Boot stand und mit gleichmäßigen Schlägen ruderte. Die Nacht brach jäh herein. Mersault schloß die Augen, und lächelte seit dem Vortag zum ersten Mal. Er hatte die Zähne nicht auseinandergebracht. Lucienne war seit kurzem in seinem Zimmer; in einer Regung unbestimmter Sorge stürzte sie sich auf ihn und küßte ihn.

«Setz dich», sagte Mersault. «Du kannst bleiben.»

«Sprich nicht», sagte Lucienne. «Das strengt dich an.»

131

Bernard kam, gab ihm Spritzen und ging. Große rote Wolken strichen langsam über den Himmel hin.

«Als ich ein Kind war», brachte Mersault, tief in sein Kopfkissen vergraben und den Blick zum Himmel gerichtet, mit Mühe hervor, «sagte meine Mutter immer zu mir, das seien die Seelen der Toten, die zum Paradies aufsteigen. Ich wunderte mich, daß ich eine rote Seele haben sollte. Inzwischen weiß ich, daß diese Färbung meist auf Wind schließen läßt. Aber auch das ist etwas Wunderbares.»

Die Nacht sank herab. Es stellten sich Bilder ein. Große phantastische Tiere zogen kopfnickend über Wüstenlandschaften hin. Mersault wischte sie sanft von dem Hintergrund seines Fiebers fort. Nur Zagreus' Gesicht durfte kommen in seiner Blutsbrüderschaft. Der den Tod gegeben hatte, würde nun selber sterben. Und wie damals bei Zagreus war der klare Blick, den er auf das Leben heftete, der Blick eines Mannes. Bislang hatte er gelebt. Jetzt würde man von seinem Leben sprechen können, von dem großen verwüstenden Schwung, der ihn vorangetragen hatte, von der flüchtigen, schöpferischen Poesie des Lebens blieb jetzt nichts mehr übrig als die nackte Wahrheit, das Gegenteil aller Poesie. Jetzt wußte er, welcher von all den Menschen, die er wie jedermann zu Beginn seines Lebens in sich getragen hatte, welches von diesen verschiedenartigen Wesen, die ihre Wurzeln miteinander vermischten, ohne sich selbst zu vermischen, er selber gewesen war: und diese Wahl, die im Menschen das Schicksal schafft, hatte er bewußt und beherzt getroffen. Darin lag sein ganzes Glück im Leben und im Tode. Er begriff jetzt, daß vor diesem Tod, den er stets mit dem panischen Schrecken eines Tieres betrachtet hatte, Furcht zu haben, bedeutete, Furcht vor dem Leben zu haben. Die Furcht zu sterben rechtfertigte das grenzenlose Festhalten an dem, was im Menschen lebendig ist. Und alle diejenigen, die nicht die entscheidenden Handlungen vollzogen hatten, um ihr Leben zu intensivieren, alle diejenigen, die die Ohnmacht fürchteten und zugleich priesen, hatten Angst vor dem Tod, weil er die endgültige Bestätigung eines Lebens bedeutete, das sie nicht mitgelebt hatten. Sie hatten nicht genug gelebt, da sie nie gelebt hatten, und der Tod war für sie gleichsam die Geste, die einen Reisenden, der vergebens versucht hat, seinen Durst zu stillen, für immer des Wassers beraubt. Für andere aber war er die schicksalhafte, dabei aber zärtliche Gebärde, die auslöscht und verneint und ebenso zur Dankbarkeit wie zur Auflehnung verführt. Einen Tag und eine Nacht verbrachte er auf dem Bett sitzend, die Arme auf den Nachttisch gestützt und den Kopf in den Händen vergraben. Im Liegen war es ihm unmöglich zu atmen. Lucienne saß neben ihm und beobachtete ihn schweigend. Mersault sah sie manchmal an. Er dachte daran, daß nach ihm der erste, der den Arm um sie legte, sie auch schon bereit finden würde. Ganz in ihrer Körperlichkeit beschlossen, würde sie verfügbar sein, wie sie ihm verfügbar gewesen war, und die Welt würde weiterbestehen in der Wärme ihrer halbgeöffneten Lippen. Manchmal hob er den Kopf und blickte durch das Fenster. Er war nicht rasiert, seine rotgeränderten, tief eingesunkenen Augen hatten ihren dunklen Glanz verloren, und seine hohlen, bleichen Wangen unter dem bläulichen Barthaar verwandelten ihn völlig.

Sein Blick, der wie der einer kranken Katze war, haftete an den Fenstern. Er holte tief Luft und wendete sich um zu Lucienne. Dann lächelte er. Und in diesem Gesicht, das überall auseinanderfloß und seine Festigkeit verlor, schuf dieses harte wissende Lächeln eine neue Kraft, einen beschwingten Ernst.

«Geht es?» fragte Lucienne mit ihrer tonlosen Stimme.

«Ja.» Er kehrte in das Dunkel seiner Arme zurück. An der Grenze seiner Kraft und seines Widerstandes angelangt, traf er zum ersten Mal in seinem Innern auf Roland Zagreus, dessen Lächeln ihn zu Anfang so sehr erbittert hatte. Sein kurzer, rasch gehender Atem schlug sich feucht auf der Marmorplatte des Nachttischs nieder und sandte ihm von da aus seine Wärme zurück. Und in dieser ungesunden Schwüle, die zu ihm aufstieg, empfand er um so stärker die Eiseskälte in seinen Fingerspitzen und Zehen. Selbst darin offenbarte sich noch Leben, und in jenem Übergang vom Kalten zum Warmen fand er das Hochgefühl wieder, das Zagreus ergriffen hatte, der ‹dem Leben dafür dankte, daß es ihm noch im Innern zu brennen erlaubte›. Er fühlte sich von einer heftigen, brüderlichen Liebe zu diesem Mann erfaßt, dem er sich so fern geglaubt hatte, und er begriff, daß er, indem er ihn tötete, mit ihm eine Vermählung vollzogen hatte, die sie beide für immer verband. Die mühsam in ihm aufsteigenden Tränen erschienen ihm wie ein Geschmack, aus Leben und Tod gemischt, und er wurde sich klar darüber, daß er beiden gemeinsam war. Und sogar in der Unbeweglichkeit, mit der Zagreus den Tod erwartete, fand er das geheime harte Ebenbild seines eigenen Lebens wieder. Das Fieber trug dazu bei und mit ihm die erhebende Gewißheit, daß er sein Bewußtsein bis zum Ende bewahren und mit offenen Augen sterben werde. Auch Zagreus' Augen waren an jenem Tage geöffnet gewesen, und Tränen waren aus ihnen geflossen. Doch das war nur die letzte Schwäche eines Mannes, der nicht Teil gehabt hatte an seinem Leben. Patrice seinerseits fürchtete diese Schwäche nicht. Aus dem Pochen seines fiebernden Blutes, das immer ein paar Zentimeter vor den Grenzen seines Körpers innehielt, ersah er immerhin, daß diese Schwäche nicht die seine sein würde. Denn er hatte seine Rolle erfüllt, er hatte die einzige Aufgabe des Menschen vollendet, die allein darin besteht, glücklich zu sein. Sicher nicht auf lange Zeit. Doch auf die Zeit kommt es nicht an. Sie kann nur ein Hindernis sein oder ist gar nichts mehr. Er hatte das Hindernis weggeräumt, und es hing wenig davon ab, ob dieser Bruder im Innern, den er in sich erzeugt hatte, zwei oder zwanzig Jahre alt war. Das Glück bestand darin, daß er existierte.

Lucienne stand auf und hüllte Mersaults Schultern, von denen die Decke herabgeglitten war, wieder ein. Er erschauerte leicht unter dieser Bewegung. Von dem Tage an, da er auf dem kleinen Platz in der Nähe von Zagreus' Villa hatte niesen müssen, bis zu dieser Stunde hatte sein Körper ihm treu gedient und ihn der Welt geöffnet. Zugleich aber führte er ein von dem Menschen, dem er als Erscheinung diente, losgelöstes, unabhängiges Leben. Innerhalb dieser wenigen Jahre hatte er einen langsamen Verfall betrieben. Jetzt hatte er seine Kurve vollendet und hielt sich bereit, Mersault zu verlassen und ihn der Welt zurückzugeben. In diesem jähen Erschauern aber, dessen sich Mersault bewußt war, deutete er noch einmal jenes enge Zusammenwirken an, dem sie beide schon so viele Freuden verdankten. Nur in diesem Sinn empfand Mersault auch dieses Frösteln noch als Freude. Bewußt, das mußte man sein, ohne Selbsttäuschung, ohne Feigheit – allein mit seinem Körper – die Augen offen auf den Tod gerichtet. Es war eine Sache, die unter Männern ausgetragen wurde. Nichts, keine Liebe und keine schmückende Umgebung, sondern nur eine unendliche Wüste aus Einsamkeit und Glück – hier spielte Mersault seine letzten Karten aus. Er fühlte, wie sein Atem schwächer wurde. Er sog einen Mundvoll Luft ein, und bei dieser Bewegung begannen alle Orgeln seiner Brust zu rauschen. Er spürte, daß seine Waden sehr kalt und seine Hände fühllos waren. Der Tag brach an.

Der erwachende Morgen war voll von Vogelgezwitscher und Kühle. Die Sonne ging schnell auf und stand im Nu über dem Horizont. Die Erde bedeckte sich mit Gold und mit Hitze. Am Morgen besprühten sich Himmel und Meer mit großen flimmernden Flecken von blauen und gelben Lichtern. Ein leichter Wind kam auf, und durch das Fenster drang Salzluft herein und kühlte Mersaults Hände. Um die Mittagszeit legte sich der Wind, der Tag brach auf wie eine reife Frucht und ergoß über die ganze Weite der Welt einen warmen erstickenden Saft, während die Grillen ihr Konzert anstimmten. Das Meer überzog sich damit wie mit goldgelbem Öl und sandte auf die von Sonnenglut überwältigte Erde einen warmen Hauch, der sie öffnete und aus ihr die Düfte von Wermut, Rosmarin und heißen Steinen aufsteigen ließ. Von seinem Bett aus wurde Mersault dieses plötzlichen Stoßes und dieser Darbringung gewahr, und er richtete die weitgeöffneten Augen auf das endlose, gerundete, gelbrot schimmernde, vom Lächeln seiner Götter belebte Meer. Er wurde sich plötzlich bewußt, daß er auf seinem Bett saß und daß Luciennes Gesicht ganz nah an dem seinen war. In ihm stieg langsam, vom Leib her, ein Kiesel auf, der nach und nach den

Weg in seine Kehle nahm. Er atmete immer rascher, er nahm jede Möglichkeit eines Luftdurchgangs wahr. Immer höher stieg der Stein in ihm. Er sah Lucienne an. Er lächelte ohne Verkrampfung, und auch dieses Lächeln kam von innen her. Er sank auf sein Lager zurück und fühlte weiter das langsame Aufsteigen in sich. Er schaute auf Luciennes geschwellte Lippen und, hinter ihr, auf das Lächeln der Erde. Er umfaßte beide mit dem gleichen Blick und mit dem gleichen Verlangen.

‹In einer Minute, einer Sekunde›, dachte er. Das Steigen hielt inne. Und ein Stein zwischen Steinen, ging er in der Freude seines Herzens wieder in die Wahrheit der unbeweglichen Welten ein.

Nachwort
und Anmerkungen

Nachwort

Ich möchte in dieser Untersuchung über die Entstehung des Romans ‹Der glückliche Tod› nicht näher auf die biographischen Fakten eingehen. Das Wesentliche und Wissenswerte hat bereits Roger Quilliot in den beiden Bänden der Pléiade-Ausgabe mitgeteilt.[1] ‹Der glückliche Tod› basiert auf Erinnerungen an das Armenviertel Belcourt, wo Camus seine Kindheit verbracht hat, an seine Beschäftigung in einer Schiffsmaklerei, an seine Reise nach Mitteleuropa im Sommer 1936, seine Italienfahrten 1936 und 1937, seine Sanatoriumsaufenthalte, an sein Leben im Haus Fichu, dem «Haus vor der Welt», oberhalb von Algier, wo er sich im November 1936 niedergelassen hatte. Ebenso haben einige seiner Freundschaften und Liebesbeziehungen hier ihren Niederschlag gefunden, so zum Beispiel die zwei Ehejahre mit Simone Hié und der Bruch mit ihr in Salzburg nach einer stürmischen Auseinandersetzung. Eine andere weibliche Gestalt, die in dem Roman eine wichtige Rolle spielt, ist nicht ohne weiteres zu identifizieren. Einige genauere Hinweise sind im Anmerkungsteil zu finden. Es bleibt eine Reihe von Fragen, die vielleicht durch wissenschaftliche Untersuchungen eines Tages beantwortet werden können. Wer war zum Beispiel Lucienne? Oder Roland Zagreus? Oder der Arzt, Doktor Bernard? Sinnvoller, als die biographischen Hintergründe des Romans im einzelnen aufzudecken, schien es mir, die literarische Entstehungsgeschichte zu skizzieren.

1 Vgl. auch Germaine Brée:‹Camus›. Reinbek 1960, und Morvan Lebesque: ‹Albert Camus in Selbstzeugnissen und Bilddokumenten›. Reinbek 1960. (Anm. d. Übers.)

Die erste eindeutige Erwähnung dessen, was später ‹Der glückliche Tod› werden sollte, findet sich in den ‹Tagebüchern›. Es handelt sich um einen Plan für den Zweiten Teil, der erst im Anschluß an Camus' Reise nach Mitteleuropa entstanden sein kann. Die letzten Skizzen zu ‹Der glückliche Tod› stammen aus dem Jahre 1938. Man findet den Namen Mersault im Januar 1939 wieder, aber zu diesem Zeitpunkt beschäftigt sich Camus bereits mit der Erzählung ‹Der Fremde›. Folglich muß ‹Der glückliche Tod› zwischen 1936 und 1938 konzipiert und geschrieben worden sein. Der Roman ist zur gleichen Zeit wie die Urfassung der Essays aus ‹Licht und Schatten› und die Endfassung der Essays aus ‹Hochzeit des Lichts› entstanden. Danach folgte die erste Fassung des Dramas ‹Caligula›.

Man kann sich am besten einen Begriff von der Entstehung des Romans machen, wenn man von der Endfassung ausgeht. ‹Der glückliche Tod› besteht aus zwei Teilen: *Der natürliche Tod* und *Der bewußte Tod*. Jeder Teil setzt sich aus fünf Kapiteln zusammen. Aber von insgesamt 140 Schreibmaschinenseiten entfallen auf den Ersten Teil nur 49, also kaum mehr als ein Drittel.

Im Mittelpunkt der Handlung des Ersten Teils steht der Mord an Roland Zagreus. Der Protagonist, Mersault, tötet ihn im ersten Kapitel, bemächtigt sich seines Geldes und zieht sich auf dem Rückweg zu seiner Wohnung eine Erkältung zu. Die folgenden Kapitel enthalten Rückblicke: auf das Alltagsleben Mersaults (Kap. II), auf seine Beziehungen zu Marthe und seine sexuelle Eifersucht (Kap. III), sein langes Gespräch mit Zagreus (Kap. IV) und schließlich auf eine Unterhaltung mit dem Faßbinder Cardona, dessen Leben im Elend geschildert wird (Kap. V). Zusammenfassend läßt sich folgende Fabel herauskristallisieren: Patrice Mersault, ein in beschränkten Verhältnissen lebender kleiner Angestellter, Nachbar eines in noch beschränkteren Verhältnissen lebenden Faßbinders, liebt ein Mädchen, dessen erster Liebhaber der Krüppel Zagreus gewesen ist. Durch ihre Vermittlung lernt er Zagreus kennen, erfährt in Gesprächen mit ihm, wie er sein Vermögen gemacht hat, nutzt dieses Vertrauen aus und ermordet ihn. Darauf begibt er sich auf Reisen, bei angegriffener Gesundheit, aber mit wohlgefüllter Börse.

Die fünf Kapitel des Zweiten Teils (*Der bewußte Tod*) beschreiben Mersaults Aufenthalt in Prag (Kap. I), den weiteren Verlauf seiner Reise und seine Rückkehr über Genua nach Algier (Kap. II), sein Leben im «Haus vor der Welt» (Kap. III), seinen Aufbruch zum Chenoua, wo er sich in einem Haus am Meer niederläßt (Kap. IV), und schließlich seine Erkrankung an einer Rippenfellentzündung und seinen Tod (Kap. V). Hier wiederum eine Kurzfassung der Fabel: in Prag fühlt Mersault, daß ihn das Glück verläßt; er findet es wieder durch die Rückkehr in den Süden, zur Sonne. In Algier unternimmt er nacheinander zwei Versuche, ein glückliches Leben zu führen: zuerst in der Gemeinschaft mit drei Freundinnen, im «Haus vor der Welt», dann, bei einem entlegenen Dorf am Chenoua, in asketischer Einsamkeit, die nur durch die Besuche seiner Frau Lucienne oder seiner drei Freundinnen unterbrochen wird. Er hat das Glück errungen und hält es, zuletzt im Andenken an Zagreus, bis zu seinem Tode fest.

Dieser kurze Überblick läßt das zentrale Thema des Romans deutlich hervortreten: Wie kann man glücklich sterben? Oder, anders ausgedrückt: Wie kann man so glücklich leben, daß selbst der Tod als Glück empfunden wird? Die Kehrseite[1] dieses glücklichen Lebens und Sterbens wird im Ersten Teil geschildert: Geldmangel, Zeitmangel, die Unfähigkeit, die eigenen Gefühle zu beherrschen. Demgegenüber stellt der Zweite Teil die ‹richtige›, die Lichtseite dar: finanzielle Unabhängigkeit, Zeiteinteilung, Friede des Herzens. Das sind, summarisch, Inhalt und Sinn des Romans, wie er sich in seiner letzten Fassung präsentiert.

---

1 Anspielung auf die Essaysammlung ‹*L'Envers et l'endroit*› (dt. ‹*Licht und Schatten*›). (Anm. d. Übers.)

Die Gliederung in zwei Teile ist erst sehr spät vorgenommen worden. Alle Planskizzen bis zum Jahre 1938 deuten ausnahmslos auf drei Teile hin, und die tastenden Änderungsversuche beziehen sich nur auf die Einteilung der Kapitel. So erklärt sich die Asymmetrie (von 49 zu 91 Seiten) im endgültigen Plan. Die Gliederung in drei Teile war, wie aus dem Plan, der den Titel «Neuaufteilung» trägt, ersichtlich wird, ausgewogener: hier hätte jeder Teil annähernd die gleiche Seitenzahl gehabt.

Der letzte Plan stellt einen starken Kontrast in den Vordergrund. In den ersten Skizzen ist davon noch nichts zu spüren. Dennoch scheinen Kontrast und Abwechslung als ästhetische Mittel von vornherein eine wesentliche Rolle gespielt zu haben, so wie sie auch ein wesentlicher Bestandteil von Camus' Philosophie sind. Aus einer Notiz, in der er sich vornimmt, «6 Geschichten» zu erzählen, wird bereits durch die Anordnung der Geschichten ersichtlich, welche Bedeutung er der Abwechslung beimißt:

«Geschichte des brillanten Spiels. Luxus.

Geschichte des Armenviertels. Tod der Mutter.

Geschichte des Hauses vor der Welt.

Geschichte der sexuellen Eifersucht.

Geschichte des zum Tode Verurteilten.

Geschichte des Abstiegs zur Sonne.»

Diese sechs Geschichten ließen sich zu je zweien zusammenfassen. Aber bis Ende August 1937 versucht Camus den in der Polarität liegenden Kontrast durch einen Kontrast der Zeitformen zu verstärken: bestimmte Kapitel sollen in der Gegenwartsform geschrieben werden, andere in der Vergangenheitsform. In einem detaillierten Plan des «Zweiten Teils» versucht er sogar, die Tempora nach einem strengen Schema wechselweise aufeinanderfolgen zu lassen. Schließlich verzichtet er jedoch auf diesen Formalismus, der keine innere Notwendigkeit besitzt. Aber eine Spur davon findet sich noch in dem endgültigen Text: das Kapitel, das dem «Haus vor der Welt» gewidmet ist, Beschwörung eines reinen steten Glücks, ist – wie im ursprünglichen Plan vorgesehen – im Präsens geschrieben.

Die erwähnten sechs Geschichten bilden das Rohmaterial, aus dem sich nach und nach der Roman entwickelt hat. An Hand dieser Geschichten, ihrer Umgestaltung und ihrer Placierung kann man die Genese des Romans nachzeichnen.

Die ersten Pläne stellen die Geschichte des «Hauses vor der Welt» in den Mittelpunkt, die zusammen mit der Eifersuchtsgeschichte den zweiten Teil ausmacht. Hier ist der erste Plan, wie er in den ‹Tagebüchern› steht:

«II. Teil
A. in der Gegenwart
B. in der Vergangenheit
Kap. A 1 – Das «Haus vor der Welt». Einführung.
Kap. B 1 – Er erinnerte sich. Verhältnis mit Lucienne.
Kap. A 2 – «Haus vor der Welt». Seine Jugend.
Kap. B 2 – Lucienne berichtet von ihrer Untreue.
Kap. A 3 – «Haus vor der Welt». Einladung.
Kap. B 4 – Sexuelle Eifersucht. Salzburg. Prag.
Kap. A 4 – «Haus vor der Welt». Die Sonne.
Kap. B 5 – Die Flucht (Brief). Algier. Erkältet sich, wird krank.
Kap. A 5 – Nacht im Angesicht der Sterne. Catherine.»

Der erste Teil ist also – wie aus einem Plan aus der Zeit nach August 1937 ersichtlich wird – dem Kapitelpaar «brillantes Spiel» und «Armenviertel» gewidmet: was unter dem Begriff brillantes Spiel zu verstehen ist, wird sich später, im ‹Mythos von Sisyphos›, in der Dreiheit «Don-Juanismus, Komödie, Eroberung» manifestieren; dieses «Spiel» wird den Widrigkeiten des Lebens im «Armenviertel» entgegengesetzt. Es zeichnet sich also ein doppelter Antagonismus ab, den ein Schema, das ebenfalls aus dem August 1937 stammt, hervortreten läßt:

«I. Teil – Sein bisheriges Leben.
II. Teil – Das Spiel.
III. Teil – Der Verzicht auf Kompromisse und die Wahrheit in der Natur.»

Das «bisherige Leben» meint Armut, acht Stunden Arbeit jeden Tag, banale soziale Bindungen: eine Art inauthentisches Dasein. «Das Spiel», über das sich die ‹Tagebücher› nur lakonisch äußern, dürfte eine Art Dandytum bedeuten. Fortschritt gegenüber dem Leben in Armut, begeisterter Selbstgenuß, aber immer noch im Zustand der Inauthentizität. Dieser Antagonismus verliert in der Endfassung des Romans seine Relevanz, er wird in Gesprächen aufgelöst und in die Entwicklung Mersaults integriert. Dagegen stellt die Erringung der Authentizität durch Flucht in die Einsamkeit und in die Natur von den ersten Entwürfen bis hin zur Endfassung Sinn und Ziel des Romans dar.

Aber in den ersten Entwürfen scheint ‹Der glückliche Tod› gar nicht mit dem Tod des Protagonisten zu enden. «Sehnen nach Tod und Sonne» liest man in einem Plan, «Sehnen», aber nicht mehr. In einem anderen Plan wird der Tod anscheinend herausgefordert, steht jedoch am Ende des ersten Teils: «Letztes Kapitel: Abstieg zur Sonne und zum Tod (Selbstmord – natürlicher Tod).» Ein bemerkenswerter Zug: Sonne und Tod in Beziehung zueinander. Sobald sich an die Stelle des sinnlichen Bildes der Sonne der moralische Mythos des Glückes schiebt, ist ein entscheidender Schritt auf die endgültige Fassung hin getan. Man kann diesen Schritt auf den Monat August 1937 und die folgende Tagebucheintragung datieren: «Roman: der Mann, der erkannt hat, daß man reich sein muß, um zu leben, der sich ganz dieser Eroberung des Geldes gewidmet hat, dem es gelingt, der glücklich lebt und stirbt». Zum ersten Mal trifft man in den ‹Tagebüchern› auf ein regelrechtes Resümee von ‹Der glückliche Tod›, und zum ersten Mal auf das Wort Roman.

Das Leitmotiv des Romans ist von nun an deutlich erkennbar: die Fabel illustriert die Umkehrung des Sprichworts «Geld macht nicht glücklich». Das Glück, welches das Geld verschafft, wird zum Hauptthema, wie aus den ersten Zeilen der Eintragung vom 17. November 1937 eindeutig hervorgeht:

«17. November

‹Wille zum Glück.›

3. Teil. Verwirklichung des Glücks.»

Aber nun kommt die Gestalt des Zagreus hinzu, der zunächst nur der «Krüppel» ist, um Mersault über das Verhältnis von Geld und Zeit aufzuklären und ihn die Wahrheit, die in einer anderen Redensart steckt, entdecken zu lassen: Zeit ist Geld. Die ebenfalls zutreffende Umkehrung dieser Formel – Geld ist Zeit – wird zu einem Grundbestandteil seiner Lebenskunst. Davon zeugt auch der letzte Abschnitt der Eintragung vom 17. November:

«Für einen Menschen von ‹guter Herkunft› heißt glücklich sein, das Schicksal aller Menschen auf sich nehmen, und zwar nicht mit dem Willen zum Verzicht, sondern mit dem Willen zum Glück. Um glücklich zu sein, braucht es Zeit, viel Zeit. Auch das Glück ist ein langes Sich-Gedulden. Die Zeit jedoch wird uns von der Notwendigkeit des Geldverdienens gestohlen. Die Zeit ist käuflich. Alles ist käuflich. Reich sein heißt Zeit haben zum Glücklichsein, wenn man dessen würdig ist.»

Die verschiedenen Materialien zu dem Roman gruppieren sich also um das Begriffspaar von der verlorenen und der gewonnenen Zeit. Die verlorene Zeit wird zu der Zeit der Armut, der Arbeit, des Alltagslebens: das Kapitel, das dem Leben Mersaults gewidmet ist, erhält den Titel «Die Zeit töten», ein Titel, der ebenso auf das Verhältnis mit Marthe wie auf die Reise nach Mitteleuropa zutrifft. Die Ermordung Zagreus' setzt dieser jämmerlichen Odyssee durch die verlorene Zeit ein Ende. Die gewonnene Zeit dagegen wird zu der Zeit im «Haus vor der Welt» und zur Zeit der Flucht in die Natur. Auf einem handgeschriebenen Blatt liegt eine dreiteilige Planskizze vor, in der das Anfangskapitel eines jeden Teils dem Thema der Zeit gewidmet ist. Beginnend mit «Die Zeit töten», sieht der erste Teil sieben Kapitel vor, die das Leben Mersaults von den Ereignissen in Algier bis zur Rückkehr aus Prag umfassen (das entspricht den Seiten 1–75 der Endfassung): «I von ‹Die Zeit töten›», schreibt Camus, «bis ‹Er fühlte sich geschaffen für das Glück›.» Diesen letzten Satz findet man kaum verändert auf S. 75 der Endfassung wieder: «. . . begriff er endlich, daß er für das Glück geschaffen war.»

Das Anfangskapitel des zweiten Teils trägt den Titel: «Zeit gewinnen» – es handelt sich um das Kapitel über das «Haus vor der Welt» – und das Anfangskapitel des dritten Teils die Überschrift «Die Zeit». Im Hinblick auf Proust könnte man sagen, daß der Roman von der «verlorenen Zeit», der der Arbeit, über die «gewonnene Zeit», die des Müßiggangs bei den blühenden jungen Mädchen im «Haus vor der Welt», fortschreitet zur «wiedergefundenen Zeit», der Zeit der Übereinstimmung mit der Natur in der Einsamkeit und im Tode, was eine kurze Notiz auf dem Manuskript für die letzte Seite so zusammenfaßt: «Zeit.» «Er nimmt zuerst alles mögliche in Angriff und gibt dann alles auf. Tut absolut nichts. Überläßt sich der Zeit und besonders den Jahreszeiten (Tagebuch!).» Die Zeit – ursprünglich nur Zeichen des Glücks – ist zum Hauptthema des Romans geworden, sie gibt ihm sein Gerüst und seinen Rhythmus. Der Wechsel von Gegenwart und Vergangenheit in den ersten Skizzen war nicht ausschlaggebend. Nun mußten, um zwischen der gelockerten Zeitenfolge des ersten Teils und dem atemporalen Charakter des dritten zu vermitteln, im Verlauf der Erzählung die spröden beschreibenden Partien mit lyrischen Akzenten versehen werden.

Wir gelangen so zu der letzten Umformung des Romans, der Zusammenfassung zu zwei Teilen. Dafür gibt es zwei Gründe: erstens Camus' Schwierigkeiten bei der Gestaltung erotischer oder gefühlsbetonter Szenen. Er mußte sich hier Beschränkungen auferlegen. In der obenerwähnten Skizze kündigte der zweite Teil nach dem Kapitel «Zeit gewinnen» die «Begegnung mit Lucienne» und dann die «Abreise Catherines» an. Er konnte oder wollte für diese Kapitel nicht genügend Material zusammenbringen. Schließlich hat dann die Zagreus-Episode genügend Gewicht erhalten, daß sie den Mittelpunkt eines ganzen Handlungssystems bilden konnte. Die Flucht nach Mitteleuropa, die anfangs mit dem Thema der sexuellen Eifersucht gekoppelt war, wurde nun mit der Zagreus-Episode verknüpft.

Doch noch immer hält Camus an der Einteilung in drei Teile fest. Hier der letzte Plan vor der endgültigen Zusammenfassung:

«I. Teil. 1.: das Armenviertel; 2.: Patrice Mersault; 3.: Patrice
und Marthe; 4. [gestrichen, kaum lesbar] : P. und seine
Freunde [?] ; 5.: Patrice und Zagreus.
II. Teil. 1.: Ermordung Zagreus'; 2.: Flucht in Angst; 3.: Rück-
kehr zum Glück.
III. Teil. 1.: die Frauen und die Sonne; 2.: das verborgene und
leidenschaftliche Glück in Tipasa; 3.: der glückliche
Tod.»

Der endgültige Titel ist gefunden, aber er bezieht sich hier auf
das letzte Kapitel. Die Zagreus-Episode ist noch nicht gut pla-
ciert. Die Mordszene wird noch umgestellt, zunächst an das
Ende, dann an den Anfang des ersten Teils. Damit ist der zweite,
auf die Reise und die Rückkehr reduzierte Teil inhaltlich zu
schmal. Er verschmilzt mit dem letzten, und ein gemeinsamer
Titel, *Der bewußte Tod*, rechtfertigt die Zusammenfassung.
Zugleich wird auf diese Weise ein entsprechender Titel für den
ersten Teil erforderlich: *Der natürliche Tod*. Die einzelnen Kapitel dagegen verlieren ihre Titel: dasjenige, das zunächst «Das
Haus vor der Welt», später «Die Frauen und die Sonne», danach
«Die Frauen und die Welt» hieß, folgt nun unvermittelt, in der
ungewöhnlichen Form des Präsens des Indikativs, auf die
Erzählung von der Rückkehr aus Prag. So wurde ‹Der glückliche
Tod› neu geschrieben – «Roman neu schreiben» nimmt sich
Camus im Juni 1938 vor –, vollendet oder zumindest umgear-
beitet.

Warum ist er nicht veröffentlicht worden? Wir wollen hier
lediglich die rein literarischen Motive festhalten. Castex nimmt
in seiner Studie über die Erzählung ‹Der Fremde› an, daß sie in
der Vorstellung des Autors den vorliegenden Roman ersetzt
habe; und er sieht im August 1937 die entscheidende Phase, in
der sich die Thematik von ‹Der Fremde› unmerklich in den Vordergrund schiebt. Er zitiert den folgenden Text:

147

«Ein Mann, der das Leben dort gesucht hat, wo man es zu suchen pflegt (Ehe, Stellung usw.), und unvermittelt, beim Lesen eines Modejournals, entdeckt, wie sehr er dem Leben fremd war (dem Leben, wie es in den Modejournalen dargestellt wird)»[1],

der die erste Formulierung dieser Thematik bietet, obwohl er sich auf ‹Der glückliche Tod› bezieht.

Diese Hypothese hat etwas für sich. Sie wird gestützt, wenn man ‹Der glückliche Tod› unter dem Aspekt seiner Qualität als Roman betrachtet. Es scheint, daß Camus im Verlauf der Ausarbeitung den verborgenen Mangel seines ersten Romans erkannt und nach einer anderen Möglichkeit gesucht hat.

Ein Werk, «zugleich mangelhaft strukturiert und bemerkenswert gut geschrieben», urteilt Roger Quilliot. Man könnte es nicht besser ausdrücken. Die Qualitäten des Stilisten treten – anders als die des Romanciers – deutlich zutage. Camus versucht vergeblich, disparate Stoffelemente in eine Ordnung zu bringen und zu einem Ganzen zu vereinigen: welche Beziehung besteht zum Beispiel zwischen dem imaginären Mord an Zagreus und dem wirklichkeitsnahen Bericht von der Reise nach Prag? Oder zwischen der Schilderung des armen Teufels Cardona und der Beschwörung des «Hauses vor der Welt»? Die Diskrepanz der verschiedenen Stilebenen verstärkt die der einzelnen Episoden, wofür auch Camus' ausgeprägte Vorliebe für den Kontrast keine Erklärung bietet: pathetische, heitere, banale, trocken beschreibende, überschwenglich sinnliche oder die Sonne besingende lyrische Textpartien folgen ohne Übergang aufeinander. Die Episoden sind zu zahlreich und wiederholen sich in einzelnen Fällen: so wird uns nach dem Tod der Mutter Mersaults noch vom Tod der Mutter Cardonas berichtet. Die weiblichen Rollen vor allem sind ungünstig verteilt. Aus dem Trio der «Schäfchen» ragt Catherine hervor, die – wie die ersten Pläne zeigen – ursprünglich eine Liaison mit Mersault hatte.

1 Vgl. Roger Quilliot: ‹La Mer et les prisons›. Paris 1956, S. 87.

Aber Lucienne konnte sich der gleichen Gunst rühmen. Die Pläne sehen vor, daß Mersault bald mit der einen, bald mit der anderen liiert ist. Dort taucht auch der Name einer gewissen Lucile auf. Wie man einer Korrektur entnehmen kann, tritt später Marthe an ihre Stelle und übernimmt auch zum Teil die Rollen von Lucienne und Catherine. Marthe ist Mersaults Liaison im Stadium der «verlorenen Zeit», Catherine die der «wiedergefundenen Zeit». Gewiß, Camus hat es nicht leicht mit seinen Frauengestalten! Sie hemmen die Entwicklung des Romans. Sie illustrieren gewissermaßen das Sprichwort: Wer sich zuviel vornimmt, wird gar nichts erreichen. Man merkt der letzten Fassung an, wie sich Camus, wenn auch mit wenig Erfolg, bemüht hat, ihre jeweiligen Vorrechte festzulegen, ihr Auftreten vorzubereiten oder ihre Spuren zu erhalten.

Hätte ein besserer Roman daraus werden können, wenn Camus mehr Arbeit investiert hätte? Als Roman ist ‹Der glückliche Tod› von seiner Anlage her verfehlt. «Die Qualität eines Romans», so liest man in einer neueren Untersuchung [1] über die Gattung Roman, «hängt von dem Spannungsverhältnis ab, in dem sich exakte Beobachtung und Korrektur oder Vertiefung des Realen durch das Imaginäre befinden.» Diesem Postulat kann sich kein Roman entziehen. In ‹Der glückliche Tod› bleiben die Elemente der Beobachtung, das heißt die autobiographischen Partien, isoliert: die Erinnerungen an das Armenviertel, an das Sanatorium, an das «Haus vor der Welt», an die Reise nach Mitteleuropa, an weibliche Gestalten sind nicht – im chemischen Sinne des Wortes – «behandelt», sie fügen sich nicht zu «einem Ganzen, zu einer geschlossenen und einheitlichen Welt» zusammen, vergleichbar der Welt Prousts, die Camus später in ‹Der Mensch in der Revolte› als Modell hinstellt. Sie würden nur dann ein Ganzes bilden, wenn sie von der kreativen Imagination aufgenommen und verarbeitet worden wären. In ‹Der glückliche Tod› wird die Imagination aber einzig auf der Ebene des Stils wirksam. Was Gestalten und Episoden angeht,

1 H. Coulet: ‹Le Roman jusqu'à la révolution› Bd. I. Paris 1967.

so ist die Empfindungsgabe hier noch unzulänglich. Weder der Mord an Zagreus, inspiriert durch ‹Conditio humana›[1] oder ‹Schuld und Sühne›, noch die Gestalt selbst erreichen die Überzeugungskraft, die einen Roman auszeichnen sollte. Dichterische Gültigkeit besitzen in diesem «unmöglichen» Roman dagegen die erlebten Szenen, die in ‹Licht und Schatten› vorgeprägt sind und sich der Form nach nicht von ‹Ironie› und ‹Tod im Herzen› unterscheiden, oder die lyrischen Beschwörungen, die mit denen von ‹Hochzeit des Lichts› verwandt sind. Das beste an diesem Roman ist eben nicht romanhaft.

War sich Camus dessen klar bewußt? Er hat es nirgendwo unmittelbar ausgesprochen, aber es ist sehr wahrscheinlich, daß der Instinkt des Künstlers ihm den Irrtum signalisiert und ihn unwillkürlich auf einen besseren Weg geführt hat. Um uns eines suggestiv-naturalistischen Vergleichs von André Gide zu bedienen: in der Puppe von ‹Der glückliche Tod› entwickelte sich die Larve von ‹Der Fremde›. ‹Der glückliche Tod› machte sein «Nymphenstadium» durch. Der Autor bemühte sich, ihn neu zu schreiben und in allen Partien zu beleben, doch ‹Der Fremde› zog als geistiger Parasit den größten Nutzen aus dieser Arbeit, aus der an Stelle eines in sich unstimmigen Romans schließlich eine wahre Erzählung hervorging.

Ich möchte diese Studie abschließen mit einem kurzen Vergleich zwischen der ‹Der glückliche Tod› und ‹Der Fremde›[2]. Roger Quilliot hat gezeigt, daß Meursault, der Protagonist in ‹Der Fremde›, «der jüngere Bruder Mersaults ist». Er hat hervorgehoben, daß bestimmte Episoden und Randfiguren beiden Texten gemeinsam sind; aber er übersieht dabei keineswegs die Unterschiede: «Die beiden Fabeln sind ohne jeden Bezug zuein-

1 André Malraux' Roman ‹La Condition humaine› (dt. unter dem Titel ‹Conditio humana› und später unter dem Titel ‹So lebt der Mensch› erschienen). (Anm. d. Übers.).
2 Der sich aufdrängende Vergleich mit ‹Caligula› müßte in einer umfassenden Untersuchung behandelt werden.

ander...» oder: «‹Der glückliche Tod› ist keineswegs die Matrix für ‹Der Fremde›: es ist ein ganz anderes Buch.»

Dennoch, trotz der offensichtlichen Verschiedenheiten im Handlungsablauf, im Aufbau und in der Intention, kann man in ‹Der glückliche Tod› eine Präfiguration von ‹Der Fremde› erkennen und, wenn man einmal von der biologischen Bedeutung des Begriffs absieht, auch seine Matrix. Um sich davon zu überzeugen, genügt es, die Struktur der beiden Werke zu vergleichen. ‹Der glückliche Tod› ist in der letzten Fassung auf zwei Teile reduziert. Der Übergang von der Dreiteilung zur Zweiteilung bedeutet für Camus den Verzicht auf einen klassischen Zuschnitt, bei dem es möglich gewesen wäre, die Gegensätze in eine Synthese zu überführen. Camus hat darauf verzichtet zugunsten einer stärker personell orientierten Dialektik, die eine Art Kurzschluß der Gegensätze zuläßt. Unter diesem Gesichtspunkt ist ‹Der Fremde› lediglich eine Reproduktion von ‹Der glückliche Tod›: auch er hat zwei Teile und fast dieselbe Anzahl von Kapiteln (6 und 5 gegenüber 5 und 5). Das Schema des ersten Teils ist in beiden Büchern eindeutig das gleiche: Szenen aus dem Alltagsleben, dann die Unterhaltung mit dem Hundebesitzer (Salamano oder Cardona), dann ein Mord, der an Zagreus (durch einen Kunstgriff *im letzten Augenblick* vorgezogen) oder der an dem Araber. Dieser Mord stürzt den Helden aus der Faktizität in die Wahrheit. Auf den ersten Blick haben die jeweiligen zweiten Teile nichts Gemeinsames mehr. Gewiß, die Reise nach Prag oder das «Haus vor der Welt», nicht assimilierbare Elemente in einer symbolischen Erzählung, tauchen in ‹Der Fremde› nicht wieder auf. Aber wenn man Mersault in seinem Refugium am Chenoua, und Meursault in seinem Gefängnis in Algier vergleicht, wird man im Rhythmus der Besuche, die die beiden erhalten, in den Jahreszeiten, die ihre Stimmungen beeinflussen, in der unwägbaren Zeit, die sie ihrer letzten Stunde entgegentreibt, eine Entsprechung finden. Und wenn ihr Schicksal wenig Ähnlichkeiten aufzuweisen scheint, weil der eine ein perfektes Verbrechen begangen hat, aus dem er Nutzen zieht, während der andere, Mörder ohne Talent, zur

Beute der Richter wird, darf man nicht vergessen, daß beider Problem der glückliche Tod ist – «Der Fremde oder Ein glücklicher Mensch», diesen Untertitel trägt ein Manuskript – und daß sie es beide mit Erfolg lösen, im Einklang mit der Welt und befreit von den Menschen.

Ich habe hier nur einen Vergleich skizziert, den eine eingehende Studie, die sich weniger am Stoff als an der Darstellungsweise der beiden Werke zu orientieren hätte, noch untermauern und vertiefen könnte. Die Überlegenheit der Erzählung ‹Der Fremde› würde dadurch noch deutlicher zutage treten. Fast scheint es unnötig, abschließend zu sagen, daß ‹Der glückliche Tod›, dieser von Camus nicht veröffentlichte Roman, mehr ein Dokument als ein «Werk» ist, ein Dokument, dem allein schon zum Ruhme gereicht, daß es bemerkenswerte Partien enthält, die bei der Beurteilung des Dichters nicht unbeachtet bleiben dürfen. Dem Leser bleibt das Vergnügen, sie zu entdecken.

Jean Sarocchi

Anmerkungen und Varianten

‹Der glückliche Tod› ist in zwei vom Autor selbst angefertigten Typoskripten überliefert, die zu dem von Madame Francine Camus verwalteten Nachlaß gehören. Das erste enthält handschriftliche Zusätze und Korrekturen, die bei der Abschrift in das zweite aufgenommen wurden, das überdies einige zusätzliche Varianten aufweist. Madame Camus hat im Mai und Juni 1961 nach dem ersten Typoskript eine neue Abschrift in drei Exemplaren anfertigen lassen, in die die Varianten des zweiten mit Tinte übertragen wurden. Die vorliegende Ausgabe folgt dieser Abschrift, nur einige Lesefehler wurden berichtigt. Die Varianten des zweiten Typoskripts haben, obwohl sie nicht von Camus' Hand stammen, ohne Zweifel seine Zustimmung gefunden; sie wurden deshalb zum größten Teil beibehalten.

In diesem Typoskript ist die Kapiteleinteilung durch Zwischenräume angedeutet. Wir haben jedoch die römischen Zahlen, die in dem ersten Typoskript verwendet wurden und denen wir auch in der Erzählung ‹Der Fremde› begegnen, wieder eingesetzt.

Außerdem existieren Dossiers mit Vorarbeiten sowie Notizen, die zu dem erwähnten Nachlaß gehören, und dazu kommen noch die Fragmente in den ‹Tagebüchern›. Man findet hier, wenn auch in meist weit voneinander getrennten Bruchstücken, fast den ganzen Roman – außer Kapitel III des Zweiten Teils – in Handschrift. Darüber hinaus existiert von dem Roman keine handschriftliche Fassung.

Da es sich hier nicht um eine kritische Ausgabe handelt, wurde vor allem zu zeigen versucht, wie die verschiedenen Bruchstücke des Romans angeordnet und zusammengefügt wurden. Die Varianten werden in Auswahl geboten. Die aus den Dossiers mit Vorarbeiten und den Notizen aufgenommenen Varianten sind mit Ms. gekennzeichnet, die aus dem ersten Typoskript mit T. Hinweise auf die Tagebücher sind mit genauen Angaben versehen. Bei einigen Kapiteln war ein Vergleich mit mehreren handschriftlichen Texten möglich; in solchen Fällen wurde versucht, die Unterschiede herauszustellen.

In eckigen Klammern stehen Wörter oder Satzteile, die im Manuskript oder Typoskript gestrichen sind.

Für ihre Hilfe bei der Erarbeitung der Anmerkungen und Varianten sowie bei der Einrichtung des Textes möchten wir Madame Camus an dieser Stelle unseren Dank aussprechen.

Erster Teil

Der natürliche Tod

Zum Verständnis dieses Titels sei auf ‹Hochzeit des Lichts› (‹Der Wind in Djemila›) und ein handschriftliches Fragment zu ‹Zwischen Ja und Nein› (zitiert in Band II der Pléiade-Ausgabe, S. 1215) verwiesen.

I

Eine Folge handschriftlicher Blätter bietet nacheinander die Kapitel IV und I. Man weiß, daß Kapitel I ursprünglich Kapitel V war.

S. 9, Z. 1 Ms.: und Mersault (statt Patrice Mersault). (Man kann aus dem Namen «mer» = Meer und «soleil» = Sonne herauslesen.)

2 Ms.: Schritten auf [die Vorstadt]

2 Woher kommt der Name Zagreus? Hat Camus dabei an den Dionysos-Zagreus der Orphiker gedacht, der Opfer der Titanen wurde und aus dessen Herzen nach der Legende der thebanische Dionysos erstand? In diesem Falle wäre Zagreus eine prometheische Gestalt, die dem Typ des Geopferten zuzurechnen wäre, der durch sein Opfer eine befreiende Wirkung ausübt. Doch ist dies nur eine Vermutung.

3 Ms.: im Hause. *Es war zwei Tage nach seiner Unterhaltung mit Roland.*

3 Ms.: *März* (statt April)

4 Ms.: *Wintermorgen*

7 Ms.: an den Stämmen entlang, *und das war wie das stolze Lachen der vergoldeten Erde.*

19 Ms.: seine Handschuhe an. *Die entscheidende Frage war, ob die Kassette offen und die Pistole geladen war.*

20 Ms.: Er öffnete [leise] die Tür [ohne Vorsicht und ging durch den Flur, der ziemlich lang war]

22 Ms.: Er klopfte an. [«Kommen Sie herein, Mersault», sagte Zagreus. Er hatte ihn wiedererkannt]

23 Ms.: Zagreus war selbstverständlich in seinem Arbeitszimmer, dicht am Kamin
T.: Zagreus war selbstverständlich in seinem Arbeitszimmer, in einem Sessel, ein Plaid über den Beinen

S. 10, Z. 1 Ms.: strahlte der Morgen *mit all seinen blauen glänzenden Zähnen*

3 Ms.: eine große eisige Heiterkeit, *ein klassischer Tanz der Erde über dem kleinen Tal*

4 Ms.: der Vormittagsstunde *gleichzeitig* einen Anschein *von Jugend und Alter, das Antlitz eines Kindes und eines Mandarins. Es war derselbe Ausdruck der Wahrheit, der Mersault vom Himmel zulächelte.*

10 Ms.: Zagreus beobachtete ihn immer noch wortlos. [Er stellte seinen Koffer auf das Sofa neben der Tür, ohne Zagreus anzusehen.]
T.: Zagreus beobachtete ihn immer noch schweigend. Er ging . . .

S. 11, Z. 20 Ms.: schien Zagreus [die über die Erde ausgebreitete Schönheit] in sich aufzunehmen. [Das Unmenschliche dieses Himmels].

S. 12, Z. 17 f Die Abschnitte «Von dem blauen Himmel . . . sich ergossen hatten» und «Ein sanftes Surren . . . zu leben und glücklich zu sein» sind – der eine unverändert, der andere kaum modifiziert – aus einem Text über *l'hôpital du quartier pauvre* übernommen (s. Band II der Pléiade-Ausgabe, S. 1216): Erinnerungen eines Tuberkulosekranken, eine Art Schwindsuchts-Surrealismus.

32 Im handschriftlichen Text folgt noch ein Absatz, der mit den Worten «Und am Abend, immer noch im Bett liegend, ließ er . . .» beginnt und später als letzter Absatz an das Ende von Kapitel V gestellt wurde.

II

Dies ist von der Komposition her das am wenigsten gelungene Kapitel des Romans. Es ist aus mehreren Teilen zusammengesetzt, die alle darauf hinzielen, den Eindruck eines prosaischen, in Routine erstarrten Lebens zu vermitteln.

In allen Plänen und Entwürfen zu ‹Der glückliche Tod›, in denen dieses Kapitel erwähnt wird, ist es für den Ersten Teil bestimmt. Im August 1937 heißt es im ‹Tagebuch›: «I. Teil – Sein bisheriges Leben». Oder: «1. Teil. Kap. A 1 – Mersaults Tag von außen gesehen. Kap. B 1 – Armenviertel von Paris (*unleserliches Wort*). Pferdeschlachterei. Patrice und seine Familie. Der Stumme. Die Großmutter.» Einige dieser Elemente wurden dann in das Kapitel V verlegt.

Ein eindeutig späterer Plan sieht vor: «I. Teil: 1. Das Armenviertel; 2. Patrice Mersault . . .», und um die gleiche Zeit bieten zwei Schemata des Ersten Teils folgenden Text auf ein und demselben Blatt:

1. Teil.

Ankunft Mersaults zu Hause. Detail . . . der Sonntag. Seine Mutter gestorben (gegenüber über einer Schlachterei *Zur edelsten Eroberung des Menschen*). Anschlag: Zu vermieten.

[Sein Büro. Sein Nachbar, der Faßbinder. Es klopft. Der Faßbinder, der ihn bittet, ihn zum Friedhof zu begleiten] Seine (*ein unleserliches Wort*) . . . verloren. Die schmutzige Straße.

1. Marthe erwartet ihn ungeduldig [seine Eifersucht]
2. Marthe und ihre Persönlichkeit (*erschlossenes Wort*) ihre Untreue; Eifersucht; ihr erster Liebhaber Zagreus.
3. Zagreus und Unterhaltung.

Dieser Plan wurde mit zwei dicken Strichen getilgt und durch den folgenden ersetzt:

a) Ankunft Mersaults bei sich zu Hause. Detail. Der Sonntag.

b) Sein Haus. Pferdeschlachterei. Sein Nachbar, der Faßbinder und dessen Schwester. (Heute M.s Mutter gestorben. Geschichte von ... [*unleserliches Wort*].)

Im Restaurant: Monsieur Lopez, der an seinem Tisch ißt (*mehrere Wörter unleserlich*)

c) Marthe

d) Zagreus.

Man sieht, daß dieses Kapitel, wenn sein Platz angegeben wird, immer an erster Stelle steht. Stoff und Komposition wechseln allerdings: so wird zum Beispiel die Szene im Restaurant, zunächst nach der Beschreibung des Hauses und des Sonntags vorgesehen, in der endgültigen Fassung vorangestellt. Die Geschichte des Faßbinders wird isoliert und in das 5. Kapitel verlegt.

Es existiert keine vollständige handschriftliche Fassung von diesem Kapitel, das aus verschiedenen Fragmenten zusammengesetzt ist. Mehrere davon sind aus ‹Voix du quartier pauvre›, dem ursprünglichen Textkern von ‹Licht und Schatten›, entlehnt (vgl. Pléiade-Ausgabe, Band II, S. 1175). Die Fragmente wurden einzeln geprüft.

A. *Der Hafen, der Verletzte, die Fahrt auf dem Lastwagen mit Emmanuel:*

Es handelt sich hier um einen später als Einleitung des Kapitels hinzugefügten Text, der im Manuskript mit den Worten: «In Belcourt angekommen, sprang Mersault ab. Emmanuel fuhr fort ...» endet.

Skizzen zu diesem Text sind in den ‹Tagebüchern 1935–1951› (S. 19 f) zu finden.

S. 13, Z. 1 Ms.: Mehrere einleitende Sätze gestrichen:
                    [Patrice Mersault verließ sein Büro und ging mit

großen Schritten... Es wurde Sommer. Das konnte man fühlen. Er hatte ein Gefühl seiner selbst. Um 5 Uhr abends...]

[Um 11 Uhr 30 verließ P. Mersault sein Büro und traf Emmanuel an den Quais, «den Kleinen für die Botengänge».]

1 Ms.: [Sonne und Teergeruch]

B. *Für das übrige Kapitel,* von der Ankunft in Belcourt an, existiert eine Anzahl handschriftlicher Blätter, die eine Folge bilden.

a) bis zum Restaurant: Mersaults Art zu gehen ist der Gegenstand eines gesonderten Fragments, das in das Typoskript eingerückt wurde. Emmanuel heißt in den Blättern Marcel.

S. 15, Z. 7 Ms.: daß sein Körper *unter der anonymen Kleidung*

9 Ms.: Grenzen *unverhohlener* physischer Lust

12 Ms.: gelernt hat. *Und wenn dieses Bewußtsein ihm auch ein bißchen zu sehr das Air des «gutaussehenden jungen Mannes» gab, so erweckte sein Körper doch gleichzeitig ein überzeugendes Vertrauen.*

b) Die Anekdote von Céleste:

Sie ist auf den Blättern ausgelassen, wo als Übergang, im Zusammenhang mit der folgenden Episode, nur notiert ist:

«Geschieht ihm recht, sagte Mersault, um etwas zu sagen.

– Oh, man soll sich nicht kleinkriegen lassen im Leben. Trotzdem...»

Diese Anekdote liegt in drei Handschriften vor, eine davon ist eingefügt in die Gespräche im Hospital. Sie ist also nicht einem Erlebnis in einem Café nachgebildet.

22 Das früheste Manuskript beginnt so:

«Die Alten sind... in den Fünfzigern. Der Mann, der das sagte, kratzte sich den Bauch, indem er sein langes herabhängendes Hemd bei jeder Bewegung seiner behaarten Hände hochhob. Sein breites Gesicht, geschmückt mit einem doppelt-gezwirbelten Schnurrbart (*unleserliches Wort*), während er Louis ansah. Etwas an diesem Mann verriet die Intelligenz und die Offenheit, die untrennbar mit einem einfachen Herzen verbunden sind.»

«Ich kenne da . . .»

S. 16, Z. 9 Ms.: und warum auch nicht. *Louis spielte mit den Quasten eines mit moiriertem Rips bezogenen Kissens. Ich kann Ihnen sagen, wenn ich 900000 Francs hätte, so wie er, würde ich . . . kaufen . . .*

Hinter dem Namen Louis, der sehr viel früher anzusetzen ist als der Name Mersault, verbirgt sich in den Fragmenten über das Hospital der Autor selbst.

14 Ms.: von welcher Seite der Wind kommt.

Sein Lachen war voll Nachsicht sich selbst gegenüber. Aber in dem Augenblick, als Louis sich erhob, um zu gehen, wandte er sich plötzlich an ihn: «Das Leben — man müßte es immer von seiner guten Seite sehen und den geraden Weg gehen.»

Louis ist bereits auf der Straße. Er geht sehr schnell, weicht einem Schuhputzer aus, stößt einen zweiten zurück, dann bleibt er kurz stehen und überläßt seinen Fuß einem dritten.

c) Die Anekdote von Emmanuel:
Sie ist in Bruchstücken über die Blätter verteilt. Auch hier handelt es sich offenkundig um eine Anekdote, die aus dem Leben gegriffen ist, doch existiert sie nicht in extenso im Manuskript. Gehört sie auch zu den Erinnerungen aus dem Hospital? Allerdings kann «der Kleine für die Botengänge» kaum an der Marneschlacht teilgenommen haben.

d) Der Wirt und sein Sohn.

e) Die Anekdote über Jean Pérez ist in den Blättern ausgelassen. Sie ist dem Text *l'hôpital du quartier pauvre* (vgl. Pléiade-Ausgabe, Band II) entnommen.

f) Mersaults Reflexionen, seine Rückkehr nach Hause (bis: «und das beste für sich selbst behalten»).

17 Ms.: verzehrte *seine Banane*

35 Ms.: auf seinem Rücken herbei. *Seine Arme besorgten das übrige.*

g) Der Tod der Mutter; die Beerdigung:

Weglassen in den Blättern. Dieser Text, dessen Fortentwicklung das erste Kapitel von ‹Der Fremde› darstellt, enthüllt eine von Camus' Obsessionen. Der Tod der Mutter, der Frau oder auch der Geliebten: Camus wird nicht müde, über dieses Thema zu schreiben.

In dem wahrscheinlich frühesten dieser Texte ist der Leidtragende nicht Mersault (Camus), sondern ein Transportunternehmer — «Bewohner des Armenviertels» —, der seine Frau verloren hat. Hier der Text in extenso:

Ein junger Mann muß viel Phantasie haben, um zu glauben, daß er alt werden könnte. Und gäbe es keinen Tod, würden nur wenige Menschen überhaupt glauben, daß sie alt geworden sind. Auf eine solche Weise war das Leben jenes Menschen vom Alter überrascht worden. Das Leben seiner Familie hatte sich ausschließlich in diesem Viertel abgespielt und sich in Abhängigkeit von der Meinung der Nachbarn und dem Mitleid der Umwelt entwickelt.

Wenn eine Frau schön ist, meint sie, kokett auftreten, brillieren und leben zu können. Die Frau jenes Mannes war schön. Sie hatte also gemeint, kokett auftreten zu können, hatte brilliert und ausgiebig gelebt. Er selber war Transportunternehmer und arbeitete die ganze Zeit über. Sie hatten zwei verheiratete Töchter. Und einen hinkenden Sohn, der Ledersachen anfertigte und bei ihnen wohnte.

Gegen die Vierzig bekam diese Frau eine furchtbare Krankheit. Sie mußte usw. ... die sie durch ihre unbedachte Lebensweise gefördert und verschlimmert hatte. Sie führte zehn Jahre lang ein unerträgliches Leben. Das Martyrium hatte so lange gedauert, daß man in ihrer Umgebung... sterben könnte.

Sie hatte einen an Tuberkulose erkrankten Neffen, der sie manchmal besuchte. Sie freute sich über seine Besuche, weil sie das Gefühl hatte, sie und er seien in der gleichen Lage. Aber er war sehr jung, und seine natürliche Feigheit schreckte zurück vor diesen (*unleserliches Wort*), die ihm jede Widerstandskraft raubten.

Eines Tages starb sie. Sie war 56 Jahre alt. Sie hatte sehr jung geheiratet. Ihr Mann wurde sich nun seines Alters bewußt. Er hatte zuviel gearbeitet und es darum vorher nicht wahrgenommen. Man bemitleidete diesen Mann. In dem Viertel versprach man sich viel von dem Begräbnis. Man erinnerte sich des tiefen Gefühls dieses Gatten für die Tote. Man beschwor die Mädchen, nicht zu weinen, damit der Vater seinen Schmerz nicht noch stärker empfand. Man bat sie inständig, sich seiner anzunehmen und sich ihm zu widmen. Er indessen kleidete sich, so gut er nur irgend konnte, und schaute mit dem Hut in der Hand den Vorbereitungen zu usw., das war alles.

Er verkaufte lediglich sogleich seinen Lastwagen, obwohl er nur wenig Geld besaß, bezahlte seine Schulden und war nun gleichzeitig alt und mittellos. Er lebt jetzt bei einer seiner Töchter, wo er ganze Tage auf dem Balkon zubringt. Er hat das Viertel verlassen. Man kann an dem Haus, das er bewohnte, nun das Schild sehen: «Zu vermieten», über dessen Bedeutung man sich immer noch nicht genügend Gedanken macht.

Ein anderes Manuskript, dessen Schriftbild sicherer wirkt, das fast keine Streichungen aufweist und offensichtlich später anzusetzen ist, überliefert nahezu den gleichen Text, fängt jedoch mit dem Satz an, den Camus um seiner selbst willen formuliert zu haben scheint[1]: «Wenn eine Frau schön ist, meint sie, kokett auftreten, gut leben und brillieren zu können.» Sodann: «Ihr Mann war Unternehmer» usw. Hier noch eine Änderung des letzten Satzes: «. . . das Schild ‹Zu vermieten›, das immer mehr bedeutet, als es aussagt.»

h) Mersaults Anhänglichkeit an sein Zimmer.
Nach einem Zwischenraum zur Einfügung der Todes- und Begräbnisschilderung heißt es in den Blättern weiter:
Aber er war gezwungen, seine Studien und seine Hoffnungen aufzugeben und zu arbeiten. Er schlägt sich durch, zuerst hatte er nur für sich leben wollen, arbeiten, schreiben, sein Leben leben. Von einem Augenblick zum andern hatte er alles aufgegeben und bemühte sich, es aus seinem eigentlichen Leben zu verbannen. Er erwachte usw. (Mersault im Büro.)
Der Abschnitt: «Jetzt bewohnte er dieses Zimmer. Er hätte behaglicher wohnen können, aber . . . sein Fenster auf das Leben» findet sich auf einem besonderen Blatt.
Der Abschnitt schließlich: «Wenn sie sich am Abend zusammenfanden . . . sein Mitleid in Wirklichkeit an sich selbst», der sehr stark an ‹Zwischen Ja und Nein› in ‹Licht und Schatten› anklingt, taucht nur im Typoskript auf.
i) Mersault im Büro:
Dieser Text ist in extenso in den Blättern vorhanden.
j) Der Abend zu Hause:
Ebenso.

S. 21, Z. 5 Ms.: Monsieur Langlois [der dick und schmierig war]. *Monsieur Langlois hatte Courteline gelesen.* Drei Stenotypistinnen . . .

16 Ms.: oder einer *hochgestellten Persönlichkeit.*

---

1 In dem vorangehenden Manuskript ist er hinzugefügt.

19 Ms.: tänzelte *und plapperte* er
21 Ms.: vegetables. *Die Stenotypistinnen lachten un-*
verhohlen. Die alte Dame (zwei unleserliche Wörter) *gebeugt, sagte endlich, indem sie die Augen*
hob und gleichzeitig weiterschrieb, mit Bestimmt-
heit:
«Wenn Sie erlauben, Monsieur Langlois, möchte
ich meine Meinung für mich behalten.»
«Eins zu Null», sagte P. ruhig. Und er hörte die
tausend Geräusche des Hafens hinter den Mauern
(drei unleserliche Wörter) *mit dem Geschmack*
von Salz und Blut, ihm gleichzeitig so nahe und
doch so fern.
In der gleichen Zeile folgt dann: *Am Abend kam*
er um 6 Uhr zurück. Es war ein Samstag.
S. 22, Z. 4 Ms.: klebte sie *sorgfältig* in ein *für diesen Zweck*
zugeschnittenes Heft. Und darauf...
7 Ms.: Es war ein *drückender* Nachmittag.
15 Ms.: braunem Seidenkleid *und einem Glocken-*
hut.
S. 23, Z. 34 Ms.: Die gesetzteren Leute bildeten auf den Bür-
gersteigen Gruppen oder gingen in die Cafés. Die
Straße war...
S. 24, Z. 4 Ms.: Die Lampen *beleuchteten* das Pflaster.
14 T.: Das Kapitel schließt so:
«... kaufte Brot. *Er kratzte sich am Kopf und ging*
zum Spiegel, *sich selbst entgegen. Er gähnte und*
wandte sich seinem Bett zu. Er zog schon seine
Schuhe aus. Er sagte: ‹Wieder ein Sonntag her-
um›.»
17 Ms.: die Fensterflügel. *Er legte sich hin und schlief*
bis zum nächsten Morgen, wo er in sein Büro
ging.
Er lebte mehrere Jahre so, abgesehen von
bestimmten Abenden, an denen Marthe ihn besuchte oder an denen er mit ihr ausging, *und eini-*
gen seltenen Sonntagen, die er mit Zagreus und
den Freunden von Marthe verbrachte.
Damit enden die Blätter.

Dieses Kapitel, das dem Verhältnis zwischen Marthe und Mersault gewidmet ist, war in den ersten Plänen für den zweiten Teil des Romans vorgesehen und unterteilt. So kann man im ersten Plan der ‹Tagebücher› lesen (Lucienne steht hier für Marthe):

«Kap. B 1 – Er erinnerte sich. Verhältnis mit Lucienne.»
«Kap. B 2 – Lucienne berichtet von ihrer Untreue . . .»
«Kap. B 4 – Sexuelle Eifersucht. Salzburg. Prag.»

Hier wird deutlich, daß die Reise und das Liebesverhältnis über die sexuelle Eifersucht miteinander verbunden sind wie Ursache und Wirkung.

Etwas später nimmt Camus die ‹sexuelle Eifersucht› unter seine sechs Geschichten auf. Ein Plan vom August 1937 sieht für den zweiten Teil vor: «. . . Verbindung mit Catherine . . . Vom Spiel gefangen. Sexuelle Eifersucht. Flucht.» Catherine hat nun die Rolle von Lucienne. Ein anderer Plan, ebenfalls vom August, versetzt jedoch die Episode der sexuellen Eifersucht ganz an den Anfang des ersten Teils. Diese Episode und die sich unmittelbar anschließende Reisebeschreibung bilden den Kern der Fabel, wie aus folgender Notiz hervorgeht: «Kürzen und verdichten. Geschichte der sexuellen Eifersucht, die zum Verlassen des Landes führt. Rückkehr ins Leben.» Auch später, als der Vorname Marthe sich durchgesetzt hat, sind die beiden Episoden noch verbunden; das geht aus einem Teilplan hervor:

1. Verbindung mit Marthe . . .
2. Marthe berichtet von ihrer Untreue
3. Innsbruck und Salzburg   Komische Oper
   der Brief und das Zimmer
   die Abreise im Fieber.

Auf «Verbindung mit Marthe» folgt eine Klammer, in der man, zwischen mehreren anderen Namen, deutlich den Namen Othello erkennt. Wollte Camus das Shakespearesche Eifersuchtsdrama anklingen lassen? Ein seltsamer Text, der mit «Ah! Herr, hatte Jago zu M. gesagt, fürchten Sie die Eifersucht. Das ist ein Ungeheuer mit grünen Augen . . .» beginnt und sodann um Desdemona trauert, deutet darauf hin. Aber es ist Camus offenbar bewußt geworden, daß Jago, Desdemona und der Mohr von Venedig nichts in Algier zu suchen haben, wo Mersault und Marthe Arm in Arm spazierengehen. Andererseits nimmt er dieser Liaison teilweise ihre Bedeutung und trennt sie von der Reise nach Mitteleuropa. Die einzige Spur des früheren Zusammenhangs ist die kurze Erwähnung eines Abschieds-briefs am Ende des Ersten Teils.

Von diesem Kapitel III existieren zwei Handschriften, eine zu den ersten Seiten (bis: «die ganze Schmach und Demütigung mit hinein, die in Mersaults von schwarzen Gedanken erfülltem Herzen aufgestiegen waren») und dem letzten Abschnitt (bis: «... besuchte er Zagreus [allein]», das Folgende bildete ur-sprünglich den Anfang des nächsten Kapitels), die andere zu dem ganzen übrigen Kapitel (von: «An diesem Tage fing Mersault an...» bis: «Er verspürte den Wunsch, ihn kennenzuler-nen, und an jenem Abend begannen seine Beziehungen mit Zagreus. Er sah ihn oft, er ging fast jeden Sonntagmorgen hin»).

S. 25, Z. 6 Ms.: offen zeigte, *und damit vor aller Welt kund-tat, daß sie ihm gehörte.*

17 T.: übertrieb seine *natürliche* Höflichkeit

S. 26, Z. 6 Ms.: Was aber ist das *neben dem Glanz der Weib-lichkeit, Kristall, in dem sich alle Schönheit und Zwecklosigkeit der Welt sammelt, äußerster Lu-xus einer menschlichen Existenz, ganz der (Freu-de?) und dem Kummer zugewandt.*

24 f Dieser Wortwechsel fehlt im Manuskript. Im Ty-poskript ist er vorhanden, aber dort siezt Marthe Mersault: «*Sie* wissen genau...»

35 Ms.: in die Schläfen stieg *und mit starken Schlä-gen hämmerte und seinen Blick verdunkelte.*

S. 27, Z. 2 Ms.: mit schmutzigem Ruß bedeckt, *und es war wie eine schmierige Szenerie, wo Lumpen über Unrat hingen.*

28 T.: «*darf ich Sie darauf aufmerksam machen, daß der Film mich interessiert und daß Sie mich stö-ren?*»

S. 30, Z. 14 T.: schon einmal gesagt. – *Ja, Liebling*.

S. 33, Z. 10 Wenn man bedenkt (vgl. Kap. IV), daß Zagreus
mindestens fünfzig Jahre alt ist, kann man sich
schwer vorstellen, daß Marthe, nur etwas jünger
als er, Mersault noch jung erscheinen soll.

35 Ms.: Rose, Claire, Catherine – zu den drei Studen-
tinnen vgl. Pléiade-Ausgabe, Band II, S. 1318.
«Schäfchen», frz. «bourrique» (= Eselin, Dumm-
kopf): in Nordafrika gebräuchliches Kosewort.
Es sei darauf hingewiesen, daß Camus' Mutter
Catherine Sintès hieß.

. 36 Ms.: aus Oran (statt: aus Tunis)

S. 34, Z. 28 Ms.: aufgebracht. Er sprach es Marthe gegenüber
usw. Wenn man dich so hört. Gleichwohl hatte
Zagreus . . .

S. 35, Z. 25 Ms.: ehe er sprach. *Dann* sprach er schnell und
viel, lachte *meist, brach aber das Gespräch mit
raschen Schlußwendungen ab, die immer bildhaft
und konkret waren und seinen oberflächlichsten
Scherzen das besondere Gewicht der Erfahrung
verliehen. Er war lebendig, das war das Frappie-
rende an ihm. Dieser Rumpf lebte, und wenn in
seinen Augen zuweilen ein geheimer Glanz auf-
leuchtete, dann erriet man dahinter immer eine
Art glühender Leidenschaft und niemals Trauer.*

IV

Zu dem Manuskript vgl. Kapitel I.

S. 36, Z. 1 Das Typoskript bietet zwei Versionen des Anfangs:
Was ihn an Zagreus überraschte, war, daß er
nachdachte, ehe er sprach. Dann sprach er schnell
und viel usw. (s. Kap. IV, S. 35 und Anmer-
kung)
und:

Am nächsten Tag, einem Sonntag, ging er zu dem, der sein Freund geworden war, dem einzigen, dem er sich anvertraute und der ihm noch zuhören und ihn verstehen konnte. Bisher hatten sie immer nur von allgemeinen Gegenständen gesprochen, wobei Zagreus erkannte, daß Mersault kam, um an seinem Leben in der Einsamkeit teilzuhaben, und Mersault sich immer etwas zurückhielt, aber im Innersten glücklich darüber war, daß er in Gegenwart eines Menschen, den er liebte, schweigen durfte.

S. 37, Z. 8 Ms.: lächelte, *sagte unvermittelt: «In Wirklichkeit sind Sie der Krüppel, mein kleiner Mersault»,* und *verstummte, während Patrice errötete: «Sie leben wie ein Schwachkopf und halten sich für schlau.»* Und plötzlich . . .

11 Ms.: erwärmte sich. «*Hören Sie zu, Mersault. Gott weiß, daß ich Sie sehr gern mag. Und Sie haben mir bereits gesagt . . . — Ja, sagte Mersault. Alles verlieren oder alles gewinnen. Ich habe alles verloren, und im Grunde befriedigt das. meine Trägheit.*»

«Hören Sie zu», begann Zagreus aufs neue, «und sehen Sie mich an. Man hilft mir bei der Verrichtung meiner Bedürfnisse» . . .

Der Abschnitt: «Sie sehen müde aus . . . nahm ihm gegenüber Platz» ist ein Zusatz.

S. 38, Z. 32 Ms.: Ihrem Körper [wie ein Versprechen des Glücks]

35 Ms.: Büro. *Aber trotzdem weiß ich genau, wie das geheime und glühende Leben aussehen würde, das das meine wäre, wenn ich sozusagen Erfolg gehabt hätte.*

Man vergleiche dazu den Titel von Kapitel II, III. Teil, in einem der letzten Pläne: «Das *geheime und glühende* Glück in Tipasa.»

S. 39, Z. 13 «Ich brauchte mich nur treiben zu lassen» ist im T. hinzugefügt.

17 Ms.: Sonne. *Sie ist der wahre Spiegel der Welt.*

29 Ms.: überrascht. Ich habe viel Sport getrieben, *und ich kenne zu genau das Maß der Freude* und des Genusses, *das ich in mir trage.*

35 Ms.: Im übrigen *mache ich mich selbst über die Selbsterkenntnis lustig.*

S. 40, Z. 17 Ms.: der Welt [und öffnete sich wie ein unendlich tiefes Loch, in das sich Mersault hineingezogen fühlte] und mit einem [in eine Richtung, aus der] und riß Mersaults Traum von der Jagd nach einem Bild mit sich fort [und brachte] gab den ... eine beißende Farbe [Es]:

Charakteristisches Beispiel für die mühsame Überarbeitung des Textes.

20 Die beiden Sätze «Ich bitte Sie um Entschuldigung usw. nicht so recht» fehlen im Manuskript.

24 Zu diesem und dem folgenden Satz vgl. ‹*Tagebücher 1935–1951*›, S. 42: dort handelt es sich um eine Unterhaltung mit Claire.

29 Dieser Satz ist im T. hinzugefügt.

30 Ms.: *Und indessen fühle ich mich durchaus vergleichbar jenem Menschenbild* [ebenso verzweifelt und ebenso vielgestaltig] *der Welt, das mein eigenes Leben ist.*

34 «wandte Mersault lebhaft ein», ist im T. hinzugefügt.

S. 41, Z. 3 Ms.: lächelte, *als wäre er glücklich, richtig geraten zu haben.*

6 Ms.: ertragen, *haben meinen Willen zum Glück getötet.* [Warum, sagte Zagreus, für einen Menschen von guter Herkunft bedeutet glücklich sein auf sich nehmen] ...

Man findet diese Replik weiter hinten wieder.

S. 42, Z. 32 Von: «Ich bin sicher ...» bis: «eines Krüppels beschmutzen» bietet das Manuskript folgenden Text:

Zagreus war überzeugt, daß man ohne Geld nicht glücklich sein konnte. Gewisse Ausnahmewesen pflegen eine Art von geistigem Snobismus und versuchen zu glauben, Geld sei nicht unerläßlich notwendig, um glücklich zu sein. Für einen Menschen von guter Herkunft, sagte Zagreus, bedeutet Glücklichsein, das Schicksal aller übrigen auf sich nehmen, nicht mit dem Willen zum Verzicht, sondern mit dem Willen zum Glück. Nur brauchte man, um glücklich zu sein, Zeit. Sehr viel Zeit. Auch Glücklichsein erforderte viel Geduld. Und in fast allen Fällen opfern wir diese Zeit, um unseren Lebensunterhalt zu verdienen. Das war das einzige Problem, das ihn interessierte. Die meisten Menschen hatten keinen Sinn für das Glück, vielleicht weil eine bestimmte Lehrzeit des Leidens dazu nötig ist. Geld haben bedeutet über Zeit verfügen. Man kann sich Zeit auch kaufen, man kann alles kaufen. Reich sein oder werden bedeutet Zeit haben, um glücklich zu sein, wenn man würdig ist, es zu sein. Schon in früher Jugend, mit 25 Jahren, war Zagreus zu dem Schluß gekommen, daß jede Kreatur, die Sinn für das Glück, Verlangen danach und den Willen zum Glück hat, auch die Pflicht hat, reich zu werden und Zeit für sich zu gewinnen. Und da es eine bestimmte Stufe unserer Zivilisation ist, die uns in diesen Zustand versetzt, brauchte man keinerlei Skrupel bezüglich der Mittel zu haben. Da das Verlangen nach Glück das Edelste im menschlichen Herzen ist, wird dadurch alles gerechtfertigt, selbst schlechte Taten. Ein reines Herz genügt dafür. Und so hat Zagreus mit 25 Jahren angefangen, sich sein Vermögen zu schaffen. Er machte keine genauen Angaben. Es genügte Mersault, zu wissen, daß er auch vor Diebstahl nicht zurückgeschreckt war. Im Jahre 1914 hatte er sein ganzes Vermögen in barem Geld beisammen. Er hatte es verstanden, rechtzeitig aufzuhören. Beinahe zwei Millionen in Banknoten. Machte sich Mersault klar, was das bedeutete? Die Welt tat sich ihm auf, und mit der Welt das Leben, von dem er in der Einsamkeit und in glühenden Phantasien träumte, das Leben, das er

gehabt hätte, wenn er nicht im Krieg die Beine verloren hätte. Wie alle Leute hatte er geglaubt, daß
das nur sechs Monate dauern würde. Er hatte es
nicht verstanden zu fliehen. Er hatte ein derart eingeschränktes Leben nicht fortführen wollen. Seit
zwanzig Jahren hatte er sein Geld. Er hatte sich
seine Liebe und seine maßlose Leidenschaft für das
Leben bewahrt. Er wandte seine Zeit nicht darauf,
das Leben mit den Küssen eines Krüppels zu
beschmutzen, sondern nur darauf, seine Liebe zum
Leben zu beteuern. Er lebte bescheiden, in zwanzig
Jahren hatte er die Summe kaum angegriffen. Sie
war noch immer da.

In diesem Text ist Zagreus (wie Camus' Vater, der
in der Marneschlacht tödlich verwundet wurde)
ein Opfer des Krieges von 1914. Der Hinweis auf
das Jahr 1914 findet sich auch in dem ersten
Typoskript wieder. Er ist im zweiten gestrichen
und durch ‹Unfall› ersetzt. «Ich habe nicht Schluß
zu machen gewußt» scheint ein Tippfehler zu sein,
aber «Ich habe es nicht verstanden zu fliehen»
ergäbe, wenn es sich um einen Unfall handelt,
auch keinen rechten Sinn.

Vielleicht wollte Camus dadurch, daß er die
Anspielung auf den Krieg tilgte, gewisse chrono-
logische Unstimmigkeiten abschwächen (vgl.
zum Beispiel die Erzählung Emmanuels von der
Marneschlacht in Kapitel II). Vielleicht hat er der
Episode auch eine allgemeinere Bedeutung geben
wollen.

S. 43, Z. 30 Die Reinheit des Herzens ist eines der Hauptpro-
bleme bei Camus. Er wollte sie von dem Guten
unterscheiden (vgl. das Ende von Kapitel IV des
Zweiten Teils: «in der Unschuld seines Herzens»,
das refrainartig wieder aufgenommen wird). Kier-
kegaard (vgl. ‹Tagebücher 1935–1951›, S. 165 f),
der sie mit dem Guten verquickt, irritierte ihn:
«Die Reinheit des Herzens besteht für K. in der
Einheit. Aber es ist die Einheit *und* das Gute.»

170

Camus' ganze sittliche Entwicklung manifestiert sich in dieser problematischen Verbindung.

S. 45, Z. 7 Ms.: in einem unmöglichen Glücksgefühl. *Nach einem bedrückenden Schweigen fuhr Zagreus fort.* Er hatte sein Leben verfehlt, das stand fest. Aber er hatte recht: alles für das Glück usw. Gewalttätigkeit umgibt. *Dann hatte der Krüppel gelacht und lächelnd* zu Mersault *gesagt,* daß die ganze Jämmerlichkeit usw.

Zu diesem Abschnitt vgl. ‹Tagebücher 1935–1951›, S. 18: dort scheint es der Protagonist des Romans zu sein, der mit dem Revolver spielt.

V

Dieses Kapitel ist Cardona, dem Faßbinder, gewidmet (die Großmutter von Camus war eine geborene Cardona), das heißt einer ‹Stimme› aus dem ‹Armenviertel›. Ein Einleitungssatz und ein Schlußabsatz knüpfen an die Zagreus-Episode an und bereiten den Zweiten Teil des Romans vor.

Das Kapitel hat eine lange Vorgeschichte. Um sie zu verstehen, muß man auf ‹Licht und Schatten› Bezug nehmen und auf den Familienkreis, in dem Camus aufgewachsen ist. Dazu gehören: sein Bruder, seine Mutter, seine Großmutter mütterlicherseits, zwei Onkel, der eine, «Onkel Arcault», genaugenommen der Schwager seiner Mutter, der ihn nach seiner ersten Lungenerkrankung aufnahm, der andere, Onkel Sintès, ein gebrechlicher Handwerker, Faßbinder, der das Vorbild für den Faßbinder Cardona ist.

Es existieren mehrere handschriftliche und eine maschinengeschriebene Version dieser Episode. Hier zunächst die Episode gewissermaßen im Rohzustand. Es ist leicht zu erkennen, daß es sich um eine autobiographisch geprägte Erzählung handelt, in der die Mutter, also die Schwester des gebrechlichen Faßbinders, die Hauptrolle spielt:

Es war einmal eine Frau, die durch den Tod ihres Mannes mit ihren beiden Kindern verarmt war. Sie hatte bei ihrer eben-

171

falls armen Mutter gelebt, zusammen mit einem gebrechlichen Bruder, der Arbeiter war. Sie hatte gearbeitet, um leben zu können, als Aufwartefrau, und hatte die Erziehung ihrer Kinder in die Hände ihrer Mutter gelegt, die derb, hochmütig und herschsüchtig war und die Jungen streng erzog. Der eine heiratete. Aber es geht hier um den anderen. Volksschule, dann Gymnasium, Halbinterner, Rückkehr nach Hause, in eine schmutzige und ärmliche, abstoßende Umgebung, zu einer Großmutter ohne Güte und einer guten, sanften Mutter, die jedoch weder liebevoll noch zärtlich zu sein verstand und später gleichgültig wurde. Hier wuchs er auf. Mit sechzehn Jahren erfuhr er, daß seine Mutter einen Liebhaber hatte. Er war erstaunt, innerlich zerrissen, bestürzt. Aber seine Mutter hatte ihn niemals verlassen. Er ging oft zu einem Onkel, den er gern mochte, er lebte zur Hälfte dort. Eines Tages wurde er schwer krank. Von diesem Tag an – er war siebzehn Jahre alt – lebte er ganz bei diesem Onkel. Seine Mutter hatte sich nicht um ihn gekümmert. Gleichgültigkeit? Nein, aber ein unbegreiflicher, fast übernatürlicher Charakter. Sie gehörte einer anderen Welt an. Sie lebte nach dem Tode ihrer Mutter bei ihrem gebrechlichen Bruder, der sie unglücklich machte – und das war der Grund, weshalb sie zu ihrem älteren Sohn zog . . .

Hier nun ein stärker ausgearbeiteter Text, der sich an die Hospital-Gespräche anschließt (vgl. Kapitel II); Camus stellt sich hier unter dem Namen Louis dar. Er hat eine Nacht im Hospital verbracht; und am folgenden Tag, um halb elf Uhr, wird er abgeholt:

Man brachte ihn zu seinem Onkel zurück, der ihn gepflegt hatte. Dort sammelte er weiterhin seine Erfahrungen. Was seine Mutter anging[1], so war sie offenbar noch nicht einsam genug. Da ihre Mutter[2] tot und von ihren beiden Söhnen[3] der eine verheiratet, der andere krank war, blieb nur noch ihr Bruder[4]. Er war taub und fast stumm. Er war dreißig Jahre

---

1 Es handelt sich um die Mutter von Camus.
2 Es handelt sich um seine Großmutter.
3 Es handelt sich um ihn selbst und seinen Bruder Lucien.
4 Es handelt sich um seinen Onkel Sintès.

alt, klein von Gestalt und eher schön zu nennen. Seit seiner Kindheit hatte er sich nicht von seiner Mutter getrennt usw. (*siehe die endgültige Fassung*). Er hatte sie auf eine rauhe und heftige Art geliebt . . . usw. gaben ihm aber immerhin das Recht, sich als Mann zu fühlen.

Im Gefolge der voraufgegangenen Ereignisse lebte er mit seiner Schwester zusammen. Beide nunmehr allein, schleppten sie sich mühsam durch ein langes schmutziges, düsteres Dasein. Nur mit Schwierigkeiten konnten sie miteinander sprechen. So verbrachten sie ganze Tage, ohne auch nur ein Wort zu wechseln. Und ihr Leben war so trübe und eintönig, daß es immer so hätte weitergehen können. Aber er hatte sich als bösartig und despotisch erwiesen. Und er griff in das persönliche Leben seiner Schwester ein. Und sie war dessen überdrüssig geworden und hatte ihn nach einer letzten Szene verlassen. Sie fand ein kleines enges und dumpfes Zimmer in einem anderen Viertel und richtete sich dort ein. Etwas blieb ihr noch, das sie vor der Vereinsamung bewahrte, und das war der Gedanke, daß es irgendwo ein Haus gab, wo sich ihr Leben abgespielt hatte und das noch jemanden beherbergte, der ihr nahegestanden hatte. Aber selbst das wurde ihr genommen. Ihr Bruder war allein geblieben, so hilflos, wie nur ein Mann es sein kann, der zum erstenmal seinen Haushalt und seine Küche allein besorgen muß. Er hatte sich einen Lappen geholt, usw. die allem zuteil wurde. Im übrigen war ihm auch das allmählich zuviel geworden usw. die Tiefe seiner Verlassenheit ermessen ließ. Allmählich griff der Schmutz bei ihm um sich, belagerte ihn, brandete an sein Bett, überflutete und zeichnete es schließlich auf eine Art, daß ihm nicht mehr beizukommen war. Sein Haus war zu häßlich usw. ständiges Domizil. Und auf diese Weise wurde Louis' Mutter das letzte, woran sie noch hing, entrissen.

Was ihren Bruder betraf, so irrte er, da es allmählich an Arbeit und an Geld mangelte, in dem Viertel umher, in dem seine Mutter gelebt hatte. Seine Schwester hörte nichts mehr. Die Hauswirtin erzählte ihr nur, daß sie ihn auf seine Bitte hin zum Friedhof begleitet hatte, an das Grab seiner Mutter. Auf dem häßlichen Friedhof, allein mit seinem unnützen Leben usw. hatte er zu weinen angefangen.

173

Und so war Louis' Mutter auf sich selbst angewiesen. Die Welt der Armen ist eine der wenigen Welten, wenn nicht die einzige, die von der Außenwelt abgeschlossen und eine Insel innerhalb der Gesellschaft ist . . .

(Der weitere Text ist für das Kapitel nicht mehr interessant.)

Die Episode wird außerdem in einem Manuskript behandelt, das den gleichen Schriftzug wie das vorhergehende aufweist und zu demselben Dossier gehört. Es erinnert sehr stark an den Text Nr. 3 der ‹Voix du quartier pauvre›, der in Band II der Pléiade-Ausgabe (S. 1209 f) zitiert wird. Hier ein Auszug aus diesem Manuskript:

Und an diesem Abend geschah es, daß seine Mutter vor ihm weinte. Er stellte Musik an, hörte eine beliebte naive, banale Romanze, die etwas von der großen Begeisterung eines jungen Menschen hatte, der das Leben noch nicht kennt. Und seine Mutter hatte sich von dieser maßlosen und törichten Melancholie anstecken lassen. Sogleich hatte sie angefangen zu weinen, und dann hatte sie gesprochen. Ihr Unglück war offenkundig. Sie lebte mit ihrem Bruder, der taub, stumm, bösartig und dumm war . . . usw. [siehe Pléiade-Ausgabe] . . . diese Frau, die zunehmend von dem Gefühl ihrer Verlassenheit durchdrungen wurde und sich den Verwundungen darbot, mit denen Gott diejenigen ziert, die er auszeichnet: «Was soll man machen? Ich werde noch eines Tages Gift nehmen, dann werde ich wenigstens Ruhe finden.»

In allen diesen Texten ist das Erlebte nicht oder kaum umgestaltet, sondern nur abgeändert worden; in Wirklichkeit lebten Onkel Sintès und seine Schwester in gutem Einvernehmen, ohne sich zu trennen, in einer sauberen Wohnung.

Zwei weitere Texte, die mit Sicherheit später anzusetzen sind und der endgültigen Fassung sehr nahekommen, weisen eine Umgestaltung auf. Der erste, der den Titel ‹Der Einwohner des Viertels› trägt, eliminiert den autobiographischen Bezug: der Faßbinder wird zur zentralen Gestalt:

Er war taub, fast stumm, bösartig und brutal. Dennoch war er zu echter Anhänglichkeit fähig und verdiente aus diesem Grunde Anteilnahme. Er lebte mit seiner Schwester. Aber sie war seiner Bosheit und seines Despotismus überdrüssig geworden. Sie hatte sich zu ihren Kindern geflüchtet. Und er war allein geblieben, so hilflos, wie nur ein Mann es sein kann, der zum ersten Mal seinen Haushalt und seine Küche allein besorgen muß. Man muß hinzufügen, daß er seine Schwester aufrichtig liebte und daß diese gewaltsame Trennung ihm eines der letzten Dinge entrissen hatte, an dem er noch in seinem Leben hing.

Er war dreißig Jahre alt usw.

Seine Mutter starb, und die Verzweiflung dieses Mannes war unbeschreiblich. Von da an usw. Tiefe seiner Verlassenheit ermessen ließ. Denn er war einsamer als irgend jemand in der gleichen Situation, weil es wegen seiner Gebrechlichkeit zwischen den anderen Menschen und ihm keine Brücke mehr gab.

Dennoch hatte man ihn in seiner Umgebung bedauert. Er hatte es bemerkt. Das war eine große Freude, fast ein Überströmen. Man dachte daran, ihn zu verheiraten usw. seinen Platz unter den Menschen. Und in diesem Sinne war er mehr der Einwohner des Viertels als der Bewohner seines Hauses.

Er war Faßbinder. Es mangelte allmählich an Arbeit und an Geld. Nach einiger Zeit hörte er auf, danach zu streben. Er irrte in den Straßen seines Viertels umher und beschwor mit jedem Schritt das Echo der toten Vergangenheit wieder herauf. Und er tut seither nichts anderes. Man weiß nur von einer einzigen Gelegenheit, bei der er dieses Viertel verließ: als er sich an das entgegengesetzte Ende der Stadt begab, zum Grab seiner Mutter. Das hatte er seit langem nicht mehr getan. Er stattete also der einen Besuch ab, die er geliebt und geärgert hatte. Und auf dem scheußlichen Friedhof, allein mit seinem unnützen Leben, nahm er seine letzte Kraft zusammen und machte sich noch einmal die Vergangenheit, die sein Glück gewesen war, bewußt. Man muß es wenigstens glauben … usw. fing an zu weinen. Er weinte über sich selbst, und das ist das, worüber man sich freuen muß.

Der zweite Text ist maschinengeschrieben und reproduziert, von geringen Abweichungen abgesehen, fast genau den ersten.

Das Ende des Kapitels, von «Wie jedesmal, wenn er sich einer

175

brutalen Bekundung des Lebens gegenüber fand» bis: «zu Aufbruch und Neubeginn», steht auf zwei gesonderten Blättern.

Der letzte Absatz begann ursprünglich mit: «Am nächsten Tag, einem Sonntag, eilte Mersault zu Zagreus, als wäre er der einzige Mensch, der ihm noch zuhören und ihn verstehen konnte.» In der jetzigen Form entspricht er der endgültigen Anordnung der fünf Kapitel des Ersten Teils.

Zweiter Teil

Der bewußte Tod

Zum Verständnis des Titels vgl. zum Beispiel ‹Hochzeit des Lichts› oder ‹Tagebücher 1935–1951›, S. 61.

I

Die Reise nach Mitteleuropa und dort der Bruch mit einer geliebten Frau haben Camus sehr zugesetzt. Prag bedeutet für ihn das Exil, die Schattenseite des Reichs[1]. Es ist also kein Wunder, daß dieses erste Kapitel – ein stilistisch bearbeiteter Auszug aus einem Reisetagebuch – durch mehrere Texte vorbereitet wurde. Einer davon findet sich in ‹Licht und Schatten› unter dem Titel ‹Tod im Herzen›. Er ist mit dem in den Roman aufgenommenen Text vergleichbar.

Von diesem existiert ein zusammenhängendes Manuskript. Ein bemerkenswerter Unterschied zu der Version in ‹Licht und Schatten›: die Geschichte von dem toten Mann in seinem Zimmer ist durch die Geschichte von einem toten Mann auf der Straße ersetzt worden. Nun gibt es von dieser Episode eine handschriftliche Fassung in einem Dossier, das Materialien zu ‹Voix du quartier pauvre› enthält: es scheint also, daß Camus sie nicht in Prag, sondern in Algier erlebt hat. Seine dichterische

---

1 Anspielung auf ‹L'Exil et le royaume› (dt. ‹Das Exil und das Reich›) und ‹L'Envers et l'endroit› (dt. ‹Licht und Schatten›). (Anm. d. Übers.)

176

Imagination hat einen Mord in die Stadt des Exils verlegt, der einen Schatten auf die Stadt des Glücks geworfen hatte.

In den folgenden Varianten ist das Manuskript der ‹*Voix du quartier pauvre*› mit Ms. 1 bezeichnet.

S. 55, Z. 1 Ms.: [Mersault] auf deutsch.

S. 62, Z. 17 Ms.: ausfüllen sollte, *bis das Geld, das er erwarte-te, ihn erreicht hätte.*
So war es in der Wirklichkeit. Mersault dagegen, der ja reich ist, erwartet kein Geld.

23 Das Manuskript schwankt hier («Beim Verlassen . . .») zwischen mehreren, wieder gestrichenen Satzanfängen: «An der Straßenecke . . .», «Dieser Tag wurde, was die anderen auch wurden . . .»

S. 63, Z. 14 Ms.: [gegen die grausamen Fratzen des Lebens.]

S. 64, Z. 7 Ms.: [eine Botschaft   Appell der Angst   den schmerzlichen Appell]

S. 65, Z. 3 Ms.: Er *fühlte* indessen, *daß irgend etwas fehl-te.*

11 Ms. 1: linken Wange. *Er schien vollkommen betrunken zu sein.*

15 Ms. 1: den Hut *auf dem Kopf.*

16 Ms. 1: *tanzte* um den Körper *einen* wilden *Sioux-tanz.*

19 Ms. 1: verband sich mit dem matten Schein, der *ganz in der Nähe aus dem Fenster über der Tür* des Gasthauses *fiel. Es war elf Uhr abends, und es war eine Weihnachtsnacht.*
Obwohl das Spiel von Licht und Schatten etwas Bedrückendes hatte, *vermittelte die Szene nicht etwa wilde und barbarische Größe, sondern eine naive Unschuld.* Dieser   rastlos   tanzende Mensch . . .

23 Ms. 1: ungewohnte Stille [mehrere Wörter unleserlich] *alles das hatte den Anschein des Außergewöhnlichen.* Alles das ergab in seiner Mischung aus Beschaulichkeit und Unschuld eine *Sekunde* des Gleichgewichts, nach der sich alles *senken*

177

würde, bis es ohne Mühe begriffen werden konn-
te.
Und tatsächlich sollte sich bald alles aufklären.
Man erwartete die Polizei. Der Körper war nicht
der eines Betrunkenen, sondern der eines toten
Mannes. Um ihn herum tanzte sein Freund.
Es war kaum eine halbe Stunde her, daß sie an die
Tür eines kleinen Restaurants in diesem Armen-
viertel geklopft hatten. Sie hatten schon zuviel
getrunken und wollten etwas essen. Aber es war
der Abend des großen Mitternachtsessens, und es
waren keine Plätze mehr frei gewesen. Man hatte
sie abgewiesen, aber sie hatten insistiert. Man
hatte sie vor die Tür gesetzt. Dabei hatten sie der
Wirtin, die in anderen Umständen war, Fußtritte
versetzt. Und der Wirt, ein schwächlicher blonder
junger Mann, hatte eine Waffe genommen und
geschossen. Die Kugel war in die rechte Schläfe
des Mannes eingedrungen. Der Kopf war auf die
Seite der Wunde gesunken und nun zur Ruhe
gekommen. Betäubt von Alkohol und Entsetzen
hatte sein Freund angefangen zu tanzen.
Der Vorfall war banal und fand am nächsten Tag
seinen Niederschlag in einem Zeitungsartikel. In
diesem entlegenen Winkel des Viertels gaben je-
doch für einen Augenblick der spärliche Licht-
schein auf dem vom kurz zuvor gefallenen Regen
glitschigen Pflaster, das lange feuchte Gleiten der
Autos, die in langen Abständen rasselnd ankom-
menden erleuchteten Trambahnen dieser Szene
aus einer anderen Welt ein beunruhigendes Aus-
sehen: das süßliche und beunruhigende Bild die-
ses Viertels. Wenn das Ende des Tages die Straßen
mit Schatten bevölkert, wenn vielmehr (kaum
sichtbare Wesen in Bewegung setzend, die sich
außerhalb der Materie [erschlossenes Wort] be-
finden, an der sie dennoch teilhaben) ein einzelner
anonymer Schatten, der sich durch dumpfe
Schritte und ein undeutliches Stimmengeräusch

178

ankündigt, zuweilen von blutrotem Glanz umflu-
tet, im roten Licht einer Apothekenlampe auf-
taucht.
Das Manuskript endet hier.

S. 66, Z. 20 Vgl. auch ‹Der Fremde› (S. 80), wo Mersault in der
Zelle zwischen Strohsack und Pritsche eine Zei-
tung findet, in der er die Geschichte liest, die den
Ausgangspunkt für ‹Le Malentendu›[1] darstellt.

28 Ms.: See von Einsamkeit und Stille [über den
gleichsam der Sang von seiner Befreiung dahin-
strich], in den er hineinglitt wie in einen tiefen
Schlaf.

II

S. 67, Z. 33 Ms.: nehmen wollte.
[An der österreichischen Zollgrenze weckten ihn
die Beamten aus einer Art wirrem Traum. Deshalb
und zweifellos auch seiner angespannten Ge-
sichtszüge wegen mußte Mersault ein recht langes
Verhör über sich ergehen lassen. Man visitierte
seine Zeitungen, prüfte peinlich genau]

S. 69, Z. 34 Ms.: das *Gesicht* einer undankbaren *und trostlo-*
sen Welt
T.: das *Symbol* . . .

S. 71, Z. 15 Der Brief fehlt in dem Manuskript. Er ist nur
geplant («Brief *a*»).

31 Was tut Ihr? *Woher kommt Ihr? Wer seid Ihr?*
Wohin geht Ihr?

S. 72, Z. 30 Der Brief fehlt in dem Manuskript. Er ist nur
geplant («Brief *b*»).

33 T.: im Haus *vor der Welt*

S. 73, Z. 1 Unteroffizier zu spielen; *L'Illustration*[2] *zu abon-*
nieren.

1 dt. ‹Das Mißverständnis›. (Anm. d. Übers.)
2 Bürgerliche Illustrierte. (Anm. d. Übers.)

6 Die Sätze «Catherine wohnt . . . Ihre dritte Tochter sein» fehlen im T.

17 Die Reise nach Genua fand in Wirklichkeit im Herbst 1937 statt; ein Jahr später. In der Roman-handlung schließt sie gleich an den Aufenthalt in Prag an.

S. 74, Z. 18 Der Satz «Mit Sandalen . . . Herzen zurück» fehlt im Manuskript. Camus hatte ihn auf einem geson-derten Blatt notiert.

S. 75, Z. 24 daß das, was ihn an Marthe (gestrichen: an Lucile) gebunden hatte, *die stärkste Bindung*, Eitelkeit, gewesen war.

S. 76, Z. 2 zu demütigen.
Hier sind mehrere Sätze im Manuskript gestri-chen. Folgender Text läßt sich rekonstruieren:
«Daher hatte sein Leiden etwas Trotziges gehabt. Nein, es gab keine Wunder. Andere hatten es erlebt. Und ohne Zweifel hätte eine enttäuschte Liebe auch fruchtbar wirken können (*unleserliche Wörter*). Aber diese Wunde, die dem unreinen Tier der Eitelkeit zugefügt worden war, hatte es in Wut gebracht, und es war, als hätte er Klauen und Zähne im Leib. Sein Blut strömte (*unleserliche Wörter*) mit all seinem Leben und seinem Ver-stand. Diese großen Leiden, die der Eifersucht ent-springen, führen uns an den Rand des Wahnsinns, weil unsere ganze Persönlichkeit in sich zusam-menstürzt, und für Mersault war es, als ob der Halbgott, den er in sich trug, in die Hölle gestürzt worden wäre. Aber er hatte Lucile niemals geliebt, und er liebte sie nicht.»

6 Die Sätze «Wie es oft vorkommt . . . überlassen würde» sind, mit einem Fragezeichen versehen, im Typoskript hinzugefügt worden.

16 Ms.: stand noch aus. *Er hatte sein Recht auf Glück erworben*. Er fühlte sich frei . . .

Von diesem Kapitel, das dem «Haus vor der Welt» gewidmet ist, hat man kein Manuskript gefunden, außer einem Abschnitt über Lucienne («Patrice dachte an Lucienne . . . auf den Lippen Luciennes wiedergefunden hatte»). Dieser Abschnitt wird durch ein Fragment in den ‹Tagebüchern› (S. 52 f) ergänzt, wo es sich jedoch um Marthe handelt.

Zu dem «Haus vor der Welt» vgl. die Pléiade-Ausgabe, Band II, S. 1318.

(Alle Varianten sind dem Typoskript entnommen.)

S. 81, Z. 26   ergriff ihre Partei, *immer bereit, Claire zu verteidigen.*

S. 82, Z. 8   Christiane statt Catherine.

S. 83, Z. 5   Hinzugefügter Satz.

S. 84, Z. 4   die «*Gehirnarbeiterin*»

S. 86, Z. 33   stellt *Marguerite* nicht ohne Realismus fest.

S. 87, Z. 11   *Praxiteles* (statt Noël). Der Name findet sich später wieder.

S. 89, Z. 10   läßt sie *in eine Ruhe* versinken, *an der die Seele vollen Anteil hat.*

S. 90, Z. 36   den sie in *ihre Worte* legte

S. 93, Z. 7   gründet sich *ein Zustand, der* wie jene andere geduldige Wahrheit, die Tod mit Tod verbindet, eine Freiheit bedeutet . . .

27   ihre *Wahrheiten* bewahren.

29   Statt: «Auch Rose hat sich der Mauer genähert» usw.: «Er liebt in ihr die Welt, wenn er auch die Frau nicht lieben kann. Sie hat zugestimmt, indem sie sich mit ihrem ganzen Gewicht an Patrice lehnt und ihre Wärme in die Mulde seiner Schulter strömen läßt. Er murmelt: ‹Das wird schwierig sein, aber das ist kein Grund. – Sicherlich, sagt Catherine, die Augen voller Sterne.›»

Von diesem Kapitel existiert ein zusammenhängendes Manuskript auf Blättern verschiedenen Formats; darüber hinaus gibt es ein handgeschriebenes Blatt zu einem Abschnitt über Lucienne («Sie hatte keine Eltern mehr... um auf das blaue Meer hinauszufahren») und zwei handgeschriebene Blätter zu dem ersten Dialog zwischen Patrice und Catherine.

Die Varianten, die diesen gesonderten handschriftlichen Blättern entstammen, sind im folgenden mit Ms. 2 bezeichnet.

S. 96, Z. 20 Die Passage: «Einen Monat zuvor... seinen Aufbruch mit an» ist eingeschoben. Sie enthält unter anderem die Heirat mit Lucienne und den Dialog mit Catherine.

S. 98, Z. 5 Ms. 2: «Ich verstehe nicht, weshalb du fortgehst, wenn du hier glücklich bist.

– [Ich bin nicht glücklich.] *Ich war glücklich, mein kleines Mädchen. Aber ich bin jetzt wie ein Schwamm, aus dem das Wasser gewichen ist, ganz trocken und verhärtet.* Viele Menschen komplizieren selbst ihre Existenz und erfinden sich Schicksale. *Aber warum sollte man mogeln? Was sie wollen ist lieben und geliebt werden. Ich selbst bin inzwischen lächerlich genug, um das zu erwarten.*»

Im Manuskript folgt dann der Text, der in der Endfassung den vorangehenden Absatz bildet («Es war am frühen Nachmittag... Neuerschaffung der Welt»), und daran schließt sich Mersaults Antwort: «Ich werde hier geliebt, kleine Catherine. *Aber das ist alles, nicht wahr?*»

10 Ms. 2: ohne Tiefe zu. «*Ja, sagte sie. Das ist alles. Aber wenn du* [geliebt würdest] *liebtest, was änderte das.*» *Patrice sagte: «Ich weiß. Aber die Menschen, die der Liebe überdrüssig werden, sind*

der Liebe nicht würdig. Wenn ich dieses leuchten-
den Antlitzes, das die Wilt zuweilen annimmt und
das heute am Himmel und über der Bucht lächelt,
überdrüssig würde, wäre ich der Welt nicht wür-
dig.»

Das Manuskript fährt fort: «Er sprach mit dem
Gesicht zur Welt usw. . . . ziellos schweifendem
Blick.»

20 Ms. 2: «Was ich möchte», *sagte sie, «ist, daß du in*
allem handelst, ohne an mich zu denken.» Patrice
drehte sich um, die Hand auf dem Fensterbrett,
und erwiderte aufrichtig: «Ich denke nicht an
dich, kleines Mädchen. Ich möchte lieber nicht
lügen. Ich habe keine Minute daran gedacht. Du
mußt verstehen. Wenn ich dir das sage, so des-
halb, weil ich dich achte. Wenn ich mich fürchtete,
dir Schmerz zuzufügen, so hätte ich zu wenig Ach-
tung vor dir. – Ja, sagte Catherine. Danke.»

Im Manuskript folgt dann: «Kleine Segel begannen» usw.

28 Ms. 2: weißer *Vögel. Er hingegen sah, daß ihr die*
Tränen in die Augen stiegen, die sie auf ihn gerich-
tet hatte, und fühlte in sich die unermeßliche Flut
einer Zärtlichkeit ohne Liebe aufsteigen. Er nahm
ihre Hände . . .

34 Ms. 2: Erwarte es nur *vom Leben.*

36 Ms. 2: während sie Patrice an der Schulter berührte. «*Ich liebe.*»

S. 99, Z. 4 Ms. 2: eine seltsame Dürre. *Er, der unfähig war zu*
lieben, unfähig zu weinen, mit welchem Recht
sprach er von der Liebe einzig im Namen der Liebe
zum Leben. «Das hättest du jetzt . . .»

8 Ms. 2: *Djemila* (statt Chenoua), *wie* ein Wald *von*
Totengebein, ohne Hoffnung noch Verzweiflung,
weder die Verzweiflung noch die Hoffnung zu lie-
ben, samt der Erinnerung an ein Leben voll Essig
und voll Blumen. *Aber es war genau das, was ihm*
der schwarze blinde Gott diktierte, dem er von nun
an diente.

183

S. 103, Z. 27 Ms.: «... nichts weiter von dir. *Im übrigen wird dieselbe Jugend, die uns vereinigt hat, uns eines Tages trennen. Nun, ich habe was anderes zu tun.*» Sie wendete Patrice den Rücken zu ...

        33 Ms.: Man vergißt alles, *selbst die unsinnigsten Schmerzen, selbst die am stärksten in der Erinnerung haftenden Verbrechen.* Das ist am Leben ...

S. 104, Z. 34 Der Abschnitt: «O Mersault, sagte Céleste zu ihm ... ein unbewohnter Planet» fehlt im Manuskript. Er ist in dem Typoskript hinzugefügt.

S. 106, Z. 32 Ms.: reichte ihr die Hand. «Auf Wiedersehen, Traumbild.»

S. 108, Z. 1 T.: anzupassen wissen. [das Leben erleiden, dartun, was im eigenen Fleisch und in der eigenen Nacht seine Fortsetzung findet. Ohne zu zweifeln. Aber man muß es erleiden wollen und seinen Willen darauf richten, keinen Anteil daran zu haben. Alles war da]

S. 110, Z. 6 T. 1: mit *gekrümmtem* Oberkörper

S. 111, Z. 24 Ms: Befähigung *zum Schweigen*

        26 Ms.: *kannte* er

S. 113, Z. 21 Zur Darstellung der Rivalität zwischen Moralès und Binguès ist Camus durch Anekdoten über zwei Siedler aus Oran angeregt worden. Das Detail des Louis-Quinze-Salons dürfte authentisch sein. Bei der Schilderung des Flugzeugs muß Camus an einen seiner algerischen Freunde gedacht haben, der beim Absturz eines Flugzeugs umkam, das ihm sein Vater geschenkt hatte. Die tragische Wirklichkeit wird hier, im Roman, zu einer Burleske reduziert.

        31 Ms.: [Claire, Rose und Catherine]

S. 116, Z. 5 Das Manuskript bietet lediglich einen Teil dieses Dialogs auf einem besonderen Blatt: «Was mir wichtig ist ... im menschlichen Sinne glücklich.» Im Typoskript folgt auf «rieb sich die Arme» in Bleistiftschrift: «Du liebst deine Frau nicht», und dann – als Zusatz – der Anfang des Dialogs (von

«Ja, aber ich wollte . . .» an).

S. 117, Z. 3 Solche Gespräche gab es oft zwischen Camus und seinen Freunden.

S. 119, Z. 28 Ms.: schlimm. *Immer so handeln, daß man glücklich ist? Wenn ich mich niederlassen muß, dann in dem Land, das mir gefällt.* Doch sentimentale Planungen . . .

32 Ms.: sich keinen Zwang antun *um der anderen willen.*

S. 120, Z. 6 Ms.: wie man es erhofft hat. — *Oh, das ist nun einmal so.* Das Schicksal eines Menschen *ist nichts als heimliche Qual* (T.: *Furcht* statt *Qual*).

27 Ms.: zu begnügen.
«*Es sei denn, fuhr er fort und sah Mersault an, man ist an dem Punkt angelangt, wo man sich zurückzieht, ohne das Leben nach einem großen Plan vollendet zu haben. — Was mich betrifft, sagte Mersault, so scheint mir die Größe darin zu liegen, daß man sich zurückzieht. Alles andere ist Politik.*»

S. 121, Z. 5 Ms.: oder *einem* großen *Geheimnis* leben.

S. 122, Z. 5 Es scheint, das Camus in den ersten Skizzen des Romans vorgehabt hat, seinen Helden Bekenntnisse über seine Berufung zum Schriftsteller machen zu lassen. Vgl. einen Plan zum dritten Teil (‹Tagebücher 1935–1951›, S. 13), wo er sich Catherine anvertraut:
«Kap. I — Catherine, sagt Patrice, ich weiß, daß ich jetzt schreiben werde. Geschichte des zum Tode Verurteilten. Ich habe meine wahre Funktion gefunden, nämlich das Schreiben.»
Man kann hier eine erlebte Beziehung zwischen der Erfahrung des Schreibens und der des Todes vermuten.

10 Ms.: sagte sie.
«*Auf Wiedersehen, Liebling*», sagte Lucienne.

11 Ms.: 4

V

Das Manuskript dieses Kapitels setzt sich aus Blättern verschiedenen Formats mit unterschiedlichen Schriftzügen zusammen. Es ist anzunehmen, daß es in mehreren Etappen entstanden ist und daß bestimmte Stücke nachträglich vom Autor hinzugefügt wurden, so zum Beispiel der erste Abschnitt, der an den Text ‹Die Mandelbäume› in ‹Heimkehr nach Tipasa› anklingt.

S. 125, Z. 6 Ms.: kristallenen Himmel zurück.
  Zu diesem Zeitpunkt ...

13 Der Satz «Niemals hatte er einen Frühling ...» und der folgende sind im Typoskript hinzugefügt.

32 Ms.: seinen Körper, *und folgte ihm innerlich, aber* mit der gleichen *Wahrhaftigkeit* wie dem warmen Hauch dieser *Sommer*nacht ...

S. 130, Z. 1 Ms.: Ewigkeit *des Fleisches* entdeckte.

32 Ms.: obwohl er sonst *nicht wehleidig* und nicht empfindlich war

S. 131, Z. 35 Ms.: Du kannst bleiben. *Aber bitte sprich nicht.* — *Nein*, sagte Lucienne, das strengt dich an.

S. 132, Z. 1 Ms.: ging. *Die Nacht sank herab* ...
  Die Beschwörung der roten Wolken — eine Kindheits-Reminiszenz — schließt an ein Fragment über Zagreus an, das dort mit den Worten endet: «aber überall ist die gleiche Schönheit».
  Darauf folgt unmittelbar:
  «*Was soll aus mir werden, sagte Lucienne. — Nichts, sagte Mersault.*»
  Der erste, der den Arm um sie legen wird, wird sie bereit finden, und ganz in ihrer Körperlichkeit beschlossen, wird sie verfügbar sein, wie sie ihm verfügbar gewesen ist, und die Welt wird weiterbestehen in der Wärme ihrer halbgeöffneten Lippen.
  Diesen Satz findet man in der Endfassung an

späterer Stelle wieder.

10 Der ganze Abschnitt («Es stellten sich Bilder ein... Dankbarkeit wie Auflehnung verführt») fehlt im Manuskript.

34 T.: die die Ohnmacht fürchteten und zugleich priesen, *alle diejenigen, die die Ewigkeit nicht im Fleische zu finden verstanden hatten*

S. 133, Z. 10 Die drei Sätze «Mersault sah sie manchmal an... ihrer halbgeöffneten Lippen» fehlen im Manuskript.

S. 134, Z. 33 Ms.: dieser Stunde, *da er sich so wenig frei fühlte*, hatte sein Körper
T.: dieser Stunde, *da er sich ihm so nahe fühlte...*

S. 135, Z. 8 Ms.: ohne Feigheit, *weit entfernt von dem rührenden und tragischen Trost, den die Kreuze in Europa verbreiten.*
In Malraux' erstem Roman konnte Camus lesen: «Sicherlich ist es ein höherer Glaube, den alle diese Kreuze der Dörfer anbieten und jene gleichen Kreuze, die unsere Toten beherrschen. Er ist Liebe, und der innere Friede ist in ihm. Ich werde ihn niemals akzeptieren.»

16 «Der Tag brach an» fehlt im Manuskript.

S. 136, Z. 5 Die letzten Sätze des Romans sind das Ergebnis schwieriger Formulierungsversuche. Im Manuskript liest man nach: «das langsame Aufsteigen in sich» mit Tinte geschrieben: [die Augen auf die Luciennes gerichtet], dann: «In einer Minute, einer Sekunde.» Zwischen diese beiden Sätze wurde danach mit Bleistift eingefügt: «Er schaute auf Luciennes geschwellte Lippen... mit dem gleichen Verlangen». Daran schließt sich: «Der Stein hielt inne. Und in der Freude seines Herzens kehrte er, ein Stein zwischen Steinen, [in die Unbeweglichkeit der wahren Dinge] in die Wahrheit der unbeweglichen Welten zurück.»

Inhalt

Mit der Herausgabe der ‹Cahiers Albert Camus› folgen Familie und Verlag des Autors dem Wunsch vieler Universitätslehrer und Studenten und all der Leser, die sich für Camus' Werk und Denken interessieren.

Die Veröffentlichung dieser Werkhefte geschieht nicht ohne Bedenken. Albert Camus war sehr selbstkritisch, er entschloß sich nicht leicht, eine Arbeit zu publizieren. Warum, so könnte man fragen, werden dann jetzt ein von ihm zurückgestellter Roman, Vorträge und Aufsätze, die er nicht in die Sammelbände ‹Actuelles› aufgenommen hat, und sogar Arbeitsunterlagen und Rohentwürfe veröffentlicht?

Aus einem einfachen Grund: wer einen Schriftsteller liebt oder über sein Werk arbeitet, möchte meist alles von ihm kennenlernen. Diejenigen, die die ungedruckten Texte des Autors verwahren, sind der Meinung, es wäre unrecht, diesem Wunsch nicht nachzukommen und all denen, die Wert darauf legen, nicht die Lektüre beispielsweise des Romans ‹Der glückliche Tod› oder der ‹Reisetagebücher› zu ermöglichen.

Die Wissenschaftler, die für ihre Untersuchungen und Analysen, teils noch zu Lebzeiten Camus', die wenig bekannten oder noch unveröffentlichten frühen Schriften oder späteren Texte konsultiert haben, sind der Ansicht, daß durch die Lektüre dieser Arbeiten das Bild des Autors nur ausdrucksvoller und reicher werden kann.

Als Herausgeber für die ‹Cahiers Albert Camus› zeichnen Jean-Claude Brisville, Roger Grenier, Roger Quilliot und Paul Viallaneix.

Die ‹Cahiers› werden sich nicht auf die Veröffentlichung ungedruckter oder gegenwärtig schwer zugänglicher Texte beschränken, sondern auch ein Forum für Arbeiten sein, die geeignet sind, ein neues Licht auf Albert Camus' Werk zu werfen.

Die Herausgeber

Albert Camus

Das Gesamtwerk im
Rowohlt Verlag
Rowohlt Taschenbuch Verlag

Eine Auswahl aus dem literarischen Werk:

Der glückliche Tod
Roman. Cahiers Albert Camus I
Nachwort und Anmerkungen von Jean Sarocchi
Deutsch von Eva Rechel-Mertens
Sonderausgabe. 192 Seiten. Gebunden
und als rororo 5152

Der Fall
Roman. Deutsch von Guido G. Meister
128 Seiten. Gebunden und als rororo 1044

Die Pest
Roman. Deutsch von Guido G. Meister
rororo 15

Der Fremde
Erzählung. Deutsch von Georg Goyert
und Hans Brenner. rororo 432

Kleine Prosa
Deutsch von Guido G. Meister. rororo 441

Rowohlt

C 2343/1